Janine Meester
A SONG FOR LOVE
Buch 1 der Band-Reihe »Wild Weekend«

Janine Meester
A SONG FOR LOVE

Liebesroman

Bibliografische Information der Deutschen Nationalbibliothek:

Die Deutsche Nationalbibliothek verzeichnet diese Publikation in der Deutschen Nationalbibliografie; detaillierte bibliografische Daten sind im Internet über http://dnb.dnb.de abrufbar.

Coverdesign und Umschlaggestaltung: Florin Sayer-Gabor, www.100covers4you.com – unter Verwendung von Grafiken von Adobe Stock: Korkeng
Verlag: BoD • Books on Demand GmbH, In de Tarpen 42, 22848 Norderstedt
Druck: Libri Plureos GmbH, Friedensallee 273, 22763 Hamburg
ISBN: 978-3-7597-3623-9

https://www.meester.digital
autorin@meester.digital

Für Nadja und Kolja –
we will never forget your wedding in red.

Wild Weekend – Eternal Dance

It was a magical moment
when two special hearts met
beating in the same rhythm
on a wonderful Halloween night

When love is so blessed
trust in the next step
and swear eternal love
and walk all paths together

Bridge
Forever side by side,
they have found their home.
A love that's boundless,
like the ocean's foam.

Chorus
Through laughter and tears,
they'll write their story
in this eternal dance
of so much love and glory.

Guitar solo

In Las Vegas the city of lights,
where dreams come alive,
they walked hand in hand,
dressed in black and white.

Seasons may come and go
but your feelings never fade.
Write your story, page by page
and dance into eternal happiness.

Der Song ist über die üblichen Streaming-Dienste erhältlich.

Montag, 21.10. – Call at night

Ein schrilles Geräusch reißt mich aus dem Schlaf und mein Herz rast augenblicklich, als wäre ich aus einem Albtraum hochgeschreckt. Ich brauche einen Moment, um zu begreifen, dass es mein Smartphone ist, das diesen Lärm veranstaltet. Doch das beruhigt mein Herzklopfen nicht, im Gegenteil. Wenn jemand so spät anruft, ist es sicherlich keine gute Neuigkeit, die mich erwartet. Ich rutsche in Richtung der Bettkante und taste nach meinem Telefon. Leider ist der Blick auf das helle Display so unangenehm, dass ich geblendet meine Augen zukneife und nicht sehen kann, wer mich so spät erreichen will.

»Hallo«, melde ich mich etwas atemlos.

»Hey! Da spricht doch Elli, oder?«

»Ja«, sage ich unsicher, da ich die Stimme, auch wenn sie vertraut klingt, nicht auf Anhieb zuordnen kann.

»Cool! Ich war nicht sicher, ob du noch deine alte Handynummer hast. Wir schreiben uns ja sonst meist über Instagram.«

»Wer ist denn da?«

»Na, ich! Hannes.«

»Hannes?« Was um Himmels willen ruft der mich um diese Uhrzeit an? Wir haben uns seit Wochen nicht gesehen. Aber immerhin scheint es sich nicht um einen

Notfall zu handeln, so entspannt, wie seine Stimme klingt. Mein Herzschlag beruhigt sich ein wenig und ich knipse die Nachttischlampe an.

»Sag bloß, du kennst deinen früheren Lieblingsbandkollegen nicht mehr?«

»Weißt du eigentlich, wie spät es ist?«, entgegne ich, da mir gerade nicht nach Small Talk zumute ist.

Statt Hannes' Stimme höre ich etwas rascheln und jemand anderen im Hintergrund sprechen. »Oh! Shit! Das tut mir leid. Ich sitze hier gerade noch mit Alejandro, Clara und Adam zusammen und wir haben total die Zeit vergessen.«

Ich unterdrücke ein Gähnen. »Warum rufst du denn mitten in der Nacht an?«

»Wir haben ein wirklich großes Problem und da fiel uns ein, dass du die Einzige bist, die uns helfen kann.«

»Aha.« Ich habe keine Ahnung, worauf das hinauslaufen soll, allerdings bin ich geistig auch noch nicht ganz auf der Höhe.

»Du spielst doch noch E-Gitarre, oder?«

»Ja, sicher.« Natürlich spiele ich noch E-Gitarre, aber in ein paar Stunden klingelt mein Wecker, weil ich zur Uni muss. »Hättest du deswegen nicht tagsüber mal anrufen können?«

»Sorry, dass ich dich geweckt habe. Aber es freut mich zu hören, dass du noch Gitarre spielst.«

»Warum? Was ist denn los?«

»Erinnerst du dich noch an Thomas?«

»Klar.« Thomas hat vor etwa einem Jahr meine Nachfolge als Gitarrist in der Band »Wild Weekend« angetreten. Ich habe ihn kennengelernt, als er bei einer unserer Proben dabei war, um vorzuspielen. Schließlich wollte ich die Band nicht von heute auf morgen ohne eine Gitarristin sitzen lassen.

»Tja, der hat sich leider den Arm gebrochen und wir haben nächste Woche einen wirklich superwichtigen Gig.«

»O je, das ist ärgerlich. Der arme Kerl.«

»Allerdings. Könntest du für ihn einspringen?«

»Was?«

»Na ja, wir haben uns hier gerade beratschlagt, was wir tun können. Alejandro meinte, du hast doch die ganzen Songs von uns bestimmt noch drauf. Er sagte, wenn uns jemand den Arsch retten kann, dann du. Hast du kommende Woche Zeit?«

»Machst du einen Witz?«

»Nein.« Hannes seufzt laut ins Telefon. »Ich wünschte, ich würde einen machen, aber das ist echt ernst. Wir stecken so richtig in der Klemme.«

»Das ist bitter, aber das kommt jetzt doch unerwartet.« Mein Herz klopft plötzlich wieder schneller und ich bereue es ein bisschen, dass ich den Anruf angenommen habe.

»Ich weiß, und das auch noch um diese Uhrzeit. Aber es wäre großartig, wenn du für Thomas einspringen könntest. Wenn du das nicht kannst, müssen wir uns dringend um eine andere Lösung kümmern, auch wenn ich keine Ahnung habe, wie die so kurzfristig aussehen soll.« Er klingt verzweifelt.

»Der Gig scheint wirklich wichtig zu sein.«

»Allerdings!«

»Wann ist der Auftritt denn?«

»Nächste Woche Donnerstag.«

»Ihr habt mitten in der Woche einen Auftritt?«

»Ja, an Halloween.«

»Also spielt ihr auf einer Halloweenparty?«

»So ungefähr.«

Ich hätte tatsächlich Zeit, da ich mir zu Halloween

nichts vorgenommen habe. Doch Auftritte waren nie mein Ding und somit der Hauptgrund, aus dem ich die Band verlassen habe. Ich wollte mir das mit dem Lampenfieber und der ganzen Aufregung nicht mehr antun. Hannes blüht auf der Bühne regelrecht auf, doch das war bei mir leider nie so. Schon beim Gedanken daran, wieder vor Publikum aufzutreten, bekomme ich ein beklemmendes Gefühl in der Brust.

»Ich fürchte, da bin ich nicht die Richtige.«

»Ach bitte, Elli«, sagt Hannes und seine Enttäuschung ist nicht zu überhören. »Mein großer Bruder Theo heiratet an Halloween und wir haben einen Song für ihn und seine Frau geschrieben. Also zur Hochzeit, als ein besonderes Geschenk. Für dich ist der Song ein Klacks. Ich schwöre dir, den hast du ruckzuck einstudiert bis nächste Woche.«

»Ja, aber ich …«

»Wir haben sonst echt keine Idee, wen wir so kurzfristig fragen könnten. Da ist ein cooles Gitarrensolo drin. Ach, was rede ich … Die Gitarre ist das zentrale Instrument in dem Lied. Ohne einen Gitarristen funktioniert der ganze Song nicht.«

Sofort meldet sich mein schlechtes Gewissen. Hannes war immer wahnsinnig hilfsbereit und ein toller Bandkollege. Wäre er in meiner Situation, würde er vermutlich keine Sekunde lang zögern, mir zu helfen.

»Ich weiß nicht«, zögere ich dennoch und mustere die Eisbären auf meiner kuscheligen Biber-Bettdecke, unter der ich mich gerade am liebsten verstecken würde. »Ich habe das mit den Auftritten überhaupt nicht vermisst.«

»Ich weiß schon. Aber wir spielen nicht in einer Bar mit zig Zuhörern, sondern nur auf einer Hochzeit. Das sind bloß etwa sechzig Gäste. Die werden einfach happy sein, dass wir da ein paar Songs performen und dann als Überraschung noch das Hochzeitsgeschenk spielen. Mein Bruder und seine Frau werden sich bestimmt wahnsinnig freuen. Aber ohne Gitarristen können wir das knicken.«

»Und wenn ihr den Song vorher einspielt und dann mit Playback performt? Dabei könnte ich euch helfen.«

»Das ist lieb gemeint, aber das wäre nicht dasselbe wie eine Live-Performance.«

»Bis wann muss ich mich denn entscheiden?«

»Sofort? Wir sind hier echt unter Druck.«

Meine Gefühle fahren Achterbahn. Ich bin hin- und hergerissen, denn ich möchte Hannes und den anderen einerseits gerne helfen, andererseits mag ich nicht wieder auftreten. Doch während meiner Zeit in der Band habe ich den ein oder anderen Gig erfolgreich gemeistert, wenn auch mit viel Lampenfieber. Also werde ich wohl auch den Auftritt auf einer Hochzeitsfeier überstehen.

Ich gebe mir einen Ruck. »Also gut, ich mach's.«

»Mensch, Elli! Du bist die Beste! Und sorry noch mal für den späten Anruf. Aber als ich mich mit Alejandro, Clara und Adam eben beraten habe, was wir nun tun sollen, fiel uns ein, dass wir auch noch den Flug von Thomas umbuchen müssen. Das wird alles echt knapp.«

»Den Flug umbuchen? Was denn für einen Flug?« Ich bin völlig verwirrt – was redet er denn da? Habe ich in meinem halb wachen Zustand etwas verpasst?

»Ach, hatte ich das nicht erwähnt? Mein Bruder heiratet in Las Vegas.«

2. Sonntag, 27.10. – Unlike expected

Ich fasse es nicht, dass ich an diesem Nachmittag am Flughafen in Düsseldorf am Gate sitze und darauf warte, dass wir zum Boarding für den Flug nach Las Vegas aufgerufen werden. Mit einer Flasche Cola in der Hand schaue ich durch die riesigen Scheiben auf ein Flugzeug, das bei verregnetem Wetter in Richtung der Startbahn rollt. Wieso habe ich mich darauf nur eingelassen? Was hat sich mein übermüdetes Hirn dabei gedacht, Hannes die Zusage zu geben, dass ich für Thomas einspringen kann?

Am Morgen nach dem nächtlichen Telefonat hätte ich am liebsten einen Rückzieher gemacht. Nicht nur wegen der Reiserei und meiner Bühnenangst, sondern auch, weil ich dafür ein paar Tage die Uni schwänzen muss. Doch obwohl mich Hannes derart mit seiner Bitte überrumpelt hat, habe ich es nicht übers Herz gebracht, ihm abzusagen. Ich weiß, wie eng sein Verhältnis zu seinen Brüdern Theo und Moritz ist, und mein schlechtes Gewissen hätte mich erdrückt, wenn ich ihn im Stich gelassen hätte. Zumal Hannes mir die Reise bezahlt, denn von meinem Nebenjob hätte ich einen solchen Trip nicht finanzieren können. Doch zugleich hadere ich damit, mir Las Vegas von ihm ausgeben zu lassen, auch wenn Hannes damit argumentiert hat, dass das alles Teil von Theos und Brittas Hochzeitsgeschenk ist. Obwohl ich weiß, dass Hannes' Familie reich ist, habe ich die letzten Tage ausgerechnet, wie viel ich von meinem eigenen Erspartem zu der Reise beisteuern kann. Doch davon wollte Hannes bisher nichts wissen. Er meinte, ich solle das als Bezahlung für meinen Auftritt und die Mühen sehen, doch damit tue ich mich schwer.

»Hey, Brüderchen, schieb mal deinen Hintern beiseite«, sagt Hannes, als er auf mich zukommt, und stupst seinen Bruder Moritz an, der neben mir auf einem der schwarzen, unbequemen Stühle sitzt. Der brummt unzufrieden, rückt aber einen Platz weiter, sodass Hannes sich neben mich setzen kann.

»Du siehst aus, als würdest du am liebsten die Flucht ergreifen.« Er mustert mich besorgt.

»Gut erraten, Sherlock Holmes«, gebe ich zu, während ich mir meine langen dunklen Haare zu einem Bauernzopf flechte. Meine beste Freundin Laura bezeichnet diese Frisur immer als Inbegriff der Spießigkeit, wenn sie mit mir auf Reisen ist. Doch bei langen Reisezeiten ist so ein Zopf überaus praktisch. Er hält zuverlässig und man sieht auch nach einem langen Flug nicht aus wie ein Zottelmonster.

»Wir haben da bestimmt eine tolle Zeit.«

Es ist lieb, dass er mich aufmuntern will, doch gerade wäre ich am liebsten wie üblich an der Uni, um dort ganz unaufgeregt meinen Tag zu verbringen. »Hm«, mache ich daher nur.

»Du hast doch nicht jetzt schon Lampenfieber wegen des Auftritts, oder?«

Ich werfe ihm ein gequältes Lächeln zu. »Man könnte fast meinen, du hättest Psychologie studiert.«

Hannes lacht. Er hat vor einem Jahr seinen Master in

Psychologie abgeschlossen und arbeitet seitdem in Teilzeit im Personalbereich des Familienunternehmens seiner Eltern. Den Rest seiner Zeit widmet er der Band, denn er kann es sich erlauben, nur zwanzig Stunden pro Woche zu arbeiten. Hannes lässt es nie heraushängen, dass seine Familie reich ist. Aber obwohl er gerade mal sechsundzwanzig ist, ist er bereits stolzer Besitzer einer Eigentumswohnung. Dass er mietfrei wohnen kann, ermöglicht es ihm, viel Zeit in die Band zu investieren, während für mich das Gitarre spielen immer nur ein Hobby war.

»Ich weiß, es ist leicht gesagt, aber wir haben in Las Vegas noch genug Zeit, um als Band gemeinsam zu proben«, versichert er mir. »Ich habe im Hotel extra einen Raum gebucht, in dem wir uns austoben können. Vorausgesetzt, unsere Instrumente kommen heil an.«

»Da sagst du was!« Es war ein seltsames Gefühl, meine Gitarre kurz zuvor beim Sondergepäck abgeben zu müssen, denn eigentlich gebe ich sie nicht gerne aus der Hand.

»Wird schon gut gehen«, meint Hannes zuversichtlich.

Ich kann nur hoffen, dass er damit richtig liegt. »Hatte ich dir eigentlich schon gesagt, dass das Demo von dem Song was ganz anderes war, als ich erwartet hatte?«

Hannes sieht mich erschrocken an.

»Das war positiv gemeint«, ergänze ich schnell. Der Song ist sogar ein weiterer Grund dafür, dass ich nicht doch noch gekniffen habe. Es ist keine kitschige Liebesballade, sondern ein grooviger Popsong. Der Stil passt sehr gut zur Band und es hat mir viel Spaß gemacht, ihn einzuüben. Beim Üben hatte ich allerdings auch kein Publikum. Ohne Zuschauer geht mir alles viel leichter von der Hand. Dann habe ich nicht diesen Kloß im Hals und das Engegefühl in der Brust, das mich schlecht atmen lässt.

»Danke.« Hannes strahlt mich an. »Da bin ich erleichtert. Und vor allem bin ich gespannt, wie du das Solo spielst.«

»Ich auch. Hoffentlich zu eurer Zufriedenheit.«

»Ganz bestimmt.« Er beugt sich näher zu mir heran. »Verrate es Thomas nicht, aber du spielst besser als er.«

Da ich nicht besonders gut darin bin, Komplimente anzunehmen, gehe ich nicht weiter darauf ein. Ich fand Thomas beim Vorspielen damals ziemlich überzeugend.

»Ich habe jedenfalls fleißig geübt, die letzten Tage.«

Hannes greift nach meiner Hand und drückt sie. »Ich bin dir echt dankbar, dass du einspringst. Clara, Alejandro und ich wussten, dass du den Song schnell einstudiert hast.«

»Und ich hoffe, ihr habt mit Adam einen guten Ersatz für Melanie gefunden.« Ich werfe dem neuen Schlagzeuger, der uns gegenüber sitzt, einen Blick zu. Bis vor ein paar Monaten war Melanie die Schlagzeugerin von Wild Weekend, doch seit sie im Frühjahr zum ersten Mal Mama geworden ist, fehlt ihr die Zeit für die Musik. Clara, die Sängerin, ist noch immer Teil der Band, doch sie ist mit ihrer Freundin Yuiko schon vor vier Tagen in die USA geflogen, da sie sich vor der Hochzeitsfeier unbedingt San Diego ansehen wollten. Laut Hannes stoßen sie morgen in Las Vegas zu uns, damit wir noch gemeinsam Zeit zum Proben haben. Dabei bin ich mir sicher, dass alle außer mir perfekt vorbereitet sind, denn insbesondere Hannes und Alejandro schmiedeten schon zu meiner Bandzeit große Pläne für unsere Musikkarriere.

Hannes ist ein talentierter Musiker und schreibt auch eigene Songs, daher wollte er es irgendwann nicht mehr beim Covern bekannter Hits belassen. Als er eines Tages auf einer Probe ankündigte, dass es bald eine Band-Website geben wird, um verstärkt Werbung für uns zu machen und auch in größeren Clubs zu spielen, wurde mir klar, dass dies nicht mehr meine Welt ist. Immerhin war ich bereits mit der Gästeanzahl in den kleineren Musikkneipen überfordert. Also entschied ich mich dazu, die Band zu verlassen. Das hatte auch den Vorteil, dass ich mich seitdem stärker auf mein Studium konzentrieren kann.

»Mit Adam hatten wir echt Glück«, erzählt Hannes. »Ihn haben wir Yuikos Kontakten zu verdanken. Eine Freundin von ihr hat mitbekommen, dass wir einen Schlagzeuger suchen und sie hat Adam dann den Tipp gegeben, sich bei uns zu melden.«

»Dann musstet ihr wohl gar nicht lange suchen, was?«

»Nee, das blieb uns erspart. Und ich wette, du und er werdet auch schnell warm miteinander.«

»Das hoffe ich auch. Aber es ist andererseits nicht so wichtig für den einen Auftritt. Ich meine, das ist jetzt eine Ausnahme mit Las Vegas. Für andere Auftritte müsst ihr dann warten, bis Thomas wieder spielen kann.«

»Ja, ich weiß. Schon klar. Kein Bandleben mehr für dich in Zukunft. Leider«, sagt er und klingt enttäuscht. »Aber ich dachte, weil ihr euch in Las Vegas ein Zimmer teilen werdet.«

Mir wird blitzartig heiß, aber nicht in einem guten Sinne. »Wir tun WAS?«

Hannes ist ein eher dunkler Typ mit braunen Haaren und karamellfarbenem Teint, doch jetzt kann ich ihm ansehen, wie er errötet.

»Ich habe noch versucht, ein eigenes Zimmer für dich zu bekommen«, ergänzt er hektisch und hebt beschwichtigend die Hände. »Aber über Halloween gab es da so kurzfristig keine Chance. Da ist alles ausgebucht in Las Vegas. Die Amis sind völlig verrückt nach diesem Fest.«

Für einen Moment fehlen mir die Worte, doch dann

wird mir klar, dass er mich bloß auf den Arm nehmen will. Ich gebe ihm einen leichten Klaps auf die Schulter und grinse ihn an. »Fast hättest du mich erwischt!«

Er sieht unsicher drein. »Was meinst du?«

»Mit deinem Scherz. Der echt ganz schön fies war.« Ich nehme noch einen Schluck von der Cola und muss über mich selber den Kopf schütteln, weil ich fast darauf hereingefallen wäre.

»Äh ... Na ja, wir können es natürlich in einem anderen Hotel versuchen mit einem freien Zimmer. Das wäre halt nur ein bisschen umständlich mit den Proben, aber nichts, was man nicht lösen könnte.«

»Wieso wäre es umständlich?«

»Du warst noch nie in Las Vegas, oder?«

Ich schüttele den Kopf.

»Von einem Hotel zum anderen zu laufen, kann da schon mal so fünfzehn Minuten dauern. Aber es gibt alternativ auch Taxen«, fügt er hastig hinzu.

»Das war also kein Scherz?«, dämmert es mir. »Du meinst es ernst, dass ich mir mit Adam, den ich so gut wie gar nicht kenne, ein Zimmer teilen soll?«

Hannes sieht mich zerknirscht an. »So war es halt geplant und gebucht, dass Thomas und er ein Zimmer gemeinsam haben. Ich meine, ich teile mir mit Deriya ein Zimmer, Alejandro mit Rieke und Clara mit Yuiko. Aber ich stehe im Bellagio auf einer Warteliste. Sobald sich doch noch was ergibt mit einem freien Zimmer, dann bekomme ich sofort Bescheid.«

Ich werfe einen weiteren Blick zu Adam, der immer noch die Kopfhörer auf seinen Ohren hat. »Ich kann mir doch nicht mit Adam ein Zimmer teilen!«

»Ihr habt zwei Queensize-Betten im Zimmer. Thomas und Adam hätten auch keine Lust gehabt, sich ein großes Bett zu teilen. Also habt ihr im Schlaf genug Abstand voneinander. Und ganz ehrlich, Adam ist auch wirklich der Letzte, der so was ausnutzen würde. Da musst du dir echt keine Sorgen machen.«

Moritz, der noch immer neben uns sitzt und mit einem Mal ziemlich munter wirkt, lacht. »Da hat mein Bruder allerdings recht. Adam ist Entwickler bei einer Gaming-Firma und wenn er sich intensiv mit was beschäftigt, dann am liebsten mit Computern.«

Hannes verdreht die Augen, während unser Schlagzeuger von dem Gespräch gar nichts mitbekommt. Er hat die Augen geschlossen und wippt leicht mit dem Kopf, vermutlich zu einem Musiktakt. Er wirkt ausgesprochen tiefenentspannt. Beneidenswert.

»Mit wem teilst du dir denn das Zimmer?«, will ich von Moritz wissen.

»Ich teile mein Zimmer nicht«, sagt er und mustert mich aus seinen blauen Augen, während er sich durch die dunkelblonden Haare wuschelt. Mit seinen markanten Wangenknochen, der geraden Nase und der muskulösen Figur, die er seiner Zeit als Leistungsschwimmer zu verdanken hat, könnte er vermutlich auch als Model durchgehen. Ich bin mir sicher, das ist ihm auch nur allzu bewusst. Mit seinen dreiundzwanzig Jahren ist Moritz der jüngste der drei Waldmann-Brüder (sein Alter kann ich mir gut merken, weil er genau fünf Tage älter ist als ich). Da er uns früher regelmäßig bei den Bandproben besucht hat, kenne ich ihn besser als Theo, der in Las Vegas heiraten wird, und mit dem ich lediglich auf einer Geburtstagsfeier von Hannes mal ein paar Worte gewechselt habe.

»Aber für dich würde ich vielleicht eine Ausnahme machen«, schiebt Moritz plötzlich hinterher und zwinkert mir zu. Meine verräterischen Wangen werden heiß, also wende ich mich schnell von ihm ab. Meine Reaktion auf ihn ärgert mich. Ich muss zugeben, Moritz ist ein gut aussehender Kerl, aber er ist auch der Typ Mann, von dem man die Finger lassen sollte, wenn man nicht vorhat, sich das Herz brechen zu lassen. Bei seinen Besuchen auf den Bandproben hatte er öfters weibliche Begleitung dabei, doch wenn ich mich recht erinnere, dann nie zweimal dieselbe. Moritz ist attraktiv, nicht auf den Kopf gefallen und Humor hat er auch. Doch ich habe ihn schon damals als Mann einsortiert, mit dem man besser nur befreundet ist.

»Warum kann er sich nicht mit Adam das Zimmer teilen?«, zische ich Hannes zu.

»Weil er das nicht will.«

»Ich will das aber auch nicht!«

»Du kennst Moritz doch. Wenn er nicht will, dann will er nicht. Er hat vermutlich andere Pläne für Las Vegas.«

Ich kann mir nur allzu gut denken, worauf Hannes anspielt. Sicherlich möchte Moritz seine Nächte lieber in weiblicher Begleitung verbringen und da wäre Adam wohl störend. Hannes wirft mir einen gequälten Blick zu.

»Aber wenn alle Stricke reißen, dann teile ich mir mit Adam das Zimmer und du schläfst bei Deriya.« Er nickt in Richtung seiner Freundin. Deriya sitzt zwei Plätze neben Adam und kann uns vermutlich nicht verstehen. Dennoch schaut sie mit ernster Miene zu uns, so als würde sie was ahnen.

Ich verschränke die Arme vor der Brust. Hannes' Angebot stimmt mich nur geringfügig milder. »Was hält Adam eigentlich davon, dass wir uns ein Zimmer teilen sollen? Ist er überhaupt vorgewarnt?«

»Klar. Er wusste ja, dass er sich sonst mit Thomas das Zimmer hätte teilen müssen.«

»Und hast du ihm auch angepriesen, dass ich eine nette Mitbewohnerin sei?«

»Nein, dazu kann ich nichts sagen.« Hannes sieht mich

fröhlich an. »Ich schwöre dir, Adam ist der angenehmste Zimmergenosse der Welt. Ich habe mir auch schon ein Zimmer mit ihm geteilt, wenn wir länger zu einem Gig anreisen mussten. Er schnarcht nicht, er macht keine Unordnung, er redet nicht im Schlaf. Eigentlich redet er generell nicht viel.«

Ich konzentriere mich darauf, ruhig zu atmen. Vielleicht sollte ich das Ganze positiver betrachten. Der Auftritt mit Wild Weekend bietet mir die Chance, zum ersten Mal in die USA zu reisen und dort eine Stadt kennenzulernen, auf die ich sehr neugierig bin. Ich muss mich zwar zu dem Auftritt überwinden, und mich nun auch noch mit einem unerwarteten Zimmergenossen anfreunden, aber meine beste Freundin Laura würde das vermutlich als einmalige Chance anpreisen, für die sich der ein oder andere Wermutstropfen lohnt. Also sollte ich wohl dankbar sein.

»Wenn das mit Adam nicht klappt, dann tauschen wir also die Zimmer. Abgemacht?«, sichere ich mich vorsichtshalber noch einmal ab und halte Hannes die Hand hin, der mit einem skeptischen Blick zu seiner Freundin schielt.

»Klar«, sagt er dennoch und schlägt ein. »Dann tauschen wir.«

3. Sonntag, 27.10. – Silence in the Clouds

»Nüsse?«, frage ich Adam laut, da er auch im Flieger noch immer seine Kopfhörer trägt. Darunter quellen seine kinnlangen, schwarzen Locken hervor und gehen quasi in seinen Bart über. Der ist wenigstens gepflegt, aber wenn ich ehrlich bin, mochte ich Bärte noch nie. Da Adam mich nicht zu hören scheint, tippe ich auf seine Schulter. Er zieht die Kopfhörer vom Ohr und sieht mich mit seinen dunkelbraunen Augen aufmerksam an.

Ich halte ihm die Packung mit den Nüssen hin. »Willst du auch welche?«

Er schüttelt den Kopf und will sich die Kopfhörer wieder aufsetzen.

»Warte mal«, sage ich schnell, denn ich würde Adam wenigstens gerne ein bisschen kennenlernen, bevor wir im Bellagio ankommen. »Wir könnten uns ein wenig unterhalten.«

Er wirkt überrascht. »Wozu?«

»Wir kennen uns bisher kaum, dabei werden wir die nächsten Tage echt viel Zeit zusammen verbringen.«

Er fährt sich nachdenklich mit der Hand über den dunklen Bart. »Dann werden wir uns ja kennenlernen.«

Bevor ich noch etwas erwidern kann, hat er die Kopfhörer wieder aufgesetzt.

»Mach dir nichts draus.« Moritz, der zu meiner Linken sitzt, klopft mir freundschaftlich auf die Schulter. Wir fliegen mit der Boeing 787 in der Premium Economy-Class, sodass Adam, Moritz und ich in der Mittelreihe mit drei Plätzen sitzen. Die beiden mitreisenden Pärchen sitzen jeweils am Rand, wo sich zwei Sitze nebeneinander befinden. Rieke, die Freundin von unserem Bassisten Alejandro, hat ihren Kopf an seine Schulter gelehnt und scheint zu dösen, während Hannes und Deriya über irgendetwas diskutieren.

Laut Hannes sind wir die Nachzügler unter den Hochzeitsgästen, denn alle anderen sind spätestens gestern angereist. Das Brautpaar sogar noch ein paar Tage früher, um alles vorzubereiten. Der Großteil der Gäste kommt jedoch aus Las Vegas, weil Hannes' Familie ein paar Jahre dort gelebt hat und aus der Zeit noch viele Kontakte in der Stadt pflegt.

»Du hast gut reden«, sage ich. »Du hast ein Zimmer für dich alleine.«

Moritz dreht seinen Oberkörper zu mir und sucht meinen Blick. »Ich kann mir auch ehrlich gesagt Besseres vorstellen, als neben Adam meine Nächte zu verbringen.« Seine blauen Augen funkeln spitzbübisch. Ich bin mir sicher, er legt es darauf an, gefragt zu werden, was er sich stattdessen vorstellt, aber den Gefallen tue ich ihm nicht.

»Magst du ihn nicht?«, will ich wissen und bin plötzlich argwöhnisch, weil Hannes mir Adam als besonders angenehmen Mitbewohner angepriesen hat.

»Doch! Er ist ein prima Kerl.«

»Aber?«

»Adam ist in allem, was er tut, ausgesprochen effizient. Vor ein paar Wochen hat die Band in Süddeutschland auf einer Hochzeit gespielt und da hat sich Hannes mit ihm ein Zimmer geteilt. Hannes erzählte danach, dass Adam sich ins Bett gelegt hat und fünf Minuten später eingeschlafen war, obwohl es noch recht früh war. Ich dagegen werde umso wacher, je später es wird. Ich hätte ständig das Gefühl, Adam zu stören, wenn ich dann noch TV gucke oder so. Auch wenn er sich mit seinen Noise-Cancelling-Kopfhörern anscheinend ziemlich gut abschotten kann.«

»Und was, wenn ich auch eine Nachteule bin und Adam nerve?«

»Dann bist du jederzeit bei mir willkommen.« Er wirft mir einen Blick zu, der mir einen Schauer über den Rücken jagt.

»Hör auf damit!« Ich bin ein bisschen sauer, wenn auch mehr auf mich als auf ihn. Was fällt meinem Körper ein, auf eine so billige Anmache zu reagieren?

»Womit soll ich aufhören?«, fragt er mit unschuldigem Blick.

»Das weißt du genau!«

Seine Augen blitzen auf, dann lächelt er mich an und zupft mit einer Hand an meinem geflochtenen Zopf. »Du bist übrigens die erste Frau, die ich kenne, die sogar mit so einem biederen Zopf irgendwie sexy aussieht.«

Ich bin irritiert über diese Aussage. Was soll denn das jetzt? Legt Moritz es gerade darauf an, mich anzubaggern? Oder merkt er es schon gar nicht mehr, wenn er eine Frau anflirtet, weil es für ihn einfach dazu gehört?

Plötzlich bin ich ein wenig genervt und sehe nach rechts aus dem Fenster. Dabei fange ich Hannes' Blick auf, der zu mir guckt. Er formt ein Herzchen mit Daumen und Zeigefingern und ich kann das Wort »Danke« von seinen Lippen ablesen. Ich lächle ihm zu. Ich werde Moritz' Flirtereien einfach ignorieren. Vermutlich ist ihm auf dem langen Flug bloß langweilig und er sucht etwas Ablenkung. Irgendwann in meinem Leben bin ich Thomas vielleicht sogar dankbar dafür, dass er sich den Arm gebrochen hat (obwohl es mir für ihn wirklich wahnsinnig leidtut), weil diese Reise bestimmt ein ganz tolles Erlebnis werden wird.

Zufrieden darüber, dass ich mich nicht weiter runterziehen lasse, greife ich nach einer der Zeitschriften mit Informationen darüber, welche Dinge man an Bord kaufen kann. Auch Moritz blättert in einer Zeitung und hält mir plötzlich mit belustigtem Gesichtsausdruck einen Artikel vor die Nase mit dem Titel »Sex und Vorlieben: Was Frisuren über uns verraten.«

»Dann erzähl doch mal, Zopfmädchen«, sagt er und mustert meine Haare. »Welche Stellung magst du am liebsten?«

4. Sonntag, 27.10. – English, please!

»Yes«, sage ich zögerlich, denn ich bin mir nicht sicher, ob ich die Frage des Officers am Flughafen in Atlanta richtig verstanden habe. Ich wünschte, wir hätten uns diese Zwischenlandung sparen können, aber nun stehe ich hier am Schalter für Einreisende und muss seltsame Fragen beantworten. Eigentlich dachte ich, mein Englisch wäre gut, doch mit dem Dialekt des Amerikaners komme ich überhaupt nicht zurecht.

»Yes?«, wiederholt der Officer meine Antwort mit ernster Miene und ich schaue mich unsicher um. Sind die anderen etwa alle schon fertig mit der Befragung? Ich wundere mich, dass niemand auf mich gewartet hat, bis ich eine Sicherheitskraft entdecke, die größere Gruppen sofort auseinanderscheucht und dazu antreibt, weiterzugehen. Wie es aussieht, ist Warten in diesem Bereich nicht erlaubt. Daher bin ich erleichtert, als ich wenigstens Adam entdecke, der mit fragendem Blick näherkommt.

»Who are you?«, wird er sofort in strengem Ton von dem Officer gefragt, doch Adam lässt sich davon nicht einschüchtern. In einem perfekt klingenden Englisch antwortet er, und dann fliegen Fragen und Antworten so schnell hin und her, dass ich dem Gespräch kaum folgen kann. Das frustriert mich. Es reicht eben doch nicht, ab und zu mal englische Bücher zu lesen. Vielleicht sollte ich mir zukünftig Gelegenheiten suchen, die Sprache auch wieder zu sprechen.

»Komm mit«, meint Adam schließlich und das lasse ich mir nicht zweimal sagen, denn ich bin heilfroh, dass das Verhör nun vorbei ist.

»Danke, dass du das geklärt hast«, sage ich, während ich etwas Mühe habe, mit seinen langen Beinen Schritt zu halten. Ich bin nicht nur entsetzlich müde, sondern inzwischen auch hungrig. Ich habe während des Fluges nicht schlafen können, stattdessen ist Moritz mir fast die ganze Zeit mit dem Frisuren-Sexvorlieben-Thema auf den Keks gegangen. Laut des Artikels wirken Zopfträgerinnen zwar eher unschuldig und zurückhaltend, verbergen aber ein experimentierfreudiges Wesen im Bett. Das fand er höchst interessant, während ich dem Autor am liebsten den Hals umdrehen würde.

Dank Adams Tempo erreichen wir nach kurzer Zeit einen Bereich mit mehreren Restaurants, Snackbuden und verschiedenen Sitzgelegenheiten, wie sie auch an deutschen Flughäfen typisch sind. Es riecht nach Hotdogs, Putzmitteln und Schweiß zugleich, aber nicht mal das kann meinen Appetit trüben. Trotz des Gedränges hat Hannes uns entdeckt und winkt uns zu, also gesellen wir uns zu ihm und Deriya in die Schlange am McDonalds-Schalter. Das stellt sich als eine gute Entscheidung heraus, denn nun dominiert der Geruch nach Burgern und Pommes. Alejandro, Rieke und Moritz scheinen dagegen woanders zu essen, denn sie kann ich nirgends entdecken.

»Das hat aber gedauert bei euch«, stellt Hannes fest und dieses Mal bin ich über Adams mangelnde Gesprächigkeit dankbar, denn er nickt nur.

»Hier gibt es überall nur ungesundes Fast Food«, jammert Deriya.

»Die haben hier doch auch Salat«, erwidert Hannes. »Nimm doch den.«

Ich dagegen würde jetzt fast alles essen, das satt macht, und liebäugele außerdem mit einer großen Cola. Ich brauche dringend einen Wachmacher.

»Ach, ich weiß nicht«, meint Deriya unzufrieden.

»Oder Pommes«, überlegt Hannes und lässt Adam und mich vor, weil seine Freundin sich noch nicht entschieden hat.

»Vielleicht gibt es hier doch noch irgendwo was anderes.« Deriya stößt einen lauten Seufzer aus. »Ich schaue mal dahinten.«

Mir entgeht nicht, wie Hannes die Augen verdreht, und während Deriya weiter auf Nahrungssuche ist, bestellen wir uns Burger-Menüs und sitzen kurz darauf mit unseren gut gefüllten Tabletts am Tisch. Hannes hat darauf bestanden zu bezahlen, was mir unangenehm ist, aber er hat sich nicht davon abbringen lassen.

Beschäftigt mit seinem Burger vergisst Adam sogar, seine Noise-Cancelling-Kopfhörer aufzusetzen.

»Ich bewundere es ja, dass Deriya Vegetarierin ist«, erzählt Hannes plötzlich. »Aber eigentlich isst sie auch fast nur Bio-Sachen. Das macht es schwierig, wenn wir unterwegs sind.«

»Wie lange seid ihr schon zusammen?«, frage ich, während ich mit dem Burger kämpfe, weil die beiden Tomatenscheiben immer wieder zwischen den Brötchenhälften hervorrutschen. Als ich die Band verlassen habe, war Hannes Single, also können sie maximal ein Jahr lang ein Paar sein. Alejandros Freundin Rieke dagegen kenne ich recht gut aus den Bandzeiten und ich freue mich, dass sie mit uns reist. Wenn es nach mir ginge, würde ich mir am liebsten mit ihr das Zimmer teilen. Ich schätze aber, da hätten sowohl Alejandro als auch Rieke etwas dagegen.

»Erst ein paar Monate. Und du?«, will Hannes von mir wissen.

»Ich?«

»Ja, was ist mir dir? Hast du jemanden?«

Ich schüttele den Kopf, dankbar dafür, dass ich einen Bissen von dem Burger im Mund habe und nicht über mein Liebesleben sprechen kann. Da gibt es nämlich seit mehr als zwei Jahren nicht sonderlich viel zu erzählen. Nach drei schrecklichen Dates, die über Online-Dating zustande kamen, habe ich die Partnersuche auf diese Weise aufgegeben. Und im normalen Alltag will es mit der Liebe auch nicht klappen. Vielleicht muss ich mir ein weiteres Hobby suchen, um neue Leute kennenzulernen, statt mich immer im gewohnten Freundeskreis zu bewegen.

»Hätte ich mir wohl denken können, das hättest du sonst bestimmt erwähnt wegen der Reise hier.«

»Hm«, mache ich nur.

»Wenn dir Moritz zu lästig wird, sag ihm einfach, du wärst vergeben. Das schreckt ihn sicherlich ab«, rät Hannes. »Er hat immer schon geschwärmt für dich.«

»Quatsch!« Die Bemerkung schmeichelt mir ein wenig, obwohl ich mir sicher bin, dass Hannes sich irrt. Immerhin hatte sein kleiner Bruder doch ständig irgendeine Frau an seiner Seite, da wird er ganz sicherlich kein Auge auf mich geworfen haben.

»Glaub mir! Ich kenne ihn. Und er wird schnell Trost finden, wenn er bei dir nicht landen kann. Also mach dir da mal keine Sorgen.«

Diesmal rettet Deriya mich davor, etwas erwidern zu müssen, denn sie kommt zu uns zurück und knallt schlecht gelaunt ein Tablett mit einem Salatteller auf den Tisch.

»Da hast du also doch was gefunden!«, meint Hannes erfreut.

»Weiß nicht. Die Blätter sind am Rand schon welk«, motzt sie und stochert lustlos mit der Gabel zwischen den Salatblättern herum. Adam stopft sich schnell den Rest seines Burgers zwischen die Zähne und setzt seine Kopfhörer auf, während ich versuche, meine fettigen Pommeshände mit einem Taschentuch zu säubern.

»Vielleicht gibt es gleich im Flugzeug was Besseres«, überlegt Hannes und könnte damit richtig liegen. Der Salat sieht wirklich nicht allzu appetitlich aus und ich kann Deriyas Unmut verstehen.

»Ganz sicher nicht«, murrt sie, schiebt den Teller von sich, und lässt sich mit verschränkten Armen gegen die Stuhllehne fallen. Hannes blickt mich entschuldigend an und einen Moment frage ich mich, wie die beiden zueinandergefunden haben. Der fröhliche Hannes, der stets für alle ein aufmunterndes Wort hat, und Deriya, die schon vor dem Abflug sehr ernst wirkte und nun richtig übel gelaunt ist. Aber vielleicht hat sie heute einfach einen schlechten Tag. Immerhin ist so eine lange Flugreise sehr anstrengend.

Adam klopft auf den Tisch und deutet auf seine Armbanduhr.

»Fuck! Wir müssen schon wieder los.« Hannes greift nach seinem Tablett und Deriya springt hastig auf, so als könne sie es kaum erwarten, dem schrecklichen Salat zu entkommen. Ich dagegen würde nach dem Essen nun am liebsten ein Nickerchen machen, aber vielleicht gelingt es mir diesmal, wenigstens ein oder zwei Stündchen auf dem Weiterflug nach Las Vegas zu schlafen.

Ich stehe mit meiner Gitarre auf der Bühne und um mich herum sind lauter Gäste in schicken Kleidern und

Anzügen. Sie alle starren mich erwartungsvoll an. Um uns herum ist es still und selbst ein Kellner, der Sektgläser auf einem Tablett balanciert, bleibt stehen und sieht gespannt zu mir. Meine Hände fühlen sich plötzlich gummiartig an, das Instrument wiegt schwerer als sonst und zieht meine Schultern regelrecht nach unten. Ich bekomme schlecht Luft. »Los, mach schon«, ruft mir eine fremde Stimme zu. »Alle warten auf dein Solo!« Doch ich kann nicht atmen und mir ist schwindelig. Ich weiß nicht, was ich tun soll. Ich erinnere mich nicht mehr an die Noten, die ich spielen muss. Panisch sehe ich mich um und mir fallen die genervten Gesichter der Gäste auf. Ich habe sie alle enttäuscht! Einer macht eine verächtliche Handbewegung, ein Pärchen verlässt kopfschüttelnd den Raum, dann ...

»Elli. Hey, Elli! Wir müssen raus.« Die Stimme dringt nur langsam zu mir durch.

»Was?«

»Wir sind gelandet«, sagt Moritz und mustert mich. »Ist alles in Ordnung?«

»Klar. Ich hab' nur komisch geträumt«, sage ich schnell und wundere mich, dass ich nach dem halben Liter Cola tatsächlich eingeschlafen bin. Ich lächele Moritz zu, weil es mich rührt, dass er sich Gedanken um mich macht. »Wie spät ist es?«

»Kurz nach einundzwanzig Uhr.«

Wir sind also etwas früher gelandet als geplant. Ich greife nach meinem Rucksack, der unter dem Vordersitz liegt. Ein paar Reihen vor mir kann ich Deriyas dunklen Haarschopf erkennen und Alejandro, der sich durch die kurzen, schwarzen Haare wuschelt. Obwohl ich geschlafen habe, fühle ich mich nicht wirklich munter, und so schlurfe ich den anderen hinterher zur Gepäckausgabe.

»Hast du schon gehört? Theo hat angeblich irgendeine

Überraschung für uns«, sagt Rieke aufgeregt zu mir, als sie mir bei der Warterei am Kofferband Gesellschaft leistet. »Eigentlich bin ich müde, aber seit ich das mit der Überraschung weiß, bin ich ein bisschen überdreht. Wie so ein Kleinkind, dem man zu viel Zucker gegeben hat.«

»Eine Überraschung hier am Flughafen?«

»Ich glaube schon.« Sie gähnt ausgiebig. »Kann man eigentlich schon kurz nach der Landung einen Jetlag haben?«

»Gute Frage.« Ich mag Überraschungen, aber gerade würde ich am liebsten nur noch in das hoffentlich bequeme Hotelbett fallen und alles andere auf morgen vertagen. Rieke lehnt sich an Alejandro, der sie in den Arm nimmt, während wir auf unsere Koffer warten. Die beiden sind ein süßes Paar. Es wäre schön, wenn ich jetzt auch jemanden hätte, an den ich mich lehnen könnte. Ich brauche nur noch eine Lösung, wie ich diesen jemand finden soll. Ich kann nicht einfach so drauflos flirten, wie Moritz es tut, denn dafür bin ich Männern gegenüber zu schüchtern. Falls also nicht irgendwann ein Mann den ersten Schritt macht, werde ich wohl noch für eine sehr lange Zeit Single bleiben.

Ich schiele zu Moritz rüber, der gerade eine dunkelblaue Reisetasche von dem Kofferband zieht. Dabei entgeht mir nicht, dass ihn zwei Teenager-Mädchen, die ich auf etwa fünfzehn schätze, interessiert beobachten. Sie tuscheln miteinander und kichern.

»Hey, ist das nicht deine Tasche?« Rieke stupst mich an und tatsächlich entdecke nun auch ich meine dunkelgraue Reisetasche mit dem auffälligen neongelben Kofferband. Als ich darauf zueile, bemerkt Moritz mich, kommt an meine Seite und zieht für mich die Tasche vom Band. Sein Bizeps spannt sich an und ich frage mich, ob er immer noch regelmäßig trainiert – es sieht zumindest so aus.

»Danke«, sage ich und reiße meinen Blick von ihm los. Meine Güte, was ist nur los mit mir? Ich benehme mich ja genau so albern wie die beiden Teenager eben! Früher auf den Bandproben hat Moritz mich nie derart durcheinandergebracht. Da war er einfach der Bruder von Hannes, der uns ab und zu Donuts vorbeigebracht und seine neue Freundin vorgeführt hat. Weshalb es absolut absurd ist zu denken, dass er jemals für mich geschwärmt hat, wie Hannes es behauptet hat.

»Hat jeder seinen Koffer und das Sondergepäck?«, ruft Hannes nach einer Weile in die Runde und lenkt mich so von meinen Gedanken ab. »Alles da? Prima, dann jetzt mal mir hinterher. Theo hat uns zum Empfang eine Überraschung versprochen. Ich habe auch keine Ahnung, um was es geht. Und denkt daran: Er weiß natürlich nix von dem Song und dem Auftritt. Er denkt einfach, ich will die Reise mit ein paar Freunden genießen! Also, auf gehts.«

Unsere Koffer hinter uns herziehend, laufen wir Hannes nach in Richtung des Ausgangs. Es ist nicht so leicht, in der Gruppe zusammenzubleiben, denn um uns herum herrscht ein ziemliches Gewusel und ständig stehen irgendwelche Menschen im Weg. Ich bin daher froh, als wir das Gebäude endlich verlassen, denn draußen lässt das Gedränge etwas nach, da viele sofort auf die Taxen zulaufen oder auf einen der Busse zusteuern, die auf die Reisenden warten. Uns erwartet allerdings nicht Theo, sondern ein Chauffeur mit einem Schild mit der Aufschrift »Family Waldmann« in der Hand. Der in einen schwarzen Anzug gekleidete Fahrer steht vor einer großen, weißen Limousine.

»Oh! Wie cool! Das muss ich fotografieren. Stellt euch doch mal alle vor den Wagen«, ruft Rieke sofort und ich biete mich stattdessen schnell als Fotografin an, denn ich lege keinen großen Wert darauf, mit meinen vermutlich müden Pandaaugen auf einem Gruppenfoto festgehalten zu werden. Auch Deriya guckt wenig begeistert, aber zum Glück war ich schneller mit dem Angebot, das Bild zu knipsen. Nach einem kurzen Fotoshooting nehmen wir in der Limousine Platz, in der es angenehm nach einem blumigen Parfüm duftet, und Moritz setzt sich neben mich. Solange er nicht über Frisuren und Sexvorlieben sprechen will, ist er mir als Sitznachbar durchaus willkommen.

»Möchtest du was trinken?«, fragt er und deutet auf die Minibar in dem Auto, die von bunten LED-Lichtern angestrahlt wird.

»Danke, für mich gerade nichts«, sage ich und mache es mir bequem in den dunklen Polstern. Moritz greift derweil nach einer Flasche Sekt. Während er unter den anderen Getränke verteilt, gibt uns der Chauffeur Bescheid, dass wir nun eine kleine Stadtrundfahrt unternehmen und er uns dann im Hotel absetzen wird. Die Aufregung darüber, Las Vegas gleich endlich mit eigenen Augen zu sehen, macht mich auch ohne Alkohol ein bisschen munterer.

Zum Glück muss ich mich mit dem Anblick der Stadt nicht lange gedulden. Bereits nach etwa zehn Minuten Fahrt erreichen wir Las Vegas und Moritz rutscht näher an mich heran, sodass sich unsere Oberschenkel berühren. »Schau mal da«, flüstert er mir ins Ohr und streckt seinen Arm über meine rechte Schulter aus, um mir die Richtung zu zeigen, in die ich mich wenden soll. Die Wärme seines Beins, das so dicht an meinem ist, lenkt mich ab.

»Das berühmte Schild«, flüstere ich und bereue es ein wenig, dass ich mein Handy nicht griffbereit habe, um schnell ein Foto zu schießen.

Laura und meine Eltern würden sich über ein Bild davon bestimmt freuen. Zum Glück ist Rieke besser vorbereitet und macht Fotos, sodass sie mir später sicherlich welche schicken kann.

Es fällt mir nicht so leicht, mich auf die imposanten Gebäude und blinkenden Lichter der Stadt zu konzentrieren, während Moritz mir so nah ist. Sein Oberschenkel an meinem gefällt mir besser, als er mir gefallen sollte. Wenn ich das Laura verrate, wird sie vermutlich davon überzeugt sein, dass ich definitiv reif bin für eine neue Beziehung und es doch noch mal mit dem Online-Dating ausprobieren sollte.

»Du kennst die Stadt vermutlich in- und auswendig, oder?«, frage ich Moritz.

»Es geht. Wir haben nicht direkt hier am Strip gewohnt, aber unsere Mum hat in einem der Hotels gearbeitet.«

»Habt ihr deswegen hier gelebt?«

»Ja. Fast vier Jahre lang, dann sind wir wieder nach Deutschland zurück.«

»Was war denn mit eurem Familienunternehmen in der Zeit?«

»Dad hat sich darum gekümmert. Er war deswegen nur selten mal zu Besuch hier.«

»Und ich dachte immer, eure Mutter arbeitet auch in eurem Unternehmen.«

»Das tut sie auch, jetzt wieder. Aber sie wollte damals was anderes machen. Eine Weile raus aus dem gemachten Nest, wie sie es immer nannte, und zurück in die Branche, aus der sie ursprünglich kam, bevor sie in das Unternehmen von Dads Eltern eingestiegen ist. Sie ist im Job eine Weile kürzergetreten wegen uns Jungs und wollte die Chance hier in Las Vegas nutzen. Außerdem hatte sie damals Heimweh.«

Ich erinnere mich daran, dass Hannes mal davon erzählte, dass ihre Mum lange Zeit in den USA gelebt hat, was wohl auch der Grund dafür ist, dass er und seine

Brüder zweisprachig aufgewachsen sind. Vermutlich fällt es Hannes deshalb auch so leicht, englische Songtexte zu schreiben.

»Warum hat eure Mutter eigentlich zwischendurch in den USA gelebt? Hat sie hier studiert?«

»Sie ist schon lange vor dem Studium nach Amerika gezogen. Als sie neun war, ist ihr Vater aus beruflichen Gründen nach Las Vegas gegangen und die Familie mit ihm. Sie hat hier ihren Schulabschluss gemacht, ging dann aber für ein Studium zurück nach Deutschland. Danach wollte sie eigentlich wieder in die USA, doch dann hat sie an der Uni unseren Dad kennengelernt.«

»Ah, verstehe. So kam es dann anders als geplant.«

»Genau.«

»Ist bestimmt nicht so einfach, sich in zwei Ländern heimisch zu fühlen.«

»Mag sein.«

»Hast du Las Vegas nie vermisst? Du hast doch auch ein paar Jahre hier gelebt.«

»Nein, hab' ich nicht.« Er wirkt plötzlich traurig und ich habe das Gefühl, auf ein Thema gestoßen zu sein, über das er nicht gerne reden möchte. Doch ehe ich mir darüber weiter Gedanken machen kann, hält er mir sein Sektglas hin.

»Möchtest du wirklich nichts trinken?«

»Nein, danke.« Zumindest will ich Alkohol vermeiden und etwas anderes bietet die Minibar in diesem Gefährt nicht an. Mir ist es noch immer nicht geheuer, dass ich mir mit einem fast Fremden das Zimmer teilen soll und ich möchte nicht in Versuchung geraten, mir die Situation schön zu trinken. »Ich bin echt gespannt darauf, die Stadt besser kennenzulernen. Hier ist alles so riesig.«

Er lacht. »Das stimmt. Ich kann dir ein paar schöne Ecken zeigen, die etwas außerhalb liegen. Las Vegas hat so viel mehr zu bieten als den Strip mit seinen Hotels und den vielen Casinos.«

»Trotzdem war das mit der Stadtrundfahrt eine tolle Idee von Theo. Ich weiß ja nicht, ob ich euren Bruder vor der Hochzeit schon mal sehe, daher richtet ihm gerne einen ganz großen Dank für die tolle Idee aus.«

»Mache ich«, versprechen Hannes und Moritz gleichzeitig.

»Aber er und Britta haben volles Programm in den nächsten Tagen«, gibt Hannes zu bedenken. »Würde mich nicht wundern, wenn Moritz und ich sie auch erst zur Hochzeit zu Gesicht bekommen.«

»Fotozeit!«, ruft Rieke dazwischen und zückt ihr Smartphone. Ich bemühe mich, ein natürliches Lächeln aufzusetzen, während sie eifrig Bilder von uns in der Limousine macht. Als sie damit fertig ist, zieht Alejandro sie wieder an sich, um weiter Arm in Arm mit ihr den Ausblick zu genießen. Ich weiß, dass die beiden sich tatsächlich über eine Dating-App kennengelernt haben. Vielleicht sollte ich Rieke mal fragen, wie es ihr gelungen ist, auf diese Weise an einen seriösen Kerl wie Alejandro zu geraten. Ich habe sonst kein Problem damit, Single zu sein, aber in solchen Momenten spüre ich doch, dass mir diese besondere Vertrautheit zu einem anderen Menschen fehlt. Da ist es nur ein kleiner Trost, dass ich noch immer Moritz' Wärme fühle, der so nah neben mir sitzt.

Er ist wirklich ein Typ, bei dem ich für einen Augenblick schwach werden könnte, was mich an sein Angebot denken lässt, dass ich jederzeit in seinem Zimmer willkommen bin. Nicht dass ich daran interessiert bin, ihn dort zu besuchen! Zwischen den ganzen Pärchen fühle ich mich bloß ein wenig einsam, auch wenn Hannes und Deriya alles andere als glücklich miteinander wirken. Manchmal hat es eben auch Vorteile, Single zu sein. Man muss sich mit niemandem arrangieren und kann einfach sein eigenes Ding durchziehen. So wie Moritz, der auf dieser Reise ein Zimmer für sich alleine hat und heute Nacht nicht in seinem Pyjama vor Adam herumspringen muss. Wobei ihm das sicherlich egal wäre.

O Mann! Ich wünschte, ich hätte wenigstens einen richtigen Schlafanzug eingepackt. Hätte Hannes mich früher vorgewarnt mit dem gemeinsamen Zimmer, wäre meine Klamottenauswahl für das Bett ganz eindeutig anders ausgefallen!

5. Sonntag, 27.10. – Bellagio

Natürlich habe ich schon Fotos von dem Hotel Bellagio gesehen und es auch in Filmen bewundern können. Doch es ist etwas ganz anderes, wenn man selber davor steht und das Springbrunnen-Spektakel vor Ort erleben kann. Es ist nicht nur das Spiel des Wassers, das dank der Lichteffekte in verschiedenen Farben erstrahlt, sondern auch die musikalische Untermalung trägt dazu bei, dass ich für einen Moment vergesse, wie müde ich bin. Bloß am Rande bekomme ich mit, dass Rieke wie verrückt Fotos schießt. Ich dagegen will diesen Moment einfach nur genießen, denn ich habe noch genügend Zeit in den nächsten Tagen, um Bilder oder Videos zu machen.

»Das war so großartig!«, schwärmt sie, als die Show vorbei ist. »Ich will hier nie wieder weg.«

»Wir sind ja noch ein paar Tage hier, um das Spektakel zu bewundern«, sagt Hannes amüsiert und zupft an seinem Oberteil, als wäre ihm warm. Es ist zwar spät am Abend, aber die Luft ist noch immer sehr angenehm, sodass auch ich nur ein T-Shirt trage. Die Sweatjacke habe ich in meinen Rucksack gequetscht.

»Lasst uns lieber mal ins Hotel gehen, damit wir einchecken können«, schlägt Hannes vor.

»Yes, Sir!«, verspricht Rieke und hält wie eine Soldatin die Hand an die Stirn. Also machen wir uns auf den Weg in die Lobby, durch die wir regelrecht in Zeitlupe schlendern, denn so können wir die luxuriöse Einrichtung besser genießen.

Um seine Koffer muss man sich hier entweder grundsätzlich nicht selber kümmern, oder es war doch ein Trinkgeld, das Hannes einem der Mitarbeiter mit Gepäckwagen eben zugesteckt hat. Ich unterdrücke den Impuls sofort zu prüfen, ob mit meiner Gitarre alles in Ordnung ist. Damit werde ich mich gedulden müssen, bis ich auf dem Zimmer bin.

In der Lobby wirkt alles gepflegt und pompös. Ein edel aussehender cremefarbener Boden, den ich für Marmor halte, dominiert die Farbgebung. Zahlreiche Pflanzen in riesigen Vasen, sowie ein dekorativer Springbrunnen, lockern die Atmosphäre auf. Es sind viele andere Gäste an der Rezeption, doch dadurch, dass die Halle so groß ist, haben wir in der Gruppe genügend Platz und stellen uns an einem der Empfangstresen an, um einzuchecken.

Das Hotel ist kein bisschen mit denen zu vergleichen, die ich mir bisher als Studentin leisten konnte, was auch daran liegt, dass das Bellagio über mehr als 3.900 Zimmer verfügt und zudem sechsunddreißig Etagen umfasst. Hoffentlich streikt hier niemals der Aufzug!

Während ich einerseits begeistert bin, macht es mich andererseits zunehmend nervös, bald das Zimmer zu sehen, das ich mir mit Adam teilen muss. Dabei habe ich bisher kaum ein Wort mit ihm wechseln können. Was machen wir also, wenn wir uns überhaupt nicht verstehen? Ob Deriya es wirklich mitmachen würde, wenn Hannes ihr ankündigt, dass er zu Adam ins Zimmer zieht?

Zwar erkundigt sich Hannes an der Rezeption noch einmal, ob zwischenzeitlich ein Zimmer frei geworden ist, aber die freundliche junge Dame erklärt ihm, dass zu Halloween so kurzfristig nichts zu machen ist. Immerhin verspricht sie ihm, sofort Bescheid zu geben, falls doch noch Kunden unerwartet ihre Zimmerbuchung stornieren sollten.

»Danke, das ist lieb von dir, dass du noch mal gefragt hast«, sage ich, als wir den Check-in erledigt haben und gemeinsam zu den Aufzügen gehen.

»Ich hatte eigentlich damit gerechnet, dass wir Glück haben und kurzfristig doch was frei wird. Tut mir leid, dass es nicht geklappt hat.«

»Adam und ich werden uns schon zusammenraufen.« Das hoffe ich zumindest.

»Hannes, kommst du?«, fährt Deriya ungeduldig dazwischen, die ein paar Schritte vor uns herläuft und offensichtlich genervt ist. »Ich bin wirklich müde!«

»Im nächsten Monat ist hier alles weihnachtlich geschmückt«, erzählt Hannes und ignoriert seine Freundin, die ihm einen giftigen Blick zuwirft.

»Das sieht dann bestimmt toll aus.«

»Tut es, aber Theo und Britta wollen nun mal unbedingt an Halloween heiraten.«

»Dann lohnt es sich also, zu Weihnachten noch mal wiederzukommen?«, scherze ich, denn das ist absolut unrealistisch, sofern ich nicht überraschend zu Geld komme.

Hannes grinst. »Eigentlich schon. Zumindest dann, wenn man verrückt nach Weihnachten ist. Alternativ kann ich da aber auch das Disneyland in Paris empfehlen. Da hat man einen kürzeren Flug und auch ganz viel Weihnachtskitsch.«

»Ich war mal mit Freundinnen mit dem Auto dort«, mischt Rieke sich ein. »Das geht gut bis nach Paris. Es waren nur knapp fünf Stunden Fahrt und das ist viel billiger als fliegen.«

Disneyland ist tatsächlich ein Reiseziel auf meiner Liste, doch jetzt möchte ich erst mal den Aufenthalt in dieser Casinostadt genießen, auch wenn ich mit Glücksspiel eigentlich nichts am Hut habe.

»Hat man in einer Woche überhaupt genug Zeit, hier in der Stadt alles zu sehen?«, erkundige ich mich.

Moritz, der zu uns aufschließt, wiegelt ab. »Für die wichtigsten Sachen reicht es schon, wenn man gut plant.«

»Vergiss nicht, dass wir proben müssen«, wirft Hannes ein. »Wir hatten noch gar keine Chance, den Song mit der neuen Bandbesetzung zu spielen.«

»Und der Junggesellenabschied findet auch noch statt«, sagt Rieke. »Was machen eigentlich die Frauen zu dem Anlass? Alejandro wusste von nichts. Sind wir da überhaupt mit eingeplant?«

»Auf jeden Fall!«, versichert Hannes, als wir endlich im Aufzug stehen. »Ich gebe euch am besten mal die Nummer von Nadine. Das ist die Trauzeugin von Britta. Sie kann euch mehr Infos geben. Ich war zusammen mit Moritz nur für Theos Abschied zuständig.«

»Und was habt ihr euch für die Männer einfallen lassen?«, frage ich, während wir mit dem Aufzug in die einundzwanzigste Etage hochfahren, auf der wir unsere Zimmer haben.

»Das verraten wir nicht«, meint Moritz grinsend.

»Das stimmt, das ist geheim«, pflichtet Hannes ihm bei. »Nicht dass Theo sonst von der Überraschung Wind bekommt.«

»Schade.« Rieke sieht die Brüder enttäuscht an. »Aber dafür holen wir uns dann wenigstens die Infos von Nadine, was Mädels?«

Ich nickte begeistert, Deriya dagegen reagiert nicht.

Es erfordert etwas Geduld, mit dem Aufzug unsere so weit oben gelegene Etage zu erreichen, da immer mal andere Gäste des Hotels aus- oder zusteigen. Im Flur unseres einundzwanzigsten Stockwerks werden wir schließlich von dunkelblau gemusterten Teppichböden mit kreisförmigem Muster empfangen. Dank der hellen Tapeten an den Wänden macht das Ganze aber dennoch einen freundlichen und einladenden Eindruck.

Moritz' und Hannes' Zimmer sind die ersten in dem langen Gang, danach kommt das Zimmer von Adam und mir. Ich bin überrascht, als er mir die Tür zu unserem Hotelzimmer aufhält. So viel Gentleman hätte ich unserem Schlagzeuger gar nicht zugetraut, nachdem er sich bisher eher desinteressiert gezeigt hat.

Neugierig betrete ich den kleinen, hell gefliesten Flur, von dem zur rechten Seite ein geräumiges Bad mit Doppelwaschbecken abgeht. Im Schlafbereich gehen die Fliesen in einen grau gemusterten Teppichboden über. Zu meiner Erleichterung erwarten uns dort sogar schon unsere beiden Koffer sowie meine E-Gitarre. Adams Schlagzeug soll dagegen direkt in den Probenraum gebracht werden. Deshalb kann er, im Gegensatz zu mir, nicht sofort nachprüfen, ob mit seinem Instrument alles in Ordnung ist.

Erfreut stelle ich nach einer gründlichen Inspektion fest, dass meine Gitarre alles gut überstanden hat. Währenddessen hat Adam schon seinen halben Koffer ausgepackt. Einen Teil seiner Klamotten hat er auf dem vorderen Queensize-Bett ausgebreitet, sodass ich davon ausgehe, dass er dieses Bett haben möchte. Zwischen den Betten steht eine breite Kommode, die zugleich als Nachttisch fungiert, und vor der riesigen Fensterfront befindet sich ein kleiner Glastisch mit einem Stuhl in der einen Ecke. Auf der anderen Seite steht ein orangefarbener Lesesessel mit Fußbänkchen. Das Zimmer ist schön und modern eingerichtet und ich fühle mich auf Anhieb wohl.

Etwas irritiert bin ich darüber, dass gegenüber von den Betten nur eine weitere große Kommode steht, über welcher der Fernseher hängt. Ich frage mich, wo wir unsere Klamotten unterbringen sollen. Doch in dem Moment öffnet Adam eine weitere Tür, hinter der sich nicht nur ein kleiner begehbarer Kleiderschrank verbirgt, sondern auch ein Safe. Zwei weiße Bademäntel und Badetücher hängen bereits in dem Schrank, in den Adam ein paar seiner Sachen einräumt. Doch bevor ich auspacke, genieße ich erst einmal den Ausblick auf die hell beleuchtete Poollandschaft. Aber noch mehr als der Pool begeistert mich der Anblick der Stadt, die im Dunkeln in allen möglichen Farben erstrahlt.

»Wow, ist das schön!« Ich bin völlig aus dem Häuschen, versuche aber meine Emotionen zu bremsen, denn Adam nimmt das Ganze sehr entspannt auf. Schließlich pausiert er doch kurz mit dem Auspacken und stellt sich für einen Moment schweigend neben mich.

»Kann ich ein Fach in der Nachttischkommode haben?«, frage ich, nachdem ich mich von der Aussicht auf das nächtliche Las Vegas gelöst habe.

»Da kannst du alle Fächer haben.«

»Umso besser.« Da die Kommode etwa doppelt so breit ist wie ein gewöhnlicher Nachttisch, habe ich dort genug Staufläche für Shirts, Socken und meine Unterwäsche. An Adams Augen vorbei mogele ich schnell meine BHs mit C-Körbchen sowie meine Slips in die Schublade, und schmeiße das Fach vielleicht etwas zu hastig zu, denn er schaut einen Moment verwundert zu mir rüber. Etwas ratlos blicke ich schließlich auf die beiden dünnen und kurz geschnittenen Sleepshirts, die ich für die Woche eingepackt habe.

»Ich bin mal im Bad«, reißt Adam mich aus meinen Gedanken.

»Klar.«

Er nickt und verschwindet im Badezimmer, während ich eines der Sleepshirts unter die Bettdecke werfe. Dann schreibe ich Laura und meinen Eltern, dass wir gut angekommen sind, ich gerade auspacke und gleich noch etwas essen möchte, bevor ich dann todmüde ins Bett fallen werde. Dass ich mir mit einem Bandkollegen das Zimmer teilen muss, verrate ich nur Laura.

Als Adam aus dem Bad kommt, ist in meinem Koffer nur noch der Kulturbeutel und ich muss das Abendkleid für die Hochzeit verstauen, das ich mir auf den letzten Drücker in einem Secondhand-Shop gekauft habe. Für den Auftritt mit der Band habe ich noch ein weiteres Outfit dabei, weil wir im Blues Brothers Stil auftreten wollen, doch danach kann ich das Kleid anziehen. Denn nach dem Gig werden wir uns unter die anderen Gäste mischen, da ein DJ die spätere musikalische Gestaltung des Abends übernehmen wird. Da die Feier im Hotel stattfindet, ist das Umziehen zwischendurch zum Glück kein Problem.

Vorsichtig hänge ich das hellblaue Kleid in den Schrank. Das Oberteil hat einen eingearbeiteten BH und ist leicht gerafft und um die Taille verläuft ein schmales silbernes Band, das zu einem dezenten silbernen Blumenmuster bis hin zum Saum verläuft. Es ist schlicht, mit einem recht offen geschnittenen Rücken, und hat dennoch das gewisse Etwas. Ich hatte mich sofort darin verliebt. Zum Glück hat es den Transport recht knitterfrei überstanden, vermutlich dank der Falttechnik, die mir die Verkäuferin gezeigt hat.

Nachdem ich auch meinen Pflege- und Kosmetikkram im Badezimmer eingeräumt und mich frisch gemacht habe, beschließe ich, eines der Restaurants im Hotel aufzusuchen. Adam liegt derweil mit hinter dem Kopf verschränkten Armen auf dem Bett und hat die Augen geschlossen. Wahrscheinlich ist er schon eingeschlafen. Fast beneide ich ihn ein wenig.

»Wo gehen wir hin?«

Erschrocken zucke ich zusammen, als ich mir ein Paar Sneakers aus dem Kleiderschrank hole. »Wir? Also ich gehe was essen.«

»Gut.« Er steht auf und schlüpft in seine Schuhe. »Wo?«

»Es gibt hier mehrere Restaurants. Ein Steakhouse zum Beispiel, aber das ist viel zu teuer, fürchte ich. Ich gehe lieber in das Büfettrestaurant.«

»Okay«, sagt Adam, der schon an der Zimmertür auf mich wartet. Offensichtlich möchte er sich meinem Plan mit dem Abendessen anschließen. Das verwirrt mich ein wenig. Einerseits sucht er nicht gerade Kontakt zu mir, aber nun dackelt er mir hinterher zum Essen. Immerhin hat er seine Noise-Cancelling-Kopfhörer nicht dabei.

»Was für ein Timing«, ruft uns Moritz' Stimme zu, als wir das Zimmer gerade verlassen haben. »Wollt ihr auch noch was essen?«

»O ja, ich bin furchtbar hungrig«, gebe ich zu.

Mit einem erfreuten Lächeln zieht Moritz seine Zimmertür zu und eilt an meine Seite. »Da spiele ich doch gerne den Begleiter. Dann kann ich dich ...«, er wirft Adam einen stirnrunzelnden Blick zu, »oder besser gesagt, dann kann ich euch direkt einladen.«

Adam grinst breit, doch ich wehre ab. »Das kann ich nicht annehmen.«

»Das musst du. Hannes hat gesagt, die Band wohnt und speist auf unsere Kosten. Hm, wobei ... eigentlich auf seine Kosten. Es ist schließlich sein Geschenk an Theo und Britta mit dem Song.«

»Und du schenkst den beiden was eigenes?«

»Sicher. Ich bin ja nicht mal Bandmitglied.«

Meine Neugier ist geweckt. »Was schenkst du ihnen denn?«

Er dreht sich im Laufen zu mir und legt den Zeigefinger auf die Lippen. »Das ist geheim.«

»Och, schade.«

»Du wirst es am Donnerstag vielleicht erfahren. Wo wollt ihr denn hin zum Essen?«

»Ins Büfettrestaurant.«

Moritz mustert Adam und mich. Während er selbst eine schwarze Chinohose und ein dunkelgraues Hemd trägt, sind Adam und ich eher sportlich gekleidet. Außerdem riecht Moritz wahnsinnig gut nach einem herben Aftershave, das aber nicht zu schwer ist, sodass ich mich ein wenig beherrschen muss, nicht an ihm zu schnuppern. Ich schiebe das auf meine Übermüdung und zu wenig Essen in den letzten Stunden. Wahrscheinlich ist mein Hirn dadurch ein wenig verwirrt und lässt sich von seltsamen Dingen beeindrucken.

»Wir müssen auch unbedingt mal ins Steakhouse und ins Picasso gehen, aber leider sind die Läden etwas versnobt«, erklärt er uns. »Da werdet ihr euch anders kleiden müssen.«

»Haben die hier etwa einen Dresscode in den Restaurants?«, frage ich erschrocken.

»Für manche leider schon. Da sind auch teils keine kleinen Kinder erlaubt.«

»Das ist heftig«, sage ich und zupfe an meinem dunkelblauen Langarm-Shirt mit V-Ausschnitt und kleinen cremefarbenen Zierknöpfen, die den Ausschnitt auf einer Seite umranden.

»Das würde sogar gehen«, beruhigt Moritz mich. »Aber dann keine Sportschuhe dazu, sondern was Schickeres.«

»Da habe ich zum Glück welche für die Hochzeitsfeier

dabei. O Mann, das hatte ich beim Einpacken überhaupt nicht bedacht, dass man hier vielleicht einen Dresscode beachten muss.« Leider hat Hannes davon auch nichts erwähnt. Das ist ihm wohl ebenso entfallen wie das gemeinsame Zimmer mit Adam.

»Das ist nicht schlimm. Nur ein paar Kilometer weit weg ist ein Outlet-Center. Da bekommst du alles, was du brauchst.«

Ich lächele gequält. Theoretisch mag das möglich sein, aber praktisch gibt mein Kontostand keine größeren Shopping-Touren her.

»Ich schaue mal, ob ich nicht doch genug Passendes eingepackt habe«, meine ich ausweichend und hoffe, Moritz fragt nicht weiter nach. Er und Hannes lassen nie heraushängen, dass sie Geld haben, aber manchmal scheinen sie zu vergessen, dass es nicht die Normalität ist.

Das Essen im Büfettrestaurant war lecker und es gab eine riesige Auswahl, doch nun, mit gut gefülltem Magen, macht sogar Moritz einen müden Eindruck. Daher beschließen wir, heute nicht mehr ins Casino zu gehen, sondern direkt auf unsere Zimmer. Tatsächlich hat Moritz es sich nicht nehmen lassen, für uns zu bezahlen und gesagt, dass wir das mit seinem Bruder diskutieren sollen, falls uns das nicht passt. Von Hannes weiß ich, dass ihre Eltern ihnen von Geburt an Fonds-Konten eingerichtet haben, außerdem haben Theo, Hannes und Moritz bereits einen Teil ihres Erbes erhalten. Dennoch hat Moritz einen Nebenjob als Fitnesstrainer, wie ich seit dem Abendessen weiß, und sicherlich hat er dort zahlreiche weibliche Fans. Hauptsächlich ist er allerdings damit beschäftigt, Sport zu studieren.

Moritz erreicht als Erster sein Zimmer, doch bevor er hinter der Tür verschwindet, ruft er »Elli« und ich drehe mich zu noch einmal zu ihm um.

»Hab' süße Träume, Zopfmädchen«, sagt er und zwinkert mir zum Abschied zu. Ich spüre, dass meine Wangen heiß werden. Gut, dass Moritz schon in seinem Zimmer ist und das verräterische Rot nicht sehen kann. Adam wartet derweil an unserer Zimmertür auf mich und verschwindet dann sofort im Bad. Während ich das Wasser rauschen höre, weil die Dusche läuft, wühle ich meine Klamotten durch. Ich hoffe, dass ich etwas finde, was sich alternativ zum Sleepshirt als Schlafkleidung eignet, doch es ist nicht Passendes dabei. Vielleicht sollte ich also wirklich über einen Besuch im Outlet-Center nachdenken.

Als Adam im Bad fertig ist, hüpfe auch ich noch schnell unter die Dusche und rede mir währenddessen ein, dass er mich bei einem Besuch des Pools sogar im Bikini sehen würde. Im Vergleich dazu hat mein Sleepshirt also richtig viel Stoff. Und vielleicht ist er inzwischen auch längst eingeschlafen. Schließlich hat das Duschen und Zähne putzen ein wenig gedauert. Ich ziehe noch einmal das rote Viskose-Sleepshirt lang, das nicht mal bis zur Mitte meiner Oberschenkel reicht. Egal, wie sehr ich daran zupfe, es wird nicht länger. Der Stoff verdeckt gerade mal meinen Slip. Außerdem verwünsche ich das Material. Adam hat eben im Zimmer die Klimaanlage eingeschaltet und abgesehen davon, dass mir das Nachthemd quasi auf der Haut klebt, betont es auch noch meine großen Brüste. Aber gut, das ist wirklich kindisch, auch wenn mir das mit dem gemeinsamen Hotelzimmer ein bisschen intimer vorkommt als ein Besuch am Pool.

»Soll ich die Klimaanlage ausschalten?«, fragt Adam, als ich an seinem Bett vorbeilaufe, und ich verschränke sofort die Arme vor der Brust. Hat er etwa bemerkt, dass mir kühl ist? Er sitzt entspannt im Schneidersitz auf dem Bett, hat ein Buch auf dem Schoß liegen und schaut zu mir auf. Schnell husche ich unter die Bettdecke.

»Nein, mir ist nicht kalt.«

Er betrachtet mich zweifelnd.

»Willst du noch lesen?«, wechsele ich hastig das Thema.

Er schüttelt den Kopf und klappt das Buch zu, während ich mein Nachtlicht ausschalte.

»Gute Nacht«, sage ich und wünschte mir, dass Laura hier wäre. Obwohl ich nicht alleine reise, fühle ich mich plötzlich einsam. Mit ihr wäre diese Reise sicherlich lustig. Wir würden die Nächte zum Tag machen, gemeinsam die Sehenswürdigkeiten der Stadt erkunden, und sie würde sich darüber amüsieren, dass Moritz Interesse an mir zeigt und mit mir flirtet, während ich damit überfordert bin. Sicherlich würde sie mir raten, dass ich mir eine Romanze mit ihm gönnen soll, auch wenn es für ihn nichts Ernstes ist. Der selbstbewusste, abenteuerlustige Anteil meiner Persönlichkeit würde ihr begeistert zustimmen, aber das ist nur ein kleiner Anteil meines Ichs. Ich bin kein Typ für Abenteuer. Ich bin diejenige, die attraktive Männer lieber von der Ferne aus anschmachtet. Obwohl ich hundemüde bin, gehen mir plötzlich so viele Gedanken durch den Kopf, dass es eine Weile dauert, bis ich endlich zur Ruhe komme.

6. Montag, 28.10. – Rehearsal

Ich schlage nach einer Hand, die an meiner linken Schulter rüttelt.

»Morgen«, sagt Adam und holt mich schlagartig in die Realität zurück. »Kommst du mit?«

»Wohin?« Ich reibe mir die müden Augen.

»Zum Band-Frühstück.«

Verdammt! Da hatten wir gestern beim Abendessen noch im Band-Chat zu geschrieben, den Hannes extra für die Reise eingerichtet hat, aber ich hatte völlig vergessen, meinen Wecker zu stellen. Hektisch greife ich nach meinem Smartphone. Adam wirkt ziemlich munter, ich dagegen fühle mich hundemüde. Anscheinend betrifft der Jetlag nur mich. Umso besser, dass Adam mich geweckt hat. Wenn er das für meinen Geschmack auch etwas früher hätte tun können, denn nun muss ich mich sputen. Er ist schon komplett angezogen und setzt sich mit seinem Buch in den orangefarbenen Sessel.

»Danke, dass du mich geweckt hast«, sage ich und husche vom Bett aus schnell ins Bad. Gott sei Dank haben wir heute, abgesehen von der Bandprobe, nichts vor. Der Junggesellinnenabschied wird erst morgen gefeiert und dann bin ich hoffentlich schon fitter.

Als ich aus dem Bad komme, liest Adam immer noch.

Ich bin überrascht, dass er auf mich gewartet hat, aber da ich mich beeilt habe, schaffen wir es dennoch rechtzeitig zum gemeinsamen Frühstück. Wir sind nicht mal die Letzten. Lediglich Alejandro und Rieke sitzen bereits an einem Tisch. Damit wir sie in dem großen Restaurant überhaupt finden konnten, hatten sie extra ein Foto im Band-Chat von ihrem Platz gepostet. Denn natürlich ist das Frühstücksbüfett im Bellagio gigantisch groß. Entsprechend wuselig ist es um uns herum, weil zahlreiche Menschen frühstücken wollen.

Da Alejandro und Rieke schon Brötchen, Aufschnitt, Rühreier und Kaffee für sich organisiert haben, gehen Adam und ich direkt zum Büfett. Der Geruch nach gebratenen Eiern, Speck und Kaffee schlägt mir entgegen, aber am meisten verführt mich der Duft von frisch gebackenen Waffeln. Nachdem ich dreimal um diese herumgeschlichen bin, nehme ich mir schließlich eine mit. Wenn man mal die Gelegenheit hat, in einem Fünfsternehotel zu frühstücken, muss man das ausnutzen. Für das gute Gewissen packe ich mir aber auch noch etwas Obst auf den Teller. Während ich von meiner Stapelkunst beeindruckt bin, hat Adam sich einfach zwei Teller genommen und kehrt kurz nach mir an unseren Tisch zurück.

»Morgen, Hannes«, sage ich zu unserem Bandgründer und Keyboarder, der inzwischen auch im Restaurant angekommen ist. Doch Frohnatur Hannes wirkt heute nicht allzu gut gelaunt. Deriya dagegen kann ich nicht entdecken, aber es würde mich nicht wundern, wenn sie das Frühstück ausfallen lässt. Sie scheint sich nicht allzu viel aus Essen zu machen.

»Hey, Elli«, erwidert er freundlich, doch das Lächeln erreicht seine Augen nicht. »Hast du gut geschlafen?«

»Zu kurz«, sage ich und muss passend dazu gähnen.

Hannes nickt mitfühlend. »Geht mir auch so. Ich hole

mir auch mal was zu essen ... und vor allem einen starken Kaffee.«

»Wo ist denn Deriya?«, frage ich an Alejandro gewandt, nachdem Hannes sich entfernt hat.

»Schon am Büfett, auf der Suche nach Bio-Gemüse oder so.« Er verdreht die Augen.

»Du magst sie nicht besonders, oder?«

»Keiner mag sie, außer Hannes.«

»Alejandro!«, sagt Rieke tadelnd.

»Was denn? Stimmt doch!« Er nimmt einen Schluck Kaffee. »Ich habe keine Ahnung, wie Hannes es mit der aushält.«

Ich blicke zu Adam, doch von ihm kommt keine Reaktion. Ich frage mich, was Moritz dazu sagen würde, denn als Hannes' Bruder kennt er Deriya sicherlich etwas besser. Doch Moritz scheint noch zu schlafen, statt sich unserem Frühstück anzuschließen. Er muss schließlich heute nicht mit der Band proben und hat bereits aus-geplaudert, dass er eine Nachteule ist.

»Ich kenne Deriya erst seit gestern«, sage ich.

»Da hast du nichts verpasst.«

»Pst!« Rieke sieht Alejandro vorwurfsvoll an. »Sie kommt wieder.«

Deriya balanciert etwas Obst und Gemüse auf ihrem Teller sowie eine Scheibe Brot, nickt uns kurz zu und setzt sich an den Tisch.

»Morgen«, sage ich.

Sie zieht pikiert eine Augenbraue hoch, als sie auf meinen Teller sieht. »Waffeln zum Frühstück.«

»Die sind echt lecker!« Sie sind sogar himmlisch und ich werde mich beherrschen müssen, gleich nicht noch mehr davon zu holen.

Sie rümpft die Nase. »Natürlich. Fett und Zucker lassen alles gut schmecken.«

Alejandro wirft mir einen »Was habe ich dir gesagt«-Blick zu.

»Sollen wir zusammen was unternehmen, während die anderen proben?«, lenkt Rieke vom Thema Ernährung ab und schaut fröhlich zu Deriya, die anscheinend gar nicht gemerkt hat, dass mich ihre Bemerkung ärgert. »Ich hatte überlegt, zum Outlet zu fahren und ...«

»Ich habe schon was vor«, fällt Deriya ihr ins Wort.

»Ach! Schade. Na dann.« Rieke wirkt enttäuscht.

»Wenn das mit dem Outlet bis morgen warten kann, komme ich gerne mit«, biete ich an. Auch wenn ich nicht viel ausgeben kann, ein wenig gucken darf ich schon. Bestenfalls finde ich einen Ersatz für die beiden Sleep-shirts. Angeblich soll man in amerikanischen Outlets rich-tig gute Schnäppchen machen, sodass ich meine Reise-kleidung hoffentlich nicht nur um einen Pyjama, sondern auch um ein oder zwei schicke Blusen erweitern kann.

Rieke strahlt mich an. »Ehrlich? Alejandro hat nämlich gar keinen Bock, mit mir dahin zu fahren.«

»Und du hast auch gar keinen Platz mehr in deinem Koffer für neue Sachen«, entgegnet er.

»Habe ich wohl! Wenn ich schon mal in den USA bin, muss ich auch ins Outlet-Center, das hatte ich beim Packen extra eingeplant. Vielleicht willst du ja morgen mit«, sagt sie dann an Deriya gewandt. »Wir haben einen echt coolen Leihwagen bekommen. Bin schon gespannt, wie der sich fährt.«

»Wie ist der Kaffee?«, fragt Hannes, als er wieder zu uns stößt.

»Okay«, sagt Rieke höflich.

Hannes grinst und probiert. »Das war immer schon so hier«, sagt er dann. »Wer vernünftigen Kaffee will, der geht hier im Hotel ins Starbucks.«

»O ja, da muss ich auch unbedingt hin. Ich liebe die

Variante mit dem weißen Schokosirup und viel Sahne«, sagt Rieke sofort. »Fangt ihr direkt nach dem Frühstück mit der Probe an?«

»Ja, oder?« Hannes sieht Alejandro, Adam und mich an. »Wir haben den Raum die ganze Zeit und können den flexibel zum Proben nutzen. Da sollten wir den Tag heute nicht verplempern.«

»Was ist denn mit Clara?«, frage ich, denn auch wenn wir den Song ohne Gesang spielen und einüben können, wäre es natürlich schöner, wenn sie dabei ist.

»Sie und Yuiko sind vor einer halben Stunde gelandet«, gibt Hannes uns ein Update. »Clara hat geschrieben, dass sie gleich nur schnell hier im Hotel einchecken und sie dann direkt zur Probe kommen können.« Er sieht mich an. »Es sei denn, es stört dich, wenn wir bei der ersten Probe direkt eine Zuschauerin haben.«

Ich schüttele den Kopf, auch wenn Yuiko sehr kritisch sein kann und ihre Meinung zumeist offen äußert. Aber ich mag sie und sie kennt meine Bühnenangst. Darauf wird sie hoffentlich Rücksicht nehmen, sollte der erste Durchlauf des Songs ein Reinfall werden.

»Klingt aber ganz schön stressig für die beiden«, werfe ich ein.

»Es geht. Von San Diego aus sind sie nur etwa eineinhalb Stunden geflogen. Und bis Clara hier ist, können wir uns schon mal ein bisschen warm spielen. Du und Adam habt noch nie zusammen gespielt und dann könnt ihr euch ein bisschen eingrooven.«

Das ist gut, denn auch wenn die Noten dieselben sind, ist es besser, wenn wir ein wenig Übung als Gruppe bekommen. Da morgen die Junggesellenabschiede stattfinden, bleiben uns in der neuen Bandkonstellation gerade mal zwei Tage zum Proben, bevor es ernst wird.

»Wir starten morgen erst um fünfzehn Uhr mit dem

Junggesellinnenabschied«, sagt Rieke in die Runde. »Aber die Jungs schon eine Stunde früher. Das müssen wir beachten, wenn wir dann shoppen fahren.« Sie sieht Alejandro an. »Aber da ich nun Elli als Begleitung habe, kannst du auch einfach hierbleiben.«

»Das könnte dir so passen«, meint Alejandro. »Nach Sportschuhen könnte ich auch mal gucken. Außerdem muss ich aufpassen, dass du unser Gepäck nicht sprengst.«

Rieke streckt ihm die Zunge raus. »Alles bedacht.« Mich lächelt sie fröhlich an. »Heißt also, wir haben nur so zwei bis drei Stunden Zeit im Outlet oder wir müssen früher aufstehen, wenn uns das nicht ausreicht. Alejandro will nämlich um spätestens dreizehn Uhr wieder im Hotel sein.«

»Das reicht mir«, versichere ich, vor allem, wenn ich an meinen Kontostand denke.

»Wofür brauchst du so lange? Musst du dich noch anhübschen, bevor wir auf die Piste gehen?«, feixt Hannes in Alejandros Richtung.

»Aber sicher! Wir haben schließlich einiges vor morgen.« Unser Bassist grinst breit.

Rieke wirft ihm einen eisigen Blick zu. »Mein lieber Freund, wenn ich irgendwas davon höre, dass du einer Stripperin Dollarscheine ins Höschen gesteckt hast oder gar Fotos davon sehe, dann kannst du für die restlichen Nächte dieser Reise auf einer Pool-Liege schlafen! Und das ist noch das Netteste, was mir dazu einfällt!«

Der Raum, den Hannes zum Üben gemietet hat, ist akustisch nicht ideal, aber dafür hat der clevere Hotelmanager uns in einem Bereich untergebracht, in dem wir niemanden stören werden – zumindest hat er Hannes das versichert.

Adam braucht am längsten, um sein Schlagzeug aufzubauen, da bin ich mit der E-Gitarre eindeutig im Vorteil. Während Alejandro ein paar Fingerübungen macht, wärmt er seine Stimme auf, denn er begleitet Clara bei einigen Songs als Backgroundsänger. Was ich bewundernswert finde, denn neben dem Gesang Bass zu spielen, ist eine ziemliche Herausforderung. Kein Wunder, dass der Musiker Sting, der den Bass ebenfalls parallel zum Singen meistert, sein großes Vorbild ist.

Hannes schlägt vor, dass wir vor dem Hochzeitssong ein paar Lieder aus dem üblichen Repertoire spielen, damit ich mit den Stücken wieder warm werde. Er hat mir am Tag nach seinem nächtlichen Anruf zwar eine Liste mit Songs geschickt, die er auf der Hochzeit gerne spielen würde, aber bisher habe ich allein geübt. Die letzte Probe mit der Band ist für mich über ein Jahr her.

Wir haben noch nicht mal eine halbe Stunde gespielt, als die Tür aufgestoßen wird und Clara und Yuiko uns ein »Hallo« entgegenrufen. Kaum, dass ich meine Gitarre abgestellt habe, stürmen die beiden auf mich zu und reißen mich gleichzeitig in die Arme.

»Du kannst dir gar nicht vorstellen, wie sehr ich mich darüber freue, dass du bei dieser Überraschung mitmachst«, quietscht Clara.

Yuiko verdreht die Augen, während sie eifrig Kaugummi kaut. Ich glaube, ich habe sie noch nie ohne Kaugummi gesehen. »Ich habe dir gleich gesagt, dass sie euch nicht hängenlässt«, sagt sie zuversichtlich.

Ihr linker Arm zieht meine Aufmerksamkeit auf sich, der von einem großen schwarzen Tattoo verziert wird, das einen Drachen zeigt. Ich deute darauf. »Neu?«

»Jo. Vier Wochen alt. Mega, oder?«

»Sieht toll aus.«

»Und sie hat es echt ausgereizt.« Clara hebt Yuikos Arm an. »Es geht exakt bis zum Handgelenk, denn wir haben den Deal, keine Tattoos an Händen, keine am Hals, keine im Gesicht.«

Yuiko grinst derart frech, dass ich mir ein Lachen verkneifen muss. Es hat sich offenbar nichts geändert. Sowohl optisch als auch von ihrer Persönlichkeit her sind die beiden unterschiedlich wie Tag und Nacht. Clara hat lange, blonde Haare, blaue Augen und hätte vermutlich in dem Barbie-Film die Hauptrolle spielen können, wenn sie sich denn für Schauspielerei interessieren würde. Stattdessen studiert sie lieber Jura, trinkt keinen Schluck Alkohol und hat, zumindest zu meiner Zeit in der Band, noch nebenbei als Yoga-Trainerin in einem Fitnessstudio gearbeitet. Clara lässt sich nicht so leicht aus der Ruhe bringen, wägt alles gut ab und ist der diplomatischste Mensch, den ich kenne. Yuiko trägt einen modernen Kurzhaarschnitt. Ein Teil ihrer schwarzen Haare ist türkis gefärbt (früher stand sie mehr auf Pink). Inzwischen sind beide Arme tätowiert, das Tattoo auf der linken Wade und eines auf dem rechten Fußknöchel kenne ich noch aus Bandzeiten. Yuiko ist drei Jahre älter als Clara und arbeitet als Sozialpädagogin. Zudem gibt sie Unterricht in Selbstverteidigung für Frauen, weshalb ich auch schon einen solchen Kurs belegt habe. Und wenn man eine zu hundert Prozent ehrliche und undiplomatische Meinung haben will, dann sollte man Yuiko fragen. Aber auch nur dann. Ansonsten wendet man sich besser an Clara.

»Also dann, legen wir los?«, fragt Clara und stellt sich ans Mikro, das Alejandro bereits für sie aufgebaut hat. »Stört es euch, wenn Yuiko heute zuhört?«

Yuiko scheint die Antwort egal zu sein, denn sie sitzt bereits auf dem Boden und hat sich mit dem Rücken an eine Wand gelehnt. »Also mich stört euer Krach nicht, haut in die Tasten und Saiten«, sagt sie grinsend und zwinkert mir zu. Und nun bin ich trotz der kleinen Runde aufgeregt, weil wir zum ersten Mal gemeinsam den Hochzeitssong performen werden.

»Also dann.« Adam gibt den Takt mit seinen Sticks vor und wir fangen an.

Wenn ich alleine Musik mache, bin ich immer völlig vertieft. Diesen Flow zu erreichen, fällt mir schwer, sobald Zuschauer anwesend sind. Doch der Song und das Gitarrensolo gefallen mir extrem gut, und als ich mit dem Solo dran bin, fühle ich regelrecht, wie die Musik durch mich hindurchfließt. Ich vergesse sogar für einen Augenblick, dass andere Personen mit im Raum sind.

Direkt nach meinem Gitarrenpart hat Clara ihren Einsatz, doch sie bleibt stumm. Auch Adam hört plötzlich auf zu spielen, vermutlich weil Clara ihren Einsatz verpasst hat. Leider habe ich die Angewohnheit, die Augen zu schließen, wenn ich Gitarre spiele. Ich öffne sie und sehe nacheinander unsere Sängerin und die Jungs an, die mich wortlos anstarren. Verunsichert schaue ich zu Yuiko.

»Wow«, sagt sie.

Was meint sie damit? Wow, wie bescheuert ich aussehe, wenn ich mit geschlossenen Augen Gitarre spiele? War ich so schlecht, dass die anderen nicht mehr in den Song hinein finden?

»Tut mir leid«, entschuldige ich mich. »Ich dachte, ich habe das Solo schon ganz gut drauf, aber ich kann in den nächsten Tagen noch ein bisschen üben.«

»Das brauchst du nicht«, meint Clara. »Das war absolut großartig!«

»Allerdings!«, pflichtet Alejandro ihr bei.

»Ich weiß gar nicht, was ich sagen soll«, stimmt Hannes in das Lob mit ein. »Auch Thomas hat das Stück gut gespielt. Aber du ... du *fühlst* es.« Er wirkt ganz gerührt. Adam nickt zustimmend.

»Mann, das war Hammer!« Yuiko kommt zu mir und boxt mir leicht gegen den Oberarm. »Du bist so verdammt gut!« Sie betrachtet naserümpfend unsere Runde. »Wie konntet ihr zulassen, dass sie die Band verlässt? Ihr seid bescheuert, wisst ihr das?« Kopfschüttelnd geht sie zurück zu ihrem Sitzplatz.

»War nicht unsere Entscheidung«, murmelt Hannes verlegen.

»Äh, okay ... Lasst uns weitermachen«, schlage ich vor, da es mir unangenehm ist, so im Mittelpunkt zu stehen. Hannes, der das weiß, lächelt mir verständnisvoll zu.

»Also von vorn«, sagt Adam.

7. Montag, 28.10. – Swimming

Am frühen Nachmittag beschließen wir, die Probe zu beenden. Dafür, dass wir in dieser Zusammensetzung noch nie zuvor gemeinsam musiziert haben, haben wir uns schnell eingespielt. Mit den weiteren Proben am Mittwoch sollten wir gut für den Auftritt auf der Hochzeit vorbereitet sein. Zumindest, was das Musikalische angeht. Meine Nerven flattern bei dem Gedanken daran schon jetzt, trotz des tollen Feedbacks von den anderen.

Während Alejandro und Hannes sich auf den Weg zu ihren Frauen machen, wollen Clara und Yuiko eine Runde ausruhen nach dem Flug, und Adam will erst einmal was essen. Ich dagegen will ins Hotelzimmer, um meine Gitarre wegzubringen und um zu überlegen, was ich mit dem Rest des Tages bis zum Abendessen anfangen will. Im Zimmer angekommen, schreibe ich Laura und meinen Eltern und beschließe, ihnen noch ein Foto von dem tollen Zimmerausblick auf die Pool- und Hotellandschaft zu schicken. Da sich das Fenster leider nicht öffnen lässt, kann ich nur durch das Fenster fotografieren, aber immerhin ist die Scheibe sauber. Da der Poolbereich außerdem sehr einladend aussieht und viele der weißen Liegen unbenutzt sind, überlege ich, spontan eine Runde schwimmen zu gehen. Laut Angabe des Hotels sind die

Becken sogar beheizt und ich habe extra Badesachen eingepackt. Also krame ich meinen Bikini aus der Kommode, ziehe mich im Bad rasch um und streife ein Sweatkleid über. Ich bin nicht sicher, ob es in diesem Fünfsternehotel gewünscht ist, dass man mit einem Bademantel durch die Flure läuft, wenn es in einigen Restaurants sogar einen Dresscode gibt.

Als ich gerade aus dem Bad raus will, pralle ich fast gegen Adam, der vom Essen zurückkommt.

»Huch«, sage ich. »Entschuldigung.« Ich gehe an ihm vorbei und nehme eines der beiden Badehandtücher aus dem Schrank.

»Du gehst schwimmen?«

»Ja. Es ist gerade nicht so voll an den Pools, das will ich ausnutzen. Und morgen und übermorgen bleibt zum Schwimmen wohl keine Zeit.«

»Ich komme mit.«

»Du willst mit?«

Doch mit den sechs Wörtern in zwei Sätzen hat Adam seinen Wortschatz für heute anscheinend aufgebraucht, denn er nickt nur und kramt eine Badehose aus der Kommode. Da ich nicht unhöflich sein will, warte ich auf ihn, bis er sich im Badezimmer umgezogen hat, dann schlendern wir gemeinsam zum Aufzug. Ich bin eigentlich immer dafür, lieber Treppen zu laufen, aber bei mehr als zwanzig Etagen kommt mein sportlicher Ehrgeiz doch an seine Grenzen. Dass der Aufzug mal wieder auf fast jeder Ebene anhält, strapaziert meine Geduld allerdings.

»Und ihr startet morgen also schon um vierzehn Uhr?«, frage ich, um die Zeit ein wenig zu vertreiben.

»Ja.«

»Haben Hannes und Moritz euch Jungs denn wenigstens verraten, was ihr macht?«

»Mir schon.«

»Und?«

Adam sieht mich fragend an.

»Na, was macht ihr denn?«

Er wird abgelenkt, weil sich ein älteres Pärchen mit Zigarettenpackung hastig an uns vorbeidrängelt, als wir das Erdgeschoss erreicht haben und sich die Aufzugtüren öffnen. Raucher auf den oberen Etagen haben es sicherlich nicht leicht, denn die Hotelzimmer haben keine Balkone und Rauchen ist in den Räumen nicht gestattet. Adam sieht den beiden mit gerunzelter Stirn nach.

»Oder ist das immer noch geheim?«, nehme ich den Faden mit dem Junggesellenabschied wieder auf.

Adam zuckt mit den Schultern. »Wir fahren mit Theo zum Las Vegas Motor Speedway.«

»Wow, das klingt toll!«

»Theo mag Autorennen und er kann morgen in einem Rennwagen mitfahren.«

»Dann wird sich Theo über die Überraschung bestimmt sehr freuen.«

»Hm«, macht Adam, während er neben mir her zum Pool läuft. Die Dimensionen in diesem Hotel sind unglaublich. Selbst wenn man nur zur Poolanlage will, ist man vom oberen Stockwerk aus eine Weile unterwegs. Der Vorteil ist allerdings, dass nun noch weniger Betrieb herrscht als vor etwa zwanzig Minuten. Ich lege mein Handtuch auf eine der freien Liegen und Adam breitet sein Badetuch daneben aus.

»Wir gehen zum Blacklight Minigolf«, erzähle ich, auch wenn Adam nicht danach gefragt hat. Aber ich bin froh, dass Nadine mir auf meine Nachricht geantwortet hat, was wir morgen Nachmittag unternehmen. Nach dem Minigolfen geht es noch in den Stratosphere Tower zum gemeinsamen Abendessen und so kann ich mein Outfit an die Pläne anpassen. Das mag weniger abenteuerlich sein als das, was die Jungs machen, aber laut den Online-Reiseberichten soll der Ausblick vom Stratosphere Tower atemberaubend sein.

»Nett«, meint Adam und ich frage mich, ob die Jungs wohl wirklich planen, in einen Stripclub zu gehen, so wie Rieke es angedeutet hat.

Da es schwierig ist, mit Adam eine Unterhaltung in Gang zu bringen, mache ich mich auf den Weg zur Dusche und bin überrascht, dass er mir wieder folgt. Ich dusche mich schnell ab und steige dann in das fast leere, beheizte Becken. Während ich schwimme, dreht Adam sich auf den Rücken und lässt sich treiben. Vielleicht ist er nicht nur beim Reden minimalistisch unterwegs, sondern auch wenn es um Bewegung geht. Falls das so ist, hat er dafür aber eine gute Figur. Er ist groß und schlank, wenn auch nicht allzu muskulös. Nachdem ich schon einige Bahnen geschwommen bin, treibt er immer noch gemächlich im Wasser. Auch wenn das Wasser recht warm ist und die Sonne scheint, wäre es mir zu kühl ohne Bewegung. Außerdem habe ich gestern so lange auf den Flügen gesessen, dass ich froh über ein wenig sportliche Aktivität bin.

»Du bewegst dich nicht so gerne, oder?«

Er blinzelt mir zu. »Hm?«

»Oder kannst du nicht schwimmen?«

»Doch.«

Adam ist im tieferen Wasser, in dem ich nicht mehr gut stehen kann, höchstens gerade so auf Zehenspitzen. Deswegen schwimme ich um ihn herum. »Du redest nicht gerne, du schwimmst nicht gerne ... gibt es irgendwas, woran du Spaß hast außer Musik?«

»Programmieren.«

»Das zählt nicht. Das ist dein Job.«

»Es ist mehr als das.«

»Also erfüllst du das Klischee und sitzt den ganzen Tag im abgedunkelten Zimmer vor deinem Rechner und guckst auf einen Monitor?«

»Vier Monitore.«

Uff, okay. »Du bist Spieleentwickler, oder?«

»Hm.«

»Und sonst hast du keine Hobbys?« Mir fällt auf, dass das irgendwie vorwurfsvoll klingt, dabei war es gar nicht so gemeint. Mich interessieren viele Dinge, aber neben Studium, Nebenjob und Gitarre spielen, passt zeitlich kaum noch ein weiteres Hobby, denn ich will auch Zeit mit Freunden und Familie verbringen können. Vielleicht ist es bei Adam ähnlich, zumal er aktives Mitglied in der Band ist, sodass er dadurch ein paar Verpflichtungen hat.

Adam kippt sein Becken aus der liegenden Haltung und stellt sich hin. »Außer Schlagzeug?«

Ich nicke.

»Ich reite.«

Will er mich jetzt veräppeln? Es fällt mir schwer, seine Mimik zu lesen, die teils von dem dichten Bart und seinem schwarzen Haar verdeckt wird, das ihm nun, da es nass ist, in langen Strähnen vor dem Gesicht hängt.

»Ernsthaft?«, hake ich nach.

»Hm.«

»Auf Pferden?« Als mir bewusst wird, wie dämlich diese Frage ist, habe ich sie leider schon gestellt.

Adam wirkt belustigt. »Ja, auf Pferden.« Mit einer gelassenen Geste streicht er sich die nassen Haare aus dem Gesicht. Mir entgeht nicht, dass zwei junge Frauen, die am Beckenrand sitzen und sich in ihren sehr knappen pinken und weißen Bikinis sonnen, ihn interessiert beobachten. Als eine von ihnen meinen Blick auffängt, macht sie eine entschuldigende Geste. Anscheinend hält sie Adam und mich für ein Paar.

»Du machst dich über mich lustig, oder?«, frage ich.

»Nein.«

Verdammt! Adam ist wirklich schwer zu lesen. Also glaube ich ihm einfach mal. »Reitest du schon seit der Kindheit?«

»Nein.«

Ich sollte aufhören, ihm geschlossene Fragen zu stellen. »Wie bist du zum Reiten gekommen?«

»Durch meine Schwester.«

»Hat sie ein Pferd?«

»Sie hat einen Reiterhof.«

Ich mustere ihn skeptisch. Ich bin mir noch immer nicht sicher, ob er sich bloß einen Scherz mit mir erlaubt. »Das klingt spannend.«

»Ja.«

Vermutlich mag Adam Pferde so gerne, weil er sich mit denen nicht unterhalten muss. Mir sind diese großen Tiere dagegen nicht ganz geheuer. Als kleines Mädchen habe ich mal Ponyreiten auf einer Urlaubsreise ausprobiert, aber da musste ich bloß auf dem Rücken des Pferdes sitzen, ohne viel zu tun. Ein erfahrener Reiter hat uns lediglich in einem sehr gemächlichen Tempo über eine Koppel im Kreis geführt. Ob ich also Talent fürs Reiten hätte, habe ich nie ausprobiert, denn dieses Erlebnis hat nicht dazu beigetragen, dass ich mich für den Reitsport interessiert habe.

Dabei hatte mir eine frühere Klassenkameradin sogar angeboten, dass ich sie jederzeit zum Stall begleiten könne, wo ihr Pferd untergebracht war, denn sie hatte eine Reitbeteiligung. Dank des Reitens hatte sie damals sogar ihren Freund kennengelernt, auch wenn sie ihm immer unterstellt hat, dass er sich bloß für Pferde interessiert, um Mädchen zu beeindrucken. Doch irgendwie kann ich mir das bei Adam nicht vorstellen. Vielmehr scheint es ein naheliegendes Hobby für ihn zu sein, wenn jemand in der Familie einen Reiterhof hat.

Doch da Adam von sich aus nichts weiter erzählt, will ich ihn nicht weiter mit Fragen bedrängen und setze mich wieder in Bewegung. Wir sind für heute Abend im Steakrestaurant verabredet und wenn ich am Donnerstag noch in das Kleid für die Hochzeit passen will, ohne morgens zum Frühstück auf die köstlichen Waffeln zu verzichten, dann sollte ich noch ein bisschen was tun. Auch Adam macht nun einige Züge durch das Becken, allerdings schwimmt er nicht neben mir. Vielleicht hat er Sorge, dass ich ihn weiter ausfrage. Ich versuche, ihn mit den Augen der beiden jungen Frauen zu sehen, die bis eben am Beckenrand saßen und jetzt zu zwei Liegen gehen. Sie sehen vermutlich einen großen, schlanken Mann mit dunklen tollen Locken (wenn die Haare nicht gerade nass sind) und schönen braunen Augen. Und wenn man dann auch noch Bärte mag, ist Adam sicherlich ein Typ, den man anziehend finden kann. Zumindest so lange, bis man versucht, eine Unterhaltung mit ihm zu führen. Ich mache wieder ein paar Züge auf ihn zu und immerhin schwimmt er nicht vor mir weg.

»Hast du eigentlich eine Freundin?«

Er zieht die Stirn kraus, dann schaut er mich unsicher an. »Willst du wissen, ob ich frei bin?«

»Was? Nein! Ich wollte dich nicht anbaggern.« Ich deute auf die beiden Frauen, die ihre Haut auf den Liegen bräunen lassen. Immerhin sind es heute siebenundzwanzig Grad. »Die Damen wirkten interessiert, deshalb frage ich.«

Adam dreht nicht mal den Kopf, um zu prüfen, wen ich meine. Ob er vielleicht gar nicht auf Frauen steht? Moritz hätte so eine Information jedenfalls nicht außer Acht gelassen. Und hatte Hannes am Flughafen nicht betont, dass ich mir bei Adam überhaupt keine Sorgen machen müsse, wenn wir uns ein Zimmer teilen? Nicht dass Adam den Eindruck vermittelt, dass er homosexuell ist, aber es ist ja auch Unsinn, dass man das einem Mann sofort anmerkt. Da hätte ich mir wegen des Sleepshirts gar nicht so viele Gedanken machen müssen.

»Trägst du eigentlich schon immer einen Bart?«

»Als Kind hatte ich keinen.«

»Haha, sehr witzig.«

Er sieht mich amüsiert an.

»Ich frage nur, weil die meisten Männer mit Bart älter wirken.«

Nun wirkt er irritiert.

»Damit will ich natürlich nicht sagen, dass du alt aussiehst, aber ...« Ich winke ab, denn ich habe plötzlich das Gefühl, mich um Kopf und Kragen zu reden. »Egal. Ich meine nur, dass eine neue Frisur oder ein abrasierter Bart ein Gesicht total verändern können.«

»Bleibt das Gesicht nicht immer dasselbe?«, meint er, doch sein Gesichtsausdruck zeigt mir, dass er mich bloß aufziehen will, daher strecke ich ihm die Zunge raus.

»Ich gehe mal zurück aufs Zimmer«, beschließe ich dann nach einem Blick auf meine Uhr, die neu ist, aber nun bewiesen hat, dass sie wirklich wasserfest ist. »Wir gehen schon bald essen. Ist es okay für dich, wenn ich zuerst dusche heute?«

»Klar.« Adam schwimmt mir hinterher. Einerseits hat er kein Interesse daran, sich mit mir zu unterhalten, andererseits sucht er nun wieder meine Nähe, statt weiter im Wasser zu bleiben. Dabei hätte er doch noch Zeit, wenn ich mich zuerst im Bad fertigmache. Vielleicht will er gerne Kontakt haben und kann bloß einfach nicht? Viele Menschen haben Schwierigkeiten damit, Kontakte zu knüpfen, weil sie schüchtern sind oder nicht gut im

Small Talk. Vielleicht ist das bei Adam ähnlich. Er redet zwar nicht detailliert über seinen Job, aber es klingt nicht so, als hätte er in diesem viel mit Menschen zu tun. Eventuell fehlt es ihm einfach an Übung.

An den Liegen angekommen, ziehen wir uns schweigend um und gehen zurück ins Hotel. Nun bereue ich es ein bisschen, dass ich keinen Bademantel trage, denn obwohl ich mich abgetrocknet habe, drückt der feuchte Bikini sofort Flecken in das hellgraue Kleid, sodass es aussieht, als hätte ich vergessen zu stillen. Etwas beschämt halte ich mir das Handtuch beim Laufen vor die Brust. Adam war cleverer als ich – er trägt eine bequeme schwarze Sweathose und bei ihm sind keine nassen Flecken zu sehen. Wäre im Schritt sonst auch etwas blöd.

Damit er nicht so lange warten muss, bis er ins Bad kann, beeile ich mich diesmal. Mit Laura wäre es mir egal, wenn sie sich schminkt oder die Zähne putzt, während ich unter der Dusche stehe, aber mit Adam ist das natürlich etwas anderes. Also müssen wir etwas mehr Zeit einplanen, als wenn wir parallel das Bad nutzen könnten.

Während ich kurz darauf auf Adam warte, höre ich Lauras Sprachnachricht ab. Sie findet es furchtbar aufregend, dass ich mir mit dem neuen Bandkollegen ein Zimmer teile und hat direkt bei Instagram unter dem Band-Account nachgesehen, was Adam für ein Typ ist. Offensichtlich trifft er ihren Geschmack, denn sie erzählt, dass sie fast ein wenig neidisch ist. Dass Moritz immer mal wieder mit mir flirtet, hat sie zusätzlich zur Sprachnachricht mit einem Daumen hoch kommentiert. Aber da ich Moritz den ganzen Tag noch nicht gesehen habe, würde es mich nicht wundern, wenn er seine Flirtbegeisterung inzwischen an anderen Frauen auslebt.

Als wir knapp vierzig Minuten später im Restaurant ankommen, bin ich ausgesprochen hungrig und freue mich auf das Abendessen in der großen Runde. Doch es macht mir Bauchweh, dass Hannes schon wieder das Essen bezahlen will. Nachdem ich in die Speisekarte geguckt habe, wird mir aber schnell klar, dass ein einzelnes Abendessen mit Getränken finanziell eine Herausforderung wäre. Andererseits muss ich dann eben sparsamer sein, wenn wir morgen zum Shoppen fahren. Da ich inzwischen vermute, dass Adam auf Männer steht, hat ein neuer Pyjama zum Glück keine Priorität mehr.

Hannes hat draußen auf der Terrasse einen Platz reserviert, wodurch wir einen Blick auf das fantastische Wasserspiel des Brunnens haben, das tagsüber zweimal pro Stunde bewundert werden kann und nachts sogar doppelt so oft. Ich bin wieder fasziniert von den hohen Wasserfontänen und diesmal mache auch ich ein Foto, um den Moment festzuhalten.

»Es ist andere Musik als beim letzten Mal«, stelle ich fest.

Hannes nickt. »Ja, die Musik wechselt und entsprechend ist das Wasserspiel auch immer ein bisschen anders.«

»Das ist so schön.« Rieke seufzt. »Schade, dass Clara und Yuiko nicht dabei sind und die tolle Location hier verpassen.«

»Sie haben hier volles Programm«, berichtet Hannes, der neben mir sitzt. »Für heute Abend haben sie eine Show gebucht und übermorgen auch wieder.«

Rieke nickt. »Das hat Yuiko mir auch erzählt. Die beiden haben sich vorgenommen, höchstens einmal im Jahr eine Flugreise zu machen und die wollen sie so richtig auskosten. Deswegen hängen sie nach der Hochzeitsfeier auch noch fünf Tage dran, um New York zu erkunden.«

New York ist ebenfalls eine Stadt, die mich interessiert.

Ob man dort Ecken aus Filmen und Serien wiedererkennen würde? Schließlich ist New York Schauplatz für zahlreiche Dreharbeiten. Oder wäre man eher enttäuscht, weil man sich die Stadt ganz anders vorgestellt hat? Ich bin gespannt, was Yuiko und Clara nach ihrem Aufenthalt dort zu erzählen haben. Auch wenn ich kein Mitglied mehr in der Band bin, habe ich mir vorgenommen, wieder mehr Kontakt zu den anderen zu halten, wenn die Reise hier vorbei ist.

»Hast du schon was gefunden?«, will Hannes wissen.

»Hm«, mache ich und konzentriere mich endlich auf die Speisekarte, um etwas möglichst Günstiges zu finden.

»Das Filet Mignon war früher immer sehr gut«, sagt er. »Das kann ich echt empfehlen. Theo und Britta haben das gestern hier gegessen und waren sehr begeistert.«

»Dann hast du sie zwischendurch getroffen?«

»Nur Theo. Mit ihm habe ich kurz gesprochen. Heute sind sie mit Freunden von ihm verabredet, die nicht zur Hochzeit kommen können, weil sie zu Halloween selber verreisen.«

»Da haben die beiden aber wirklich volles Programm.«

»Allerdings. Es gibt echt viel zu organisieren für so eine Hochzeit im Ausland.« Es wirkt, als wolle er noch was dazu sagen, doch plötzlich schweigt er und mustert mich. »Du suchst aber gerade nicht nach dem günstigsten Gericht auf der Karte, oder?«

Manchmal ist er mir unheimlich. »Quatsch!«

»Na, dann ist ja gut«, meint er, doch seine Stimme klingt misstrauisch.

»Aber mir reicht heute der Caesar Salat. Wenn ich hier ständig Fleisch und Kohlenhydrate in mich reinstopfe, passe ich sonst nicht mehr in mein Abendkleid.«

»Ich bin mir sicher, dein Kleid wird dir hervorragend stehen, auch wenn du dir ein richtiges Essen gönnst«, sagt Moritz, der an meiner anderen Seite sitzt. Es freut mich, dass er sich den Platz neben mir ausgesucht hat, doch gleichzeitig irritiert es mich. Immerhin habe ich für mich bereits festgestellt, dass Moritz gut aussehend und charmant ist, aber kein Mann, der ernste Absichten hat. Ich bin nicht auf der Suche nach einem Abenteuer, sondern nach einer festen Beziehung. So gut sollte er mich doch eigentlich kennen.

»Pff, du hast leicht reden«, murrt Hannes an ihn gewandt. »Du verbrennst doch vermutlich allein hundert Kalorien beim Schuhe zubinden.«

»Könntest du auch, wenn du dich mehr bewegen würdest und mal ein paar Muskeln aufbaust«, kontert Moritz.

Hannes gibt einen undefinierbaren Laut von sich und wendet sich wieder an mich. »Nimm wenigstens eine Beilage zum Salat«, schlägt er vor. »Ich will echt nicht, dass du hungrig ins Bett gehst, bloß weil du nicht willst, dass dein Essen zu teuer wird.«

»Ich habe wirklich nicht so viel Hunger.«

»Und ich glaube dir kein Wort«, sagt Hannes streng. »Du weißt, dass du eingeladen bist.«

»Das kann ich nicht ...«

»Und Adam hat gesagt, ihr wart schwimmen«, unterbricht er mich. »Danach ist man doch immer hungrig.«

»Es ist ja nicht so, dass ich gleich vom Fleisch fallen würde.«

»Ihr wart schwimmen?«, mischt Moritz sich wieder ins Gespräch ein. »Warum hast du nichts gesagt?«

»Das war eine spontane Entscheidung«, berichte ich und versuche das Bild auszublenden, wie Moritz wohl in Badehose aussieht. Es muss an der Luft liegen, hier in Las Vegas, oder irgendwas scheint mit meinen Hormonen nicht in Ordnung zu sein. Früher habe ich mir Moritz nie in Badehose vorgestellt.

»Wehe, ihr sagt beim nächsten Mal nicht Bescheid. Ich hätte auch gerne das Vergnügen gehabt, dich in Badesachen zu sehen.« Moritz wirft mir einen Blick zu, der ein Kribbeln durch meinen Körper jagt, und das bei einer so plumpen Anmache. Spontan entscheide ich mich für ein alkoholfreies Getränk, als der Kellner kommt, um unsere Bestellung aufzunehmen. Ich muss einen klaren Kopf bewahren, denn ich habe noch nie sonderlich gut Alkohol vertragen. Ich will keinesfalls riskieren, dass mich ein angetrunkenes Hirn auf irgendwelche blöden Gedanken bringt.

»Hattest du auch einen schönen Tag?«, frage ich an Rieke gewandt, bevor Moritz die Gelegenheit nutzen kann, um mich weiter aus dem Konzept zu bringen. Sie sitzt mir gegenüber und Alejandro neben ihr ist in ein Gespräch mit Adam vertieft. Oder vielmehr ist Alejandro derjenige, der redet, während Adam ihm zuhört. Ich frage mich, ob Adam sich gerade seine Noise-Cancelling-Kopfhörer herbeisehnt. Er fängt meinen Blick auf und schmunzelt und mir wird bewusst, dass ich ihn angestarrt habe. Ich lächele ihm zu und konzentriere mich dann auf Rieke.

»... aber das war ganz okay. Ich wusste ja, dass ihr proben müsst. Dafür fahren wir morgen zusammen zum Shopping ins Outlet.«

Leider habe ich verpasst, was denn nun okay an Riekes Tag war, aber immerhin kann ich an das Shopping-Thema anknüpfen.

»Ich freue mich auch schon. Ich hoffe, die Preise sind wirklich so gut, wie die Rezensenten im Internet behaupten.«

»Das hoffe ich auch.« Rieke strahlt mich an. »Weil ich doch extra viel Platz im Koffer gelassen habe.«

Alejandro hat seinen Monolog beendet und wendet sich

unserem Gespräch zu. »Ich fürchte eher, du hast den Platz in meinem Koffer mit eingeplant.«

»Wie kommst du denn darauf?«, fragt Rieke, klingt aber ein wenig schuldbewusst.

Alejandro verdreht die Augen. »Du hast doch jetzt schon keinen Platz mehr im Koffer, seit du heute Souvenirs shoppen warst.«

»Quatsch!« Rieke schnippt ihm gegen die Schulter. »Das waren nur ein paar Kleinigkeiten. Hier gibt es so einen riesigen M&Ms Shop, die haben eine fantastische Auswahl. Da habe ich direkt ein paar Mitbringsel geholt.«

Alejandro grinst breit. »Allerdings. Rieke war shoppen wie eine Fünfjährige, der man zweihundert Dollar geschenkt hat.«

»Ich habe bloß sechzig Dollar ausgegeben«, korrigiert sie ihn.

»Ich liebe M&Ms«, gebe ich zu. Gut, dass ich heute noch keine Zeit zum Shoppen hatte, sonst wäre mein Budget vermutlich schon aufgebraucht.

»Cool! Dann sag Bescheid, wenn du da hinwillst, dann komme ich noch mal mit. Den Shop habe ich heute zum Schluss erst entdeckt und da kam von Alejandro schon die Nachricht, dass ihr fertig seid mit der Probe.«

»Besser so«, murrt Alejandro.

Rieke seufzt. »Erwähnte ich schon, dass man mit Alejandro echt nicht gut shoppen gehen kann?«

»Was soll das denn heißen?«, fragt er empört.

»Du bist eine schreckliche Shopping-Begleitung.«

»Ich bin eine gute Shopping-Begleitung«, meint Moritz plötzlich. »Wenn ihr noch Platz im Auto habt, dann komme ich morgen mit.«

»Jepp, Platz ist genug. Dann sind wir zu viert und es wäre sogar noch ein weiteres Plätzchen auf der Rückbank frei«, verkündet Rieke gut gelaunt. »Will noch jemand mit? Wir fahren aber schon um Viertel vor zehn los, denn nachmittags startet ja der Junggesellenabschied.«

Fast rechne ich damit, dass Adam sich anschließt, aber er ist gerade mit seinem Smartphone beschäftigt und vermutlich erleichtert, dass Alejandro nicht mehr auf ihn einredet.

Ich werde einfach nicht schlau aus ihm. Ob er sich freuen würde, wenn man ihn explizit fragt, ob er zum Shoppen mitkommen möchte? Andererseits schätze ich, dass die Wahrscheinlichkeit hoch ist, dass er mir einen Korb gibt. Vielleicht frage ich ihn lieber später, wenn wir alleine auf dem Hotelzimmer sind.

Als das Essen kommt, ist die Begeisterung groß. Die Gerichte sind toll angerichtet und es breitet sich ein köstlicher Duft am Tisch aus. Mir steigt ein angenehm rauchiges Aroma in die Nase, als Hannes' bestelltes Steak vor ihm abgestellt wird. Daher bin ich nun doch froh, dass ich zu dem Salat wenigstens noch die French Fries bestellt habe. Auch Alejandro hat sich ein Steak gegönnt und greift sofort zu Messer und Gabel, um das Fleisch anzuschneiden, doch ein lautes »Ey!« von Rieke lässt ihn innehalten.

»Ich muss das doch erst fotografieren!«, erklärt sie empört und macht Bilder von den Gerichten, die ihr besonders gut gefallen. Ich kann verstehen, dass sie das Erlebnis festhalten will, denn es sieht alles sehr appetitlich aus. Für Menschen, die gerne kochen, ist das sicherlich eine tolle Inspiration. Neben Hannes' Steak ist ein wenig grünes Gemüse kunstvoll drapiert, weitere Beilagen und Soßen gibt es in extra Schälchen, sodass nicht alles auf dem Teller zusammenläuft.

»Schmeckt super«, nuschelt Alejandro mit vollem Mund, nachdem er endlich probieren durfte.

»Die Restaurants hier sind wirklich top. Was haltet ihr

davon, wenn wir am Freitag ins Picasso gehen?«, schlägt Hannes vor.

»Gute Idee«, stimmt Moritz sofort zu. »Wenn wir heute reservieren, sollten wir da noch einen Tisch bekommen, auch für die große Runde.«

Alle anderen scheinen die Idee toll zu finden. Leider weiß ich, dass dieses Steakrestaurant und das Picasso die teuersten Restaurants im Bellagio sind und ich will mich nicht immer einladen lassen.

»Sind dann alle mit dabei?«, fragt Hannes, der sein Smartphone schon gezückt hat und die Personen am Tisch zählt.

»Klar«, sagt Rieke. »Das ist dann schon unser vorletzter Abend hier, das kann man noch mal feiern.«

»Also dann für sieben Leute ...«, murmelt Hannes und tippt was in sein Handy. »Es sei denn, Yuiko und Clara kommen auch mit. Ich rechne sie mal mit ein. Dann sind wir neun Personen.«

»Äh«, sage ich leise zu ihm. »Ich weiß noch nicht.«

»Du würdest wirklich was verpassen. Du kannst es dir noch überlegen. Ich reserviere einfach mal für dich mit.«

Ich nicke verkrampft, denn ich will jetzt hier am Tisch keine Diskussion über meine finanziellen Möglichkeiten starten, sondern sage Hannes lieber unter vier Augen, dass ich was anderes vorhabe. Alleine im Büfettrestaurant essen zum Beispiel. Oder vielleicht auch mal die Gegend erkunden und irgendwo außerhalb des Hotels essen. Wäre schade, wenn ich sonst bis zur Abreise überwiegend nur den Probenraum und das Bellagio gesehen habe.

Obwohl Deriya ein Gesicht zieht, als wäre sie lieber in der Hölle als mit uns hier am Tisch, fangen wir anderen an zu plaudern. Außer Adam natürlich, der lieber zuhört und zwischendurch etwas von seinem Bier trinkt. Rieke und Alejandro sprechen über eine Route, die sie am

Samstag mit dem Leihwagen fahren wollen, bevor sie am Sonntag mit uns nach Hause fliegen. Mir dagegen brennt die Frage auf der Zunge, ob ich mit meinem Verdacht Recht habe, dass Adam nicht auf Frauen steht. Praktischerweise sitzt Hannes direkt neben mir und Adam uns gegenüber, sodass ich das mal eben klären kann, ohne dass unser Schlagzeuger es mitbekommt.

Ich zupfe an Hannes Ärmel und erlange dadurch direkt seine Aufmerksamkeit. »Du sag mal, wie meintest du das eigentlich, dass ich mir keine Sorgen machen müsste, mir mit Adam ein Zimmer zu teilen?«, frage ich im Flüsterton.

Hannes wirkt irritiert. »Er ist doch ein ganz angenehmer Zeitgenosse, oder?«

»Ah ... okay. Ich dachte, da schwang noch was anderes mit. Am Pool haben ihm heute Frauen interessierte Blicke zugeworfen und es hat Adam kein bisschen gejuckt. Also dachte ich, er steht vielleicht auf Männer.«

»Du denkst, Adam ist schwul?«, platzt es laut aus Hannes heraus und mir schießt augenblicklich die Hitze ins Gesicht. Alejandro prustet lachend in sein Colaglas, Rieke reißt verwundert die Augen auf und Adam sieht mich geschockt an.

»Ich ... Nein! Das habe ich so nie gesagt!« Ich sehe Hannes vorwurfsvoll an. »Vielen Dank für deine Diskretion!«

»Entschuldige«, sagt Hannes lachend und prostet Adam zu, der ihm gegenübersitzt. »Aber das war echt lustig.«

Adams schwarze Augenbrauen haben sich zusammengezogen und er sieht zu mir.

»Es tut mir leid«, sage ich und fürchte, mein Gesicht hört nie wieder auf zu glühen. »Ich dachte halt, weil Hannes sagte, dass ...«

»Ich habe nie gesagt, dass Adam schwul ist«, fällt Hannes mir ins Wort.

»Lass mich doch ausreden!« Ich konzentriere mich wieder auf Adam. »Und für die Frauen am Beckenrand hast du dich kein bisschen interessiert. Da habe ich wohl voreilig die falschen Schlüsse gezogen«

»Welche der beiden Frauen meinst du?«, fragt Adam. »Die mit dem weißen oder dem pinken Bikini?«

Oh! Da war Adam sehr viel aufmerksamer, als mir bewusst war. Verlegen drehe ich mein Wasserglas zwischen den Fingern.

»Eins zu Null für dich«, gebe ich mich geschlagen.

Adam nickt mir zu. Ist das ein amüsiertes Lächeln, das er mir schenkt oder bilde ich mir das nur ein? Ich frage mich erneut, wie er wohl ohne Bart aussehen würde. Er hat schöne Augen und tolle Haare, nun, da sie nicht mehr nass sind, sondern sich wieder als dunkle Locken um seine Ohren kringeln.

»Sollen wir nicht langsam mal ins Bett?«, fragt Deriya in quengeligem Tonfall und reißt mich aus meinen Gedanken.

»Jetzt? Wir haben doch gerade erst gegessen, Schatz.« Hannes klingt ein wenig genervt. Ich kann es ihm nicht verübeln, denn wir haben gerade mal kurz nach neun Uhr und ansonsten macht noch niemand Anstalten aufzubrechen. Da Deriya nichts mehr sagt, nachdem Hannes ihr anbietet, sie aufs Zimmer zu bringen, unterhalten wir uns noch eine Weile. Erst eine Stunde später brechen wir auf und Hannes lässt es sich nicht nehmen, für die komplette Runde zu bezahlen.

»Hannes, ich danke dir wirklich sehr für den Abend heute, aber am Freitag zahle ich für mich selbst«, stellt Rieke entschieden fest.

»Ich habe euch doch gesagt, dass ihr eingeladen seid.«

»Das ist für deine Bandkollegen auch völlig in Ordnung. Aber ich bin nicht in der Band und trage nichts zur

Überraschung auf der Hochzeit bei. Ich bin bloß ein Anhängsel.«

»Aber das ...«

»Nee, das ist entschieden«, fällt Rieke ihm ins Wort.

»Lass es gut sein«, empfiehlt Alejandro. »Den Kampf kannst du nicht gewinnen. Sie wird mal Ärztin, da muss sie sich durchsetzen können.«

»Ganz genau.« Rieke lächelt zufrieden und wir verlassen das Restaurant.

»Es war wirklich lecker, Hannes. Vielen Dank noch mal für die Einladung«, sage auch ich und überlege, wie ich mich bei ihm für die Reise revanchieren kann. Ich weiß, dass er mir dankbar ist, weil ich bei dem Auftritt mitmache. Dennoch finde ich, dass die paar Songs, die wir spielen, in keinem Verhältnis zu dem stehen, was Hannes hier für mich ausgibt.

»Du musst wirklich mitkommen am Freitag«, meint Moritz, der sich zwei Schritte zurückfallen lässt, um mit Hannes und mir auf einer Höhe zu sein.

»Warum?«, frage ich. »Das Frühstücksbüfett ist schon so üppig, wenn ich dann mal einen Abend weniger gut esse, wird mir das sicherlich nicht schaden.«

»Es gibt auch Kleinigkeiten im Picasso.«

Aber nicht zu den Preisen, die ich mir leisten kann, denke ich.

»Du willst dich auch nicht wieder einladen lassen«, stellt Hannes fest. »So wie Rieke.«

Ertappt. »Nein, will ich nicht.«

»Elli, ich habe dir gesagt, dass das alles auf mich geht, als ich dich gebeten habe, für Thomas einzuspringen.«

»Und ich kann das nicht annehmen.«

»Du tust mir echt einen großen Gefallen. Ohne dich könnten wir das mit dem Song vergessen und du spielst das Solo wirklich großartig.«

»So?« Moritz sieht mich interessiert an. »Darf ich bei der nächsten Probe dabei sein?«

»Nur wenn du still bist«, sagt Hannes in strengem Tonfall.

»Das bekomme ich hin.«

»Das ist wirklich lieb, Hannes, aber nein. Du zahlst das Hotel, die Flüge, das Essen heute. Das ist mehr als genug.«

»Obwohl du dir mit dem nicht schwulen Adam das Zimmer teilen musst?«, fragt er mit breitem Grinsen.

»Ja!«

Hannes bleibt stehen und hält mich am Arm fest. »Elli, ich fühle mich schlecht, wenn du dich ausgrenzt, weil du es dir nicht leisten kannst, mit uns ins Picasso zu gehen. Dann gehen wir eben am Freitag alle ins Büfettrestaurant oder woanders hin.«

»Nein!«, rufe ich erschrocken aus. »Auf keinen Fall! Für mich ist das total in Ordnung, wenn ihr ohne mich geht.«

»Aber für mich nicht«, sagt Hannes mit gequälter Miene.

»Für mich auch nicht«, springt Moritz ihm zur Seite. »Dann lade ich dich eben ins Picasso ein, als Dank für deine nette Gesellschaft auf dem Hinflug, Zopfmädchen.«

»Dafür stünde mir tatsächlich ein gewisses Schmerzensgeld zu.« Das mit dem Zopfmädchen werde ich wohl nicht mehr los, auch wenn ich seit dem Flug ganz bewusst keinen geflochtenen Zopf mehr getragen habe.

»Dann haben wir ja einen Deal.«

»Das habe ich nicht gesagt, ich …«

»Doch, haben wir«, entscheidet Moritz. »Wo du schon das Zimmer nicht mit mir teilen willst.«

»Das stand doch nie zur Debatte«, entgegne ich.

»Bedauerst du das?«

»Nein!«

»Autsch.« Moritz fasst sich theatralisch ans Herz. »Ein bisschen zögerlicher hättest du ruhig antworten können.«

Ich muss lachen. »Entschuldige. Aber trotzdem! Wir haben keinen Deal für Freitag.«

Moritz will etwas erwidern, aber Hannes boxt ihm spielerisch gegen den Oberarm. »Lass gut sein jetzt. Willst du nicht lieber dein Glück beim Roulette versuchen?« Er nickt in Richtung des riesigen Casino-Bereiches.

»Was denn, mein großer Bruder will mich zum Glücksspiel anstacheln?«

»Als ob man dich dazu anstacheln müsste!«

»Kommt meine persönliche Glücksfee mit?« Moritz stellt sich vor mich und sieht mich an, aber ich stelle mich dumm und schaue hinter mich.

»Bitte«, sagt er und ich mustere ihn, wie er da steht, mit dem eng anliegenden weißen Hemd, das seine Muskeln betont, und seinen dunkelblonden Haaren, die er heute zerzaust trägt. Seine blauen Augen haben einen flehenden Ausdruck und ich frage mich, ob er diesen vor dem Spiegel eingeübt hat. Obwohl ich weiß, dass er mich gerade um den Finger wickelt, kann ich nicht Nein sagen.

»Also gut. Wo müssen wir hin?«

Kurze Zeit später stehen wir am Roulette-Tisch und Moritz hat mehrere Chips gesetzt. Ich stehe dicht neben ihm und versuche, den angenehmen Duft zu ignorieren, der von ihm ausgeht. Er benutzt ein Aftershave oder Parfüm, das mir sehr gut gefällt und nicht zum ersten Mal auffällt. Vielleicht war es keine schlaue Idee, die Glücksfee für ihn zu spielen, denn hier am Spieltisch kann ich ihm gerade kaum von der Seite weichen. Dass sein Duft mir zu

Kopf steigt, obwohl ich beim Abendessen nur Wasser getrunken habe, beunruhigt mich.

Überrascht zucke ich zusammen, als um mich herum geklatscht wird und Moritz mir einen Kuss auf die Wange drückt.

»Hey, Träumerin«, sagt er und lächelt mich an, »du bist tatsächlich eine Glücksfee.«

»Hm?«

Er lacht. »Ich spiele noch eine Runde, okay?«

»Klar«, antworte ich verlegen, weil ich abgelenkt war und seinen Gewinn verpasst habe. Diesmal beobachte ich aufmerksamer, wie Moritz setzt. Früher haben Laura und ich uns immer lustig über die Mädels gemacht, die sich den Kopf haben verdrehen lassen, bloß weil ein Mann gut aussah und seinen Charme einzusetzen wusste. Und jetzt geht es mir genauso! Also nicht etwa, dass Moritz mir den Kopf verdreht hätte. Aber er gefällt mir, wenn er mich nicht gerade mit dämlichen Zeitungsartikeln nervt.

Außerdem schmeichelt es mir, dass er mir so viel Beachtung schenkt, aber ich bin dennoch irritiert davon, dass ich für seine Flirtversuche so empfänglich bin.

Der Gedanke an unser Gespräch über die Frisuren und sexuelle Vorlieben lässt meine Wangen heiß werden, und als Moritz mich ansieht, zieht er besorgt die Augenbrauen zusammen. »Geht es dir gut?«

»Äh, klar. Aber es ist ganz schön warm hier drin.« Aus verschiedenen Gründen ...

»Ich bin jetzt sowieso fertig«, sagt er und sammelt seine Chips ein. »Ich will meine Glückssträhne lieber nicht überstrapazieren.«

»Du hast schon wieder gewonnen?«

Er sieht mich belustigt an. »Deine Aufmerksamkeitsspanne ist eher kurz, was?«

»Ich bin einfach müde«, antworte ich und das ist nicht

mal gelogen. Der Jetlag macht sich bemerkbar. Dass ich eigentlich damit beschäftigt war, mir Moritz nicht in Badehose vorzustellen, geht ihn nämlich gar nichts an. Der Mann ist selbstbewusst genug.

Er greift nach meiner Hand und mein Herz klopft plötzlich schneller.

»Lass uns nach den anderen suchen, okay?«, schlägt er vor. Ich nicke und er zieht mich vom Roulette-Tisch weg, während er mit seiner freien Hand etwas auf seinem Smartphone tippt.

Als wir um uns herum etwas Platz haben, bleibt er stehen und lässt meine Hand los. »Ah, Alejandro schreibt, dass Rieke ihr Glück am Spielautomaten versucht, und zwar in Richtung des Hoteleingangs.«

»Also da lang?«, frage ich und zeige nach links.

»Exakt.«

Nebeneinander gehen wir in Richtung der Spielautomaten und Alejandro winkt uns zu, als wir uns nähern, während Rieke mit unzufriedenem Gesicht auf den einarmigen Banditen starrt. Für sie scheint es weniger gut zu laufen als für Moritz eben. Adam steht neben ihr und nickt uns zu, als wir uns zu ihnen gesellen. »Wo sind denn Hannes und Deriya?«, erkundige ich mich.

»Schon ins Bett gegangen«, murmelt Rieke.

»Tjo. Miss Deriya war müde«, ergänzt Alejandro.

»Ach, Alejandro!«, sagt Rieke genervt. »Du hackst immer auf ihr herum.«

»Ich finde sie schrecklich.« Alejandro sieht zu Moritz. »Was sagst du denn als Hannes' Bruder und potenzieller Schwager dazu?«

Moritz sieht aus, als hätte er einiges dazu zu sagen, aber er hebt nur die Schultern. »Seine Freundin, sein Leben.«

»Siehst du«, meint Rieke spitzfindig zu unserem Bassisten. »Das nennt man Toleranz.«

»Schon gut«, brummt Alejandro. »Aber seien wir doch ehrlich – Hannes und Deriya passen überhaupt nicht zusammen. Und ich frage mich, wann Hannes das endlich kapiert.«

»Mann!« Frustriert schlägt Rieke gegen den Automaten. »Erst hat Alejandro verloren, dann Adam und jetzt ich. Diese Dinger sind der größte Mist.«

»Dann müsst ihr Roulette spielen«, empfehle ich. »Moritz hat gewonnen.«

»War ja klar«, meint Rieke zynisch. »Und genau das ist der Grund, warum die Reichen immer reicher und die Armen immer ärmer werden.«

Moritz grinst breit. »Dann versuch doch mal dein Glück. Hier ist eine kleine Starthilfe.« Er hält ihr die gewonnenen Chips hin.

Rieke betrachtet nachdenklich die Chips, doch Alejandro schüttelt energisch den Kopf. »Nee, gar keine gute Idee. Riekes Opa ist der reinste Zocker und wenn sie erst mal auf den Geschmack kommt, dann wird das eine teure Woche. Lass uns lieber ins Bett gehen statt an den Roulette-Tisch.« Er wirft Rieke einen schelmischen Blick zu.

»Na, wo jetzt geklärt ist, was die beiden machen ...« Moritz schmunzelt, dann sieht er Adam und mich erwartungsvoll an. »Was wollen wir drei mit der angebrochenen Nacht anfangen?«

»Ich glaube, ich gehe auch aufs Zimmer«, sage ich und er wirkt enttäuscht, während ich mich bemühe, ein Gähnen zu unterdrücken.

»Schon?«

»Ich bin müde und mir ist ein wenig kühl.« Zwar hatte Hannes mich davor gewarnt, dass es im Oktober noch bis zu dreißig Grad warm wird in Las Vegas, man sich aber in den Hotels schnell verkühlt, weil dort die Klimaanlagen auf Hochtouren laufen. Doch die drei Sweatjacken, die ich nach seinem Tipp eingepackt hatte, hängen allesamt im Hotelzimmer in dem begehbaren Kleiderschrank. Jetzt einundzwanzig Etagen nach oben zu fahren und dann wieder zurück ins Erdgeschoss, dazu fehlt mir gerade sowohl die Lust als auch die Energie.

»Eben war dir doch noch heiß«, meint Moritz und ich erkläre ihm lieber nicht die Gründe dafür. »Aber hier.« Er hält mir seine schwarze Strickjacke hin. »Ich brauche sie nicht.«

Da er die Jacke bisher nur locker über den Schultern hängen hatte, glaube ich ihm das. Das Problem mit der Müdigkeit löst es zwar nicht, aber wenigstens das mit der Klimaanlage.

»Danke«, sage ich und schlüpfe in das Kleidungsstück, das angenehm nach seinem Aftershave riecht. »Aber wenn dir kalt wird, dann bekommst du sie zurück.«

»Klar«, meint er, aber ich schätze, er würde es gar nicht zugeben, wenn er friert. Die Strickjacke ist mir zwar zu groß, aber sie wärmt gut. Dennoch entgeht mir nicht, dass Adams Mundwinkel verdächtig zucken, als er mich darin betrachtet. Vermutlich sieht es komisch aus, aber immerhin verkneift er sich eine Bemerkung.

»Lasst uns noch was in die Baccarat Bar gehen«, überlegt Moritz. »Die hat durchgängig geöffnet und da ist es bestimmt auch etwas wärmer als hier in der Lobby.« Er sieht zu mir. »Schaffst du noch einen Absacker?«

»Ja, das passt«, versichere ich und Alejandro und Rieke verabschieden sich von uns.

Moritz, der den Weg kennt, läuft voraus und führt uns schließlich in die Bar, die in Rot-, Blau- und Goldtönen eingerichtet ist. Zusammen mit dem Teppich in denselben Farbtönen, und noch dazu mit Blumenmuster, finde ich das ganze etwas kitschig, aber die Sitzgruppen sehen einladend aus und entpuppen sich zum Glück als äußerst bequem. Moritz und ich nehmen in zwei nebeneinanderstehenden roten Sesseln Platz, während sich Adam auf eine goldfarbene Couch setzt, die mit blauen Kissen dekoriert ist.

Es dauert nicht lange, bis eine junge Frau zu uns kommt und unsere Bestellung aufnimmt. Sie ist stark geschminkt und riecht so extrem nach einem blumigen Parfüm, dass ich sofort einen Hustenreiz verspüre. Wenigstens ist sie sehr freundlich und ich kann ihr Englisch gut verstehen.

Da ich beim Abendessen auf Alkohol verzichtet habe, gönne ich mir diesmal einen Longdrink, denn auf Wasser habe ich keine Lust mehr. Für Cola ist es mir zu spät, denn dann hält mich das Koffein schlimmstenfalls wach, obwohl ich eigentlich übermüdet bin. Dabei will ich morgen fit sein für die Shopping-Tour mit Rieke und den anschließenden Junggesellinnenabschied mit den Mädels.

Während Moritz was auf seinem Handy liest, blickt Adam sich interessiert in der Bar um. Ich nutze die Zeit, um kurz zu schauen, wer mir geschrieben hat. Meine Eltern haben mir geantwortet und Laura sowie eine andere Freundin, doch ehe ich alle Nachrichten gelesen und beantwortet habe, kommen schon unsere Getränke. Die Jungs haben sich beide für einen Mojito entschieden und prosten mir gut gelaunt zu. Ich nehme einen Schluck von meinem Longdrink. Der ist lecker, aber der Barkeeper war äußerst großzügig mit dem Alkohol. Vielleicht hätte ich doch besser ein Wasser bestellen sollen.

Da Moritz und Adam inzwischen über ihre Getränke fachsimpeln, überlege ich, was ich auf Lauras Frage antworten soll:

Was gibts Neues von den beiden Hotties?

Zum Glück sind die beiden Hotties, wie Laura sie nennt, gerade beschäftigt und können nicht lesen, was meine Freundin mir schreibt. Nach kurzem Überlegen tippe ich eine Antwort.

> *Wir sitzen noch zusammen in der Bar, auf einen Absacker. Ich hoffe, Adam ist nicht mehr sauer auf mich. Ich hatte Hannes unauffällig fragen wollen, ob Adam schwul ist, und er hat es über den ganzen Tisch herausposaunt.*

Laura scheint das lustig zu finden, denn sie schickt drei Smileys, die Tränen lachen.

> *Ansonsten ist Adam ein angenehmer Zimmergenosse. Moritz nutzt jede Gelegenheit zum Flirten, aber ich glaube, für ihn ist das einfach ein großer Spaß. Auch wenn Hannes behauptet, er hätte schon früher ein Auge auf mich geworfen. Ich glaube nicht, dass Moritz das ernst meint.*

Ich trinke einen Schluck, während ich auf Lauras Antwort warte, und kuschele mich in Moritz' Strickjacke, auch wenn es in der Bar tatsächlich wärmer ist als in der Lobby.

> *Vielleicht ist er aber auch wirklich interessiert? Sei nicht so negativ! Carpe diem, Süße! Ich muss jetzt arbeiten. Ich wäre so gerne bei dir und würde mir den ganzen Spaß live angucken. ;)*

»Wichtige Nachrichten?«, fragt Moritz plötzlich und ich drehe rasch mein Handy weg, um sicherzugehen, dass er nicht lesen kann, was auf dem Bildschirm steht.

»Ich schreibe mit meiner besten Freundin, aber sie muss jetzt zur Arbeit. So wie ich eigentlich gleich in der Uni sitzen sollte.«

»Und obwohl du für Hannes' Geschenk die Uni schwänzt, hast du ein schlechtes Gewissen, wenn er dir das Abendessen bezahlen will?« Moritz schüttelt den Kopf. »Du studierst Mediendesign, oder?«

»Ja. Nächsten Sommer mache ich meinen Masterabschluss.«

»Und danach?«

»Das ist eine gute Frage. Ich habe ein paar Praktika gemacht und in dem letzten Unternehmen wurde mir gesagt, dass ich mich unbedingt bewerben soll, wenn ich meinen Abschluss habe. Das werde ich vermutlich auch tun, denn die Atmosphäre dort hat mir gut gefallen und die Kollegen waren alle sehr nett.«

»Das klingt gut. Dann weißt du schon, worauf du dich einlässt.«

»Und du?«, frage ich. »Hannes sagte immer, dich interessiert das Familienunternehmen nicht.«

Er nickt und wirkt plötzlich nachdenklich. »Das hat es nie. Ich bin an der Sporthochschule in Köln.« Er trinkt einen Schluck und ich habe den Eindruck, dass er nicht weiter über sein Studium reden möchte, denn er wendet sich an Adam und wechselt das Thema. »Stimmt es eigentlich, dass du geplant hattest, eine Rundreise durch die USA zu machen nach der Hochzeitsfeier?«

»Ja.«

»Das klingt gut, warum machst du es nicht?«, mische ich mich in das Gespräch ein.

»Ich hatte nicht mehr genug Urlaub.«

»Das ist bitter. Wie lange arbeitest du schon in deinem Job?«

»Fast fünf Jahre.«

»Manchmal wünschte ich, ich wäre auch schon so weit. Ich bin froh, wenn die Lernerei und die Klausuren nächstes Jahr vorbei sind.«

»Am besten ist es wohl, wenn man sein Hobby zum Beruf macht, so wie Hannes es zum Ziel hat«, sagt Moritz.

Vielleicht bilde ich es mir nur ein, aber sein Gesichtsausdruck wirkt wehmütig. Bereut er seine Entscheidung, dass er an die Sporthochschule gegangen ist? Andererseits könnte er sich jederzeit umentscheiden. Er ist dreiundzwanzig und könnte den Studiengang wechseln oder eine Ausbildung anfangen. Ich kenne einige, die nicht auf Anhieb das richtige Studium für sich erwischt haben.

»Du meinst mit der Band?«, hake ich nach.

»Ja. Hannes geht wirklich auf in der Musik. Und du wolltest beruflich nie was mit Musik machen?«

»Nein. Ich spiele gerne Gitarre, aber diese Auftritte vor Publikum ... das ist nicht meins. Und ich kann auch nicht so viel Zeit in die Band investieren mit Studium und Nebenjob. Wie ist das eigentlich bei dir?«, wende ich mich an Adam. »Oder arbeitest du wie Hannes in Teilzeit?«

Er schüttelt den Kopf. »Nein. Aber solange nur am Wochenende Auftritte sind, passt es.«

»Ich bin gespannt auf eure nächste Probe, wenn ich dabei sein darf«, verkündet Moritz.

»Hm.« Obwohl Moritz früher schon unsere Proben besucht hat, bin ich plötzlich verlegen und es wird schlimmer, als ich bemerke, dass er mich aufmerksam ansieht.

»Hast du es manchmal bereut, aus der Band ausgetreten zu sein?«, will er wissen.

Mit einem Seufzer greife ich nach meinem Getränk. »Ich mochte die Proben und das gemeinsame Schreiben eines Songs, aber wie schon gesagt, die Auftritte waren nichts für mich. Hannes, Clara und Alejandro wollen viel mehr mit der Musik erreichen als ich.« Eventuell gilt das auch für Adam, ihn kann ich diesbezüglich noch nicht einschätzen. Aber wenn er einen Vollzeitjob hat, scheint die Band für ihn auch eher ein Hobby zu sein.

»Schade. Hannes war echt geknickt, als du die Band verlassen hast. Anfangs hat er gehofft, er kann dich noch umstimmen.«

»Ich weiß, er hat es versucht. Zum Glück wurde mit Thomas aber schnell Ersatz gefunden.«

Adam sieht aus, als wolle er was dazu sagen, doch dann deutet er auf seine Armbanduhr. »Für mich wirds langsam Zeit.«

Moritz schnappt sich seinen Mojito. »Kein Nachtmensch, was?«

Adam zuckt die Schultern. »Es geht.«

Vielleicht steckt ihm also doch die Zeitumstellung in den Knochen. Auch ich trinke den Rest von meinem Longdrink, der mir inzwischen was besser schmeckt, da sich das Eis etwas aufgelöst hat. Dadurch ist der Alkoholgeschmack nicht mehr so stark.

»Möchtest du morgen eigentlich auch mit zum Shoppen?«, frage ich, da mir eingefallen ist, dass ich Adam noch danach fragen wollte. »Rieke hat gesagt, dass noch ein Platz im Auto frei ist.«

»Nein, ich brauche nichts«, sagt Adam und winkt die junge Kellnerin heran, von der mir nicht entgeht, dass sie Moritz deutlich länger mustert, als ich es für angebracht halte. Aber vielleicht steigt mir auch nur der Longdrink zu Kopf, sodass ich eifersüchtige Allüren bekomme.

Dennoch stelle ich mit etwas Genugtuung fest, dass Moritz auf ihr flirtendes Verhalten nicht reagiert. Davon abgelenkt verpasse ich meine Chance, meinen Drink selber zu bezahlen. Als ich gerade meine Geldbörse hervorgekramt habe, streckt Adam der Frau bereits seine

Kreditkarte entgegen und sagt, dass die Rechnung auf ihn geht.

»Das wäre wirklich nicht nötig gewesen«, sage ich.

Adam winkt ab.

»Danke, Kumpel.« Moritz erhebt sich aus dem Sessel.

»Von mir auch Danke«, ergänze ich schnell und folge den beiden aus der Bar. Nun, da ich mich bewege, merke ich, dass der Alkohol Wirkung zeigt. Für jemanden wie mich, der sonst höchstens mal ein Glas Wein zum Abendessen trinkt, war das wohl schon zu viel Hochprozentiges. Immerhin habe ich noch volle Kontrolle über meine Zunge – zumindest hoffe ich das. Mir schießt zwar wieder durch den Kopf, wie gut Moritz duftet, aber ich presse schnell die Lippen zusammen, damit bloß kein Laut aus meinem Mund kommt. Mit meinen sich schwer anfühlenden Beinen und dem müden Kopf finde ich es plötzlich gut, dass wir in der einundzwanzigsten Etage wohnen. So kommen die Jungs gar nicht erst auf die Idee, statt des Aufzugs die Treppen zu nehmen. Anscheinend bemerkt Moritz, dass ich den Alkohol spüre, denn er hakt sich bei mir unter, als wir über den Flur laufen, worüber ich in dem Moment echt dankbar bin. Gleichzeitig bin ich damit beschäftigt, den Mund zu halten, um nichts Peinliches zu sagen. Denn sowohl Adam als auch Moritz wirken wesentlich fitter als ich und kein bisschen so, als hätten sie eben einen Mojito getrunken. Vielleicht war der weniger stark gemixt und vermutlich sind die beiden auch mehr gewohnt, denn sie haben bereits zum Abendessen Alkohol konsumiert. Schweigend gehen wir zu den Aufzügen und fahren nach oben. Adam redet sowieso nie viel und ich bin lieber weiterhin still. Dass aber auch Moritz so ruhig ist, wundert mich. Denkt er noch über unsere Gespräche in der Bar nach? Mir ist nicht entgangen, dass er abgelenkt hat, wenn es um ihn ging.

»Schlaft gut«, sagt Moritz, als wir sein Zimmer erreichen, und streicht mir sanft über die Hand, bevor er mich loslässt. Schlagartig geht mein Puls schneller.

»Danke, du auch«, erwidere ich und gehe zügig hinter Adam her, der sich bereits ein paar Schritte von uns entfernt hat.

Kaum im Zimmer angekommen, streife ich die dunkelblauen Pumps von meinen Füßen und seufze erleichtert auf. Ich bin es nicht gewohnt, so lange Zeit auf Absätzen zu laufen. Mit den schweren Beinen und dem schwammigen Gefühl im Kopf war es zudem nicht leichter, auf solchen Schuhen unterwegs zu sein.

Erst jetzt fällt mir auf, dass ich noch Moritz' Strickjacke trage, aber dann werde ich ihm diese morgen beim Frühstück zurückgeben. Heute Nacht wird er sie sicherlich nicht mehr brauchen.

»Der Longdrink war wirklich lecker«, sage ich zu Adam, der sein Hemd glatt streicht und dann in den Kleiderschrank hängt. »Aber da war für mich zu viel Alkohol drin. War der Mojito auch so stark gemixt?«

»Der war gut.« Ihm merkt man kein bisschen an, dass er beim Abendessen Bier, einen Schnaps und dann in der Bar noch einen Cocktail getrunken hat.

»Ich bin keinen Alkohol gewohnt. Mir ist ein bisschen schwindelig.«

Er will nach mir greifen, als er gerade aus dem Schrank kommt, doch ich schüttele den Kopf. »So schlimm ist es nicht. Aber mein Gleichgewichtssinn scheint überhaupt keinen Alkohol zu mögen, außer mal ein Gläschen Wein.« In dem Moment, in dem ich das sage, stolpere ich über die Pumps, die auf dem Boden liegen, und meine Reflexe sind zu langsam.

Dafür reagiert Adam umso schneller und fängt mich auf.

»Leg dich besser hin«, sagt er, während er mich festhält und besorgt ansieht.

»Huch!« Wie peinlich! »Das geht schon, ich war nur unachtsam.« Ich muss gegen meinen Willen kichern und versuche, mich zusammenzureißen, als ich zu ihm aufsehe. Er hat tolle Wimpern, schwarz und sehr dicht, und ich frage mich, wie die wohl aussehen würden, wenn man sie schminken würde.

»Übrigens, Elli« sagt er leise. »Ich bin definitiv nicht schwul.«

Wenn auch meine Reflexe gerade nicht die Besten sind, meine Haut reagiert hervorragend und die Röte schießt mir ins Gesicht. Ich sollte meine Zeit nicht mehr so viel mit Adam und Moritz verbringen – schon gar nicht, wenn ich Alkohol zu mir genommen habe.

»Das tut mir leid.« Ich löse mich aus seinem Griff. »Es war nur ein Missverständnis.«

Nachdenklich sieht er mich an. »Hm«, macht er nur, und ich schaffe es ohne irgendwelche Zwischenfälle in das komfortable Badezimmer. Die Müdigkeit schlägt plötzlich mit aller Wucht zu, dennoch schminke ich mich ab und putze mir die Zähne.

Wieder in mein zu kurzes Sleepshirt gekleidet, husche ich kurz danach an Adams Bett vorbei und kuschele mich unter die Decke. Moritz’ Strickjacke liegt neben meinem Kopfkissen und ich bin versucht, meinen Kopf darauf zu legen, weil sie nach ihm duftet. Ich muss wirklich aufpassen, mich nicht weiter von seinem Charme einlullen zu lassen. Ich weiß doch, wie er tickt. Wenn ich etwas nicht gebrauchen kann, dann einen Mann, für den ich nur ein kurzes Abenteuer bin. Und Adam? Eigentlich scheint er ein netter Kerl zu sein, auch wenn es schwierig ist, hinter seine Fassade zu blicken.

Die gleichmäßigen Atemzüge, die ich vom Bett neben

mir höre, verraten mir, dass er bereits eingeschlafen ist. Um seinen schnellen Schlaf beneide ich ihn und ich verstehe nun besser, was Moritz meinte, als er mir erklärt hat, warum er sich nicht mit Adam das Zimmer teilen will. Obwohl Adam einen recht tiefen Schlaf zu haben scheint, hätte ich auch kein gutes Gefühl dabei, nun den Fernseher einzuschalten, weil ich ihn nicht stören will. Ich könnte allerdings noch einen Podcast oder ein Hörbuch mit meinen Kopfhörern hören, doch stattdessen frage ich mich, was Moritz gerade macht. Ob er noch Fernsehen schaut? Oder ob er, genau wie Adam, längst eingeschlafen ist?

An Müdigkeit mangelt es mir auch nicht, aber mir gehen so viele Gedanken durch den Kopf. Am liebsten würde ich mit Laura telefonieren, doch sie muss jetzt arbeiten. Außerdem würde ich dann Adam stören. Also drehe ich mich auf meine Schlafseite, sodass ich eine bequemere Position habe. Moritz' Strickjacke liegt direkt vor mir und riecht nach ihm. Ich kuschele mich an sie und sein Geruch ist das Letzte, was ich wahrnehme, bevor ich endlich einschlafe.

8. Dienstag, 29.10. – Outlet Center

Ich bin erleichtert, dass es Rieke ist, die diesen riesigen SUV durch Las Vegas steuert. So praktisch Autos auch sind – ich schätze, der rege Verkehr auf den mehrspurigen Straßen würde mich überfordern. Rieke dagegen ist voll in ihrem Element. Sie hupt den Fahrer vor uns an, der bei Grün nicht sofort losfährt, und schickt einem weiteren Fahrer, der sie geschnitten hat, ein paar deftige Schimpfwörter hinterher. Alejandro, der auf dem Beifahrersitz Platz genommen hat, wirft einen Blick auf die Rückbank, auf der Moritz neben mir sitzt.

»Sie schnauzt viel rum beim Fahren, oder?«, fragt er, als Rieke sich über den nächsten Autofahrer aufregt.

»Papperlapapp«, sagt Rieke sofort. »Ich schimpfe nicht, ich ... Boah, habt ihr dieses Arschloch gesehen? Der hätte fast den Fußgänger umgefahren!«

Moritz unterdrückt ein Lachen, was ich an seiner zuckenden Brust erkenne.

»Du fährst echt aggressiv Auto«, stellt Alejandro vorwurfsvoll fest.

»Dann fahr du doch, wenn du es besser kannst. Was du aber andererseits nie willst.«

Alejandro seufzt laut und ich erinnere mich daran, dass unser Bassist tatsächlich nicht besonders gerne Auto fährt. Da hat er mit Rieke die perfekte Frau gefunden, auch wenn er dann wohl oder übel ihre Schimpfereien während der Fahrt ertragen muss.

»Ich bin auch froh, dass ich hier nicht fahren muss«, gebe ich zu.

»Man gewöhnt sich daran«, meint Moritz. »Rieke, wenn du keine Lust mehr hast, dann übernehme ich gerne.«

»Nix da!«, sagt Rieke. »Ich liebe dieses Auto! Ich will auch so einen fetten SUV.«

»Super Idee«, entgegnet Alejandro. »Wo man bei uns in der Großstadt immer so gut einen Parkplatz findet.«

»Alejandro hätte lieber, dass wir uns einen Smart kaufen. Einen Smart! Seien wir doch mal ehrlich, es gibt Kinderwagen, die größer sind als dieses Auto.«

»In Düsseldorf wäre es aber praktisch.«

»Nur über meine Leiche!«

Das Navi teilt uns mit, dass wir rechts abbiegen sollen und kurz danach sehen wir schon das riesige Schild, welches das Las Vegas Premium Outlet Center ankündigt.

»Sieh an«, meint Rieke mit einem triumphierenden Blick in Alejandros Richtung. »Wir sind schon da und alle haben die Fahrt überlebt.«

Alejandro sieht wieder zu uns nach hinten und rollt mit den Augen.

»Es ist echt lieb, dass ihr uns mitnchmt«, versuche ich die Stimmung im Wagen etwas anzuheben.

»Denkt aber daran, in zweieinhalb Stunden müssen wir spätestens zurück ins Hotel fahren«, belehrt uns Alejandro, nachdem Rieke geparkt hat und wir ausgestiegen sind.

»Ja, natürlich«, verspreche ich. »Bei mir geht das sowieso immer fix.« Ehrlich gesagt aus dem Grund, dass ich mir immer ein Limit setzen muss, wie viel ich ausgeben darf. Heute liegt es bei hundert Dollar und ich hadere damit, ob ich die wirklich für einen Pyjama auf den Kopf hauen will. Adam ist zwar doch nicht schwul, aber inzwischen hat er mich sowieso schon in dem Sleepshirt gesehen.

»Bei mir eigentlich auch«, behauptet Rieke, doch mir entgeht nicht ein »Das wäre mir neu«, das Alejandro vor sich hin murmelt.

»Ich brauche neue Sneaker«, sagt Moritz. »Ich habe mein Lieblingspaar zu Hause vergessen. Und eine neue Strickjacke brauche ich wohl auch.« Er zwinkert mir zu.

»Oh! Mist! Die wollte ich dir heute Morgen zum Frühstück eigentlich mitbringen.

»Du darfst sie auch gerne behalten.«

»Sie ist mir doch viel zu groß.«

»Und kann dich daher jederzeit gut wärmen.«

Ich schaue verlegen weg, weil ich daran denken muss, dass ich heute Morgen mit seiner Strickjacke im Arm aufgewacht bin. Falls Adam das aufgefallen ist, hat er zum Glück nichts dazu gesagt. Im Gegensatz zu Hannes ist unser Schlagzeuger wenigstens diskret. So langsam lerne ich seine schweigsame Art sehr zu schätzen.

»Zu den Sportschuhen komme ich mit«, meint Alejandro. »Sportschuhe gehen immer.«

»Prima.« Rieke sieht die Jungs zufrieden an. »Dann macht ihr beiden mal. Um zwölf Uhr dreißig treffen wir uns also wieder am Auto.«

»Spätestens!«

»Ja, ja. Und außerdem können wir uns im Band-Chat schreiben, wenn irgendwas ist oder jemand länger braucht.«

Alejandro schnauft empört.

»Aber natürlich brauchen wir nicht länger«, ergänzt sie schnell.

»Moritz und ich haben auch wirklich nicht länger Zeit«, betont er. »Unsere Junggesellenrunde fängt früher an als eure.«

»Weiß ich doch.« Rieke kramt ihr Smartphone aus der Handtasche. »Aber ich bin bestens vorbereitet und das geht schnell heute, versprochen. Also viel Erfolg mit euren Sportschuhen.«

»Euch auch viel Spaß«, wünscht Moritz uns und Rieke und ich laufen los in Richtung des am nächsten liegenden Eingangs. Da ich nur kurzfristig von der Reise erfahren habe, hatte ich kaum Zeit dafür, mir Gedanken über Outlet Center und andere Unternehmungen in Las Vegas zu machen. Rieke dagegen scrollt eifrig auf ihrem Smartphone herum.

»Ich habe mir eine Liste erstellt mit den Shops, in die ich rein will und wo wir die hier im Center finden.« Sie hält mir ihr Handy hin. »Das ist der Lageplan.«

»Du bist ja perfekt vorbereitet.«

»Danke. Aber nur, weil ich wirklich keine Lust habe, stundenlang durch so ein riesiges Outlet zu latschen und die Läden nicht zu finden, die mich interessieren. Willst du auch in einen bestimmten Shop?«

»Nein, ich renne dir einfach hinterher. Ich habe nicht mal einen Überblick, was es hier überhaupt für Geschäfte gibt.«

»Aber suchst du nach was Konkretem?«

»Eine Bluse oder ein schickes Poloshirt wären ganz gut für die nächsten Tage. Ich habe das Gefühl, kleidungstechnisch bin ich nicht gut genug auf das Bellagio mit seinen schnieken Restaurants vorbereitet.« Und sollte ich da nicht fündig werden, kann ich immer noch nach einem Schlafanzug schauen.

»Da hätte dich Hannes echt mal vorwarnen können«, meint Rieke. »Ich hatte mich im Vorfeld über unser Hotel informiert und da habe ich auch Infos zu den Restaurants gefunden. Aber ich hatte auch viel mehr Zeit, um mich auf die Reise einzustellen.«

»Ich schätze, Hannes ist es nicht gewohnt, dass man auf so was extra hinweisen muss.«

»Mag sein«, sagt Rieke und zieht mich in den ersten Laden.

Rieke hat ein erstaunliches Tempo drauf beim Shopping. Knapp zwei Stunden später bin ich baff, wie viele Läden wir schon abgeklappert haben. Sie hat bereits zwei Tüten in der Hand mit einem Paar Converse, einer Jeans, einem Hoodie und zwei T-Shirts. Ich habe mir lediglich eine weiße Strickjacke in meiner Größe gegönnt, die zu allem passt und nur fünfundzwanzig Dollar gekostet hat.

»So! Das ist der letzte Laden auf meiner Liste«, stellt Rieke zufrieden fest. »Und du hast wirklich noch nichts entdeckt, wo du rein willst?«

»Nein, ich gehe in deinen letzten Laden auch mit rein. Die Sachen sehen von draußen schon mal gut aus.« Und da ich bisher erst ein Teil gekauft habe, könnte ich nun wirklich nach einer kurzen Stoffhose stöbern sowie einem Shirt, sodass ich ab heute ein züchtigeres Schlaf-Outfit habe.

»Einer meiner Lieblingsshops, die haben immer ein riesiges Angebot«, verspricht Rieke und bleibt vor einem Ständer mit sommerlichen Kleidern stehen. »Wow, sind die schön!«

Ich begutachte das Kleid, das sie in der Hand hält.

»Das ist wirklich hübsch. Aber ich gehe trotzdem mal hinten bei den Shirts und so gucken«, kündige ich ihr an, bevor ich in den hinteren Bereich des Ladens gehe.

Überall stehen groß angeprangert die reduzierten Preise und ich muss mich etwas von den Jeans losreißen, denn davon habe ich wirklich genug zu Hause in meinem Schrank. Obwohl ich nach Shorts Ausschau halten wollte, fällt mir ein Ständer mit Viskose-Blusen in verschiedenen Farben ins Auge. Da diese perfekt für schicke Restaurants geeignet wären, schnappe ich mir eine in weiß und eine weitere in fliederfarben.

»Ich habe was gefunden«, verkünde ich Rieke, die sich noch immer nicht von dem Ständer mit den Kleidern hat losreißen können.

»Die beiden Blusen?«, fragt sie und mustert die Sachen. »Die sehen gut aus, gefallen mir auch. Wo hast du die gefunden?«

Ich deute hinter mich. »Gibts in zig Farben und Größen. Ich werde sie aber vorsichtshalber mal anprobieren, auch wenn sie passen müssten.«

»Mach das. Aber warte mal, was hältst du davon?«, fragt sie und hält ein roséfarbenes Kleid hoch, das mir irgendwie bekannt vorkommt.

Rieke seufzt laut. »Es sieht aus wie das Kleid aus Dirty Dancing, findest du nicht? Aber es hat eingenähte Cups.« Sie verzieht das Gesicht. »Die sind zu groß für mich. Ach Mensch, ich wünschte, ich hätte deine Brüste.«

»Was? Ich wünschte, ich hätte deine Brüste!«

Das bringt sie zum Lachen. »Na gut, ich brauche keine teuren Sport-BHs, aber ich kann dieses Kleid nicht tragen, du könntest das schon.« Sie hält es vor mich. »Los, zieh es an. Ich glaube, es ist wie für dich gemacht.«

Ich nehme den Stoff in die Hand, der sich wunderbar weich anfühlt, dann werfe ich einen Blick auf das Preisschild und atme erschrocken ein. »Das ist viel zu teuer für mich!«

»Ehrlich?« Rieke greift nach dem Schild. »Oh! Wow,

das habe ich gar nicht gesehen. Das ist echt teuer für so ein Outlet.«

»Das ist leider nicht drin«, sage ich und will das Kleid zurückhängen.

»Ach komm schon, probiere es trotzdem an. Du musst doch sowieso in die Umkleide. Dann mache ich ein Foto und du kannst damit nach was Ähnlichem suchen, das günstiger ist. Vielleicht schaffen wir es noch mal in das andere Einkaufscenter, bevor wir wieder abreisen müssen. Oder du schaust mal online.«

»Ich weiß nicht, ich ...«

»Na los, mach schon. Wir müssen uns beeilen, bevor die Jungs gleich maulen, dass wir spät dran sind. Moritz habe ich eben schon hier vorne am Eingang herumlungern sehen. Und so, wie ich Alejandro kenne, wartet der sicher schon am Auto, damit er mir vorhalten kann, dass er viel schneller fertig war als ich.«

Ich gebe nach und nehme das Kleid mit zu den Umkleiden. Die Blusen sind schnell anprobiert, weil ich dazu nur mein T-Shirt ausziehen muss und beide auf Anhieb passen. Recht preiswert sind sie auch und zusammen mit der Strickjacke bleibe ich fast dreißig Dollar unter meinem Limit, das ich mir fürs Shoppen gesetzt habe. Beim Kleid zögere ich kurz, dann gebe ich mir einen Ruck und tue Rieke den Gefallen und probiere es an. Als ich aus der Kabine heraus komme, klatscht sie begeistert in die Hände.

»Du siehst fantastisch aus. Das ist das perfekte Kleid für dich.« Sie fasst mich an der Hand und zieht mich vor den großen Spiegel. »Ich bin fast ein bisschen neidisch. Ich bin seit Ewigkeiten auf der Suche nach einem Kleid, das aussieht wie für mich gemacht. Und du hast nicht mal danach gesucht und es gefunden.«

»Ach Quatsch, hör auf.«

»Dann sieh doch mal hin!« Rieke schiebt mich frontal vor den Spiegel. Das Kleid umschmeichelt tatsächlich perfekt meine Figur. Fast immer habe ich Probleme damit, dass die Länge seltsam aussieht oder es obenrum zu eng geschnitten ist, doch dieses Kleid endet knapp oberhalb meiner Knie, es betont meine schmale Taille und meine Brüste werden gut gestützt, quellen aber nicht heraus, sondern werden vorteilhaft in Szene gesetzt.

»Ich mag die Farbe«, sage ich.

»Sie mag die Farbe«, äfft Rieke mich nach und lacht. »Du siehst großartig darin raus!«

»Ja, gut. Vielleicht hast du recht. Es passt gut, aber das spielt keine Rolle, denn ich kann es mir nicht leisten.«

»Ich strecke dir was vor. Du kannst mir das dann irgendwann zurückzahlen. So ein Kleid kann man auf keinen Fall im Laden zurücklassen, wenn es so toll an einem aussieht.«

»Das wäre doch völlig verrückt. Ich verschulde mich doch nicht für ein Kleid!«

»Ich schwöre dir, wenn du das jetzt nicht nimmst, wirst du es später bereuen.«

Das Schlimme ist, dass sie damit wohl recht hat. Ich verschwinde in der Umkleidekabine und öffne meine Sparkassen-App, um meinen Kontostand zu überprüfen. Wir haben Ende Oktober und von meinem Nebenjob habe ich gerade mein Gehalt bekommen, sodass ich mein Konto nicht gleich überziehen würde, wenn ich das Kleid tatsächlich kaufe. Andererseits weiß ich nicht, wie teuer die nächsten Tage noch mit Essen und Getränken werden. Außerdem will ich Laura eine Überraschung aus dem M&M-Shop mitbringen. Andererseits kann ich nach meinem Urlaub direkt was von meinem Sparbuch aufs Konto überweisen, auch wenn das Geld dort eigentlich nur für Notfälle gedacht ist.

»Argh, also gut«, rufe ich Rieke dennoch zu und trete wieder aus der Umkleidekabine. »Ich nehme es. Aber dann sind für den Rest der Reise keine Shopping-Touren mehr drin.«

»Nicht mal mehr der M&Ms-Laden?«

»Nur für ein kleines Mitbringsel für eine Freundin.«

»Na gut. Ich versuche ab sofort, dich von allen Versuchungen fernzuhalten.«

»Versprich es mir!«

»Hoch und heilig.« Rieke hebt die rechte Hand zum Schwur. »Dann nimmst du also die Blusen und das Kleid?«, fragt sie und tippt auf ihre Uhr.

»Ja.«

»Wunderbar! Dann zieh das Kleid mal rasch aus, dann kann ich schon mal alles mit zur Kasse nehmen und mich anstellen. Wir müssen uns ein bisschen beeilen jetzt.«

»Okay«, sage ich und schlüpfe zurück in die Kabine, wo ich mir schnell das Kleid abstreife und es Rieke herausreiche. Als ich wieder angezogen bin, greife ich nach meinem Telefon und entdecke eine Nachricht von Laura, die mir schon vor über zwei Stunden geschrieben hat.

Hey, wie gehts dir? Die Arbeit war echt anstrengend heute. Ich bin so was von müde. Bei euch ist heute der Junggesellinnenabschied, oder? Hab' viel Spaß und tu nichts, was ich nicht auch tun würde. ;)

Damit sie meine Antwort noch lesen kann, bevor sie ins Bett fällt, tippe ich ihr euphorisch eine Nachricht, dass wir shoppen sind und ich DAS Traumkleid schlechthin gefunden habe. Dann hüpfe ich in meine Jeans und fahre mir mit den Fingern ein paarmal durch die Haare, damit diese wieder halbwegs ordentlich aussehen nach der Ankleideaktion.

Als ich zur Kasse gehe, ist diese leer. Nicht mal mehr Rieke steht dort, sondern nur eine dunkelhaarige Verkäuferin, die mir ein strahlendes Lächeln schenkt, als ich auf sie zugehe.

»Elli«, ruft Rieke plötzlich. »Ich bin hier. Die Sachen sind schon bezahlt.«

Offenbar war Rieke also zu ungeduldig, um mit dem Bezahlen auf mich zu warten. Ich lächle der Verkäuferin noch einmal zu, dann gehe ich zu Rieke. Neben ihr steht Moritz mit zwei Einkaufstaschen in der Hand.

»Danke«, sage ich zu ihr. »Dann schicke mir doch gleich mal deinen PayPal-Account. Dann kann ich dir das Geld direkt überweisen.«

»Äh.« Rieke wirkt plötzlich verlegen. »Moritz hat deine Sachen bezahlt. Ich gehe schon mal vor zum Auto.«

Verdutzt sehe ich ihr nach, als sie in Richtung des Parkplatzes geht, dann schaue ich auf die beiden Tüten, die Moritz hält.

Er hebt eine der Taschen hoch. »Möchtest du deine Sachen lieber selber tragen?«

»Du darfst gerne den Gepäckträger spielen, wenn du magst.«

Er grinst. »Aye, aye, Sir.«

»Aber dann brauche ich nun deinen PayPal-Account, um dir das Geld zu überweisen.«

Moritz zuckt mit den Schultern. »War doch keine große Sache. Es ist ein Geschenk. Du hast keine Schulden bei mir.«

»Ich kann mir doch nicht meinen Einkauf von dir schenken lassen.«

»Freu dich doch einfach.«

Aber ich freue mich nicht. Es ist mir unangenehm, dass Moritz mir spontan etwas schenken will und noch dazu etwas so Teures.

»Rieke hat gesagt, dass dir das Kleid eigentlich zu teuer ist und ich wollte dir eine Freude machen.«

»Das geht aber nicht, dass du mir eine Freude machst.«

»Warum nicht?« Er wirkt irritiert. »Ich darf morgen bei der Probe dabei sein und dein Gitarren-Solo hören. Das macht mir eine Freude.«

»Das weißt du doch noch gar nicht, weil du das Lied nicht kennst, und das kann man außerdem überhaupt nicht vergleichen!« Es ärgert mich, wie er da steht mit seinem lässigen Look, dem perfekten Körper und den so unschuldig dreinblickenden blauen Augen. Außerdem hasse ich es, mich verpflichtet zu fühlen. Deswegen mag ich es nicht, dass Hannes mein Essen immer bezahlen will, auch wenn er mir den Auftritt und die dazugehörige Aufregung eingebrockt hat.

»Doch«, sagt Moritz mit fester Stimme. »Das kann man vergleichen.« Er macht eine ausholende Geste. »Man kann nicht alles mit Geld kaufen, okay? Aber wenn du dich über das Kleid freust, dann freut mich das, also mache mir das bitte nicht kaputt.«

Ich will etwas erwidern, doch plötzlich sieht er so traurig aus, dass ich es nicht über mich bringe, ihm eine schnippische Antwort zu geben. Es entsteht ein unangenehmes Schweigen, denn die Situation überfordert mich und Moritz ist offenbar überrascht über meine Reaktion. Stelle ich mich etwa an? Fänden andere es normal, sich von einem Mann, bloß, weil er Geld hat, Einkäufe im Wert von über hundert Dollar bezahlen zu lassen?

»Es ist mir unangenehm, so was von dir anzunehmen. Nur weil du ... Na ja, weil ...« Ich suche nach den richtigen Worten.

Er schmunzelt. »Weil ich was? Reich geboren bin?«

»Ich will das nicht ausnutzen.«

»Hätte Hannes dich nicht nach Las Vegas geschleppt,

müsstest du jetzt gar nichts bezahlen. Also komm schon.«
Er zeigt in Richtung des Parkplatzes. »Außerdem killt uns
Alejandro, wenn wir weiter streiten und nicht bald am
Auto auftauchen.«

»Ach, Moritz!«

Nun setzt er wieder diesen Unschuldsblick auf, der mir
aber immer noch lieber ist als dieser verlorene Ausdruck
in seinen Augen kurz zuvor.

»Ich will mich nicht streiten«, sage ich, »aber ...«

»Aber ist immer ein schlechtes Wort, um einen Streit zu
beenden«, fällt er mir ins Wort und ich bin hin- und
hergerissen, was ich sagen soll.

»Ich verspreche auch, dass ich dir nichts anderes mehr
gegen deinen Willen ausgebe.«

»Wie sich das anhört.« Ich muss lachen.

»Also darf ich das Kleid und die anderen Sachen nun
bezahlen?«

»Das hast du ja schon!«

»Aber ich will das Geld nicht zurückhaben.«

»Ich weiß nicht.«

»Du kannst es einfach als Eintritt betrachten für eure
Probe, bei der ich morgen dabei sein darf.«

»Teure Probe«, murmele ich.

Er sieht mich an und klimpert übertrieben mit den
Augen. »Ich bin mir sicher, sie ist es wert.«

»Haha!«

»Das meine ich ehrlich.«

Ich seufze. »Also gut, vielen Dank. Das ist wirklich lieb
von dir, aber viel zu viel. Da hast du wohl was gut bei
mir.«

Sofort hellt sich sein Gesicht auf. »Ehrlich? Was denn,
Zopfmädchen?«

Ich boxe ihm gegen den Arm. »Jedenfalls nichts, was
DAMIT zu tun hat«, erwidere ich, weil ich bei dem Wort

Zopfmädchen immer noch an den Artikel mit den Sexstellungen denken muss.

»Aber vielleicht etwas mit dem Kleid«, erwidert er, während wir uns auf den Weg zum Auto machen. »Es wäre perfekt für das Abendessen am Freitag im Picasso.«

»Das weißt du doch gar nicht, ob es dafür perfekt ist.«

Seine Augen funkeln schelmisch. »Klar weiß ich das. Ich hab' dich darin gesehen.«

»Äh, wie das denn?«

»Als du es Rieke gezeigt hast vor dem Spiegel. Ich war auch im Laden und habe mich umgesehen.«

»Dann lade ich dich also am Freitag zum Picasso ein, gebongt.« O Gott, was habe ich da nur gesagt? Hoffentlich kommt er nicht auf die Idee, an unserem letzten Abend Champagner dort zu trinken.

Erschrocken sieht er mich an. »Auf gar keinen Fall! Aber einen Absacker in der Baccarat Bar, den würde ich annehmen.«

Ich will widersprechen, aber Moritz greift nach meiner Hand und zieht mich einfach weiter. »Das war kein Witz, dass Alejandro uns killt. Er hat es echt eilig.«

Mag ja sein, dass er denkt, damit wäre die Diskussion beendet. Aber das letzte Wort ist noch nicht gesprochen ...

9. Dienstag, 29.10. – Bachelorette party

Dass Moritz heute im Shopping-Center so verletzlich gewirkt hat, hängt mir noch immer nach, als ich mich kurze Zeit später für den Junggesellinnenabend fertigmache. Ich bin ganz froh, dass Adam schon früher losmusste und ich etwas Ruhe für mich alleine auf dem Zimmer habe. So konnte ich eine Sprachnachricht für Laura aufnehmen und ihr von dem Tag und der verwirrenden Situation mit Moritz erzählen. Gerade fehlt es mir besonders, dass ich nicht direkt mit ihr sprechen kann. Das ist wirklich ein Nachteil an der neunstündigen Zeitverschiebung.

Da wir erst zum Minigolfen gehen werden und dann in ein schickes Restaurant entscheide ich mich für eine weiße Jeans und die neue fliederfarbene Bluse. So behindert mich kein schicker Schnickschnack beim Golf spielen, dennoch sollte ich angemessen für das anschließende Abendessen gekleidet sein. Das neue, sommerliche Kleid hängt im Schrank neben dem Abendkleid und ich bin unsicher, ob es richtig war, dass ich Moritz nachgegeben habe. Selbst wenn er und ich ein Paar wären, wäre es mir schwergefallen, so ein teures Geschenk anzunehmen. Aber wir sind nicht mal ein Paar. Warum macht er das? Ist er einfach ein Typ, der gerne flirtet und für den mehr als hundert Dollar eben Peanuts sind, sodass er das mal einfach springen lassen kann? Oder hat er mich wirklich gern und wollte mir ganz ohne Hintergedanken einen Gefallen tun? Aufgrund seiner Reaktion kommt es mir fast so vor und das macht mich ein wenig ratlos.

Auf meinem Smartphone erscheint eine Nachricht von Rieke und ich prüfe noch ein letztes Mal mein Spiegelbild, bevor ich diese lese.

> *Hey, Elli. Bist du fertig, sodass ich mal kurz zu dir kommen kann, bevor wir uns in der Lobby treffen?*

Ich antworte mit einem »Ja« und ziehe meinen hochsitzenden Pferdeschwanz noch einmal fest, bevor ich ein Zopfwerkzeug benutze, dass ich irgendwann mal im Internet gekauft habe. Die zwei Euro dafür waren bestens investiert, denn mit der großen Öse, durch die man den Zopf stecken kann, bekommt man einen besonderen Pferdeschwanz hin, der viel edler aussieht als ein normaler Zopf. Zugleich wird das Gummiband verdeckt, das die Haare zusammenhält.

Wimperntusche und ein wenig Lidschatten sowie Lipgloss habe ich längst aufgetragen und damit bin ich bereit für die Girls Night in der Partystadt. Ich schreibe Rieke, dass ich fertig bin und sie gerne zu mir kommen kann. Keine fünf Minuten später klopft sie bei mir an die Tür.

»Hallo«, sagt sie und sieht ein wenig schuldbewusst aus, als sie das Zimmer betritt.

»Ist alles in Ordnung?«

»Ach, ich weiß nicht.« Sie deutet auf den orangefarbenen Sessel. »Darf ich?«

»Klar.« Wir haben noch gut zehn Minuten Zeit, bevor wir uns auf den Weg in die Lobby machen müssen. Ich setze mich auf mein Bettende und sehe Rieke erwartungsvoll an.

»Was ist los?«, frage ich, als sie keine Anstalten macht, mit der Sprache herauszurücken.

»Ich habe ein schlechtes Gewissen wegen Moritz.«

»Wieso das denn?«

»Ihr habt euch doch gestritten, oder? Also wegen des Einkaufs.«

»Vielleicht ein bisschen«, gebe ich zu.

»Siehst du, und das ist meine Schuld. Als ich meine Sachen gerade bezahlen wollte, kam Moritz dazu und hat nach dir gefragt. Und ich habe ihm gesagt, dass du dich nur noch schnell umziehst und ich schon mal vorgegangen bin, falls es voll an der Kasse ist.«

»War es ja anscheinend nicht.«

»Nee. Und dann hat Moritz gefragt, ob das deine Sachen sind, die ich auf dem Tresen zur Seite gelegt hatte. Und ich habe das bestätigt und ihm erzählt, dass ich dich ganz schön überreden musste, das Kleid zu nehmen. Da meinte er, er kann das schon mal für dich bezahlen.« Sie seufzt laut. »Ich hätte was sagen sollen.«

»Warum? Du hast das doch nicht entschieden, dass er die Klamotten für mich bezahlt.«

»Trotzdem ... Ich meine, wir sind doch Freundinnen, oder? Und ich habe geahnt, dass es dir vielleicht unangenehm ist.«

»Mach dir deswegen keine Gedanken. Moritz und ich haben das geklärt.«

»Wirklich?«

»Ja.«

»Ihr wart so still im Auto.«

»Es war auch eine komische Situation.«

Rieke mustert mich. »Alejandro sagt, Moritz steht auf dich.«

»Moritz scheint auf ziemlich viele Frauen zu stehen«, weiche ich dem Thema aus, weil ich diesen Eindruck auch habe, aber noch immer nicht daran glauben kann. »Vermutlich bin ich nur ein Urlaubsflirt.«

»Wer weiß, vielleicht ja nicht.« Sie sieht auf ihre Armbanduhr. »Sollen wir schon mal runter in die Lobby gehen? Nadine ist bestimmt sowieso längst da als Organisatorin des Abends.«

»Von mir aus können wir los.« Ich schnappe mir meine Handtasche und die neue Strickjacke, falls die Räumlichkeiten auf der Feier zu stark klimatisiert sind. Moritz' Jacke würde zwar auch zu meinem Outfit passen, aber sie ist mir nun mal zu groß. Außerdem muss ich sie ihm auch endlich mal zurückgeben.

Unten in der Lobby angekommen, werden wir schnell auf Nadine aufmerksam. Ich kenne sie zwar bisher nur von einem Foto, aber mit ihren langen, auffälligen dunkelroten Locken erinnert sie mich an Disneys Merida, bloß dass Nadines Gesicht eher herzförmig ist. Neben ihr stehen zwei junge Frauen sowie Clara und Yuiko, die uns zuwinken.

»Huhu, dann müsst ihr also Rieke und Elli sein, oder?« Nadine kneift nachdenklich die Augen zusammen, als wir sie mit einem »Hallo« begrüßen.

»Ja, genau«, bestätigt Rieke. »Schön, dich kennenzulernen.«

»Dito.« Nadine strahlt uns an und reicht uns zwei weiße Schärpen mit roter Schrift. »So, die sind für euch. Wäre prima, wenn ihr die auf der Fahrt zum Minigolf und beim Spielen tragen würdet. Okay?«

»Klar!« Rieke und ich nehmen die Schärpen entgegen, auf denen »BRIDESMAID IN LAS VEGAS« steht, und streifen sie uns über die Köpfe.

»Super, danke. Also, das ist Olivia, meine kleine Schwester.« Olivias Haare haben ein helleres Rot als das von Nadine, aber ansonsten sehen sich die beiden so ähnlich, dass man sie auf den ersten Blick für Zwillinge halten könnte. »Und das ist Caroline, Brittas Cousine.«

Wir begrüßen uns fröhlich.

»Wer fehlt dann noch?«, will Rieke wissen.

»Nur noch Britta und Deriya. Britta habe ich allerdings gesagt, dass sie hier erst um Viertel nach drei erwünscht ist.« Nadine grinst uns an. »Für sie habe ich auch noch eine Schärpe.« Sie holt eine knallrote Variante aus ihrem Rucksack, auf der in weißer Schrift »BRIDE IN LAS VEGAS« steht.

»Und Britta hat übrigens keine Ahnung, was wir heute machen, aber das hatte ich euch ja schon geschrieben. Ich glaube, sie ist deswegen ein wenig aufgeregt, aber da muss sie jetzt durch.« Sie zwinkert uns zu. »Ah, und da kommt auch Deriya.«

Deriya wirkt ein wenig gehetzt, als sie auf uns zueilt. Ich frage mich, ob Hannes sie dazu überredet hat, an diesem Abend teilzunehmen, weil wir so wenige Mädels sind. Durch Theos Zeit in den USA ist die Männergruppe recht groß, aber Britta kennt in dieser Stadt niemanden, daher hat Nadine sich darüber gefreut, dass wir dazustoßen.

Deriya begrüßt uns ein wenig schüchtern, doch Nadine schenkt auch ihr ein strahlendes Lächeln sowie eine Schärpe.

»So, bevor Britta hier gleich andackelt. Also, mit der Limousine gehts zum Twilight Zone Minigolf, das hatte ich euch ja schon verraten. Das wäre zu Fuß zwar auch in so zehn bis zwölf Minuten erreichbar, aber an dem besonderen Tag gönnen wir uns die Limousine. Der Minigolf-Spaß wird etwa zweieinhalb Stunden dauern, bis wir durch sind, denn das sind achtzehn Bahnen, die wir absolvieren müssen.«

»Je nachdem, wie dumm wir uns anstellen«, wirft Olivia kichernd ein.

»Oh! Also eher fünf Stunden«, korrigiert Nadine und zieht die Nase kraus. »Ich bin eine totale Niete im Minigolf. Ich werde vermutlich auf jeder Bahn ewig brauchen. Danach machen wir eine kleine Stadtrundfahrt in der Limousine, inklusive Chauffeur und gut gefüllter Minibar. Wir halten dann auch zwischendurch am berühmten Las Vegas Schild für ein Fotoshooting. Der Chauffeur ist flexibel, weil wir nicht genau wissen, wie lange wir brauchen, aber um neunzehn Uhr ist unser Tisch im Stratosphere Tower reserviert. Und da will ich lieber schon so zehn bis fünfzehn Minuten früher da sein und nicht erst auf den letzten Drücker.«

»Das hört sich alles toll an«, sagt Rieke begeistert. »Und gibts noch Pläne für danach?«

»Aber sicher. Es gibt einige schöne Bars, die ich rausgesucht habe, aber nach dem Abendessen darf Britta mitentscheiden, wo sie hin möchte. Es gibt zum Beispiel noch eine coole Show im alten Teil von Las Vegas, aber wie gesagt, darf dann auch unsere Braut ein Wörtchen mitreden. Ah, und wenn man vom Teufel spricht. Da kommt sie schon.«

Britta winkt uns freudig zu, wirkt aber zugleich nervös. Sie trägt einen cremefarbenen Neckholder-Overall, der ihre schlanke Figur betont und zu dem sie weiße Sneakers sowie etwas Perlenschmuck kombiniert hat. Über dem linken Arm trägt sie einen dünnen weißen Pulli, also hat sie sich ebenfalls auf die oftmals zu stark klimatisierten Innenräume vorbereitet. Nadine geht ihr entgegen und umarmt sie zur Begrüßung, Rieke und ich begrüßen die Junggesellin mit einem High five.

»Das ist so cool, dass wir dabei sein dürfen, obwohl wir uns kaum kennen«, sagt Rieke an Britta gewandt.

»Es ist klasse, dass ihr mitkommt. Sonst wäre ich mit der verrückten Nudel und ihrer Schwester quasi allein.«

»Hehe«, macht Nadine. »Das hätte doch auch was.«

»Ich weiß nicht.« Britta beäugt die rote Schärpe in Nadines Hand. »Ich schätze, die ist für mich?«

»Richtig geraten. Los, Kopf runter!«

Britta gehorcht und Nadine zieht ihr die Schärpe über, dann klatscht sie zufrieden in die Hände. »Dann sind wir startklar! Die Limousine wartet schon auf uns. Alle mir nach.«

»Wisst ihr, was wir heute machen?«, fragt Britta Rieke und mich im Flüsterton.

»Ja«, antwortet Rieke leise.

»Und, was machen wir?«

»Wir dürfen nichts sagen.«

»Aber es ist nichts Schlimmes«, verspreche ich. »Zumindest nicht, soweit wir wissen.«

»O Mann ...«, sagt Britta und schweigt, bis wir das Auto erreichen, das uns heute fahren wird. Dieses Mal ist die Limousine schwarz und ein junger, wahnsinnig gut aussehender Mann steht davor. Nadine läuft auf ihn zu und wechselt ein paar Worte mit ihm.

»Ist der wirklich Chauffeur?«, fragt Britta skeptisch.

»Sieht aus wie ein Stripper«, meint Rieke und mustert den Mann zufrieden. »Ob der sich später noch auszieht?«

Yuiko lacht auf und stupst Clara an. »Wir hätten mit den Jungs losziehen sollen.«

Rieke grinst. »Ich fände es gut, wenn er sich auszieht.«

»O Gott! Ich nicht«, sagt Britta und fasst sich ans Herz.

Ich bin nicht sicher, welcher Meinung ich mich anschließen soll. Der Chauffeur scheint jedenfalls, genau wie Moritz, eine Vorliebe für enge Oberbekleidung zu haben. Durch das dünne, figurbetonte Hemd schimmert sein Sixpack durch. Das schwarze Jackett, das er darüber trägt, betont seine breiten Schultern. Er winkt uns lächelnd zu und dabei blitzen seine weißen Zähne auf.

»Ich setze zwanzig Dollar darauf, dass das ein Stripper ist«, sagt Rieke.

»Ich glaube nicht, dass der ein Stripper ist«, entgegne ich. »Oder kann hier in Las Vegas einfach jeder Chauffeur werden?«

»Ist doch das Land der unbegrenzten Möglichkeiten.«

Britta sieht ein wenig blass aus. »Wir fahren doch jetzt nicht etwa in einen Strip Club für Frauen, oder?«

»Das wär's noch«, sagt Yuiko. »Ich werde mir jedenfalls nicht den ganzen Abend nackte Männerärsche ansehen.«

»Ich will das auch nicht«, meint Britta.

»Och«, sagt Rieke und zuckt mit den Schultern.

»Sag mal, hast du deinem Freund nicht eine Strafe angedroht, wenn er irgendwelchen Tänzerinnen Dollarscheine zusteckt«, fällt es mir wieder ein.

»Hey, anschauen darf er, anfassen ist tabu«, sagt sie und wir gehen auf die Limousine zu, denn der Fahrer hält uns bereits die Tür auf. Nachdem wir alle Platz genommen haben, wird die Tür sanft zugestoßen und Nadine verteilt Gläser und Sekt.

»So Mädels, auf einen schönen Abend. Und vor allem auf dich, Britta. Prost!«

»Prost!«, rufen wir alle zurück und trinken einen Schluck. Da heute kein Moritz an meiner Seite ist, dessen Charme mir gefährlich werden könnte, kann ich mir auch etwas Alkohol zum Aufwärmen gönnen.

»Ich fände das mit einem Stripper auch gar nicht schlecht«, überlegt Caroline plötzlich.

»Ihr wollt in einen Strip Club?«, ruft Nadine begeistert.

»Auf keinen Fall!«, sagt Britta schnell.

Nadine sieht Rieke und mich an. »Britta hat mir so was verboten. Sie sagte, sie will einfach einen schönen, ruhigen Mädelsabend.«

»Exakt«, bestätigt Britta und trinkt noch einen Schluck.

Die Limousine fährt los und mir fällt auf, dass Deriyas Sektglas schon fast leer ist. Diejenige, die sonst so auf ihre Gesundheit bedacht ist, scheint sich den Abend schön trinken zu wollen. Aber vielleicht ist das gar keine so schlechte Idee. Es ist auf jeden Fall besser, als wenn sie uns die Stimmung verdirbt, weil sie die ganze Zeit miese Laune hat.

»Du bist mir eben schon so bekannt vorgekommen«, meint Nadine plötzlich zu mir. »Hast du nicht früher auch in Hannes Band gespielt?«

Mist! Nicht dass sie jetzt aus Versehen sein Geschenk für das Brautpaar outet. Andererseits weiß Britta sowieso, dass ich mal Mitglied in der Band war.

»Ja«, antworte ich zögerlich, »aber das ist schon lange her. Inzwischen spielt Thomas die Gitarre.«

Rieke legt mir einen Arm um die Schultern. »Ich wusste, dass Elli immer schon mal nach Las Vegas wollte und da habe ich ihr von der Reise erzählt.«

»Auch wenn sie ja leider abtrünnig geworden ist als Gitarristin«, betont Yuiko und wirft mir einen vorwurfsvollen Blick zu.

»Studium geht vor.«

»Es ist jedenfalls voll cool, dass ihr alle mit dabei seid«, wiederholt Nadine und prostet uns noch einmal zu. Zu meiner Erleichterung ist das Thema damit auch beendet und wenige Minuten später hält die Limousine an dem Twilight Zone Minigolf Center.

»Holt uns derselbe Fahrer auch wieder ab?«, fragt Rieke und sieht dem Wagen sehnsüchtig nach.

»Wenn Alejandro wüsste, wie du den Fahrer anschmachtest ...«, sage ich und muss ein wenig lachen bei ihrem Anblick.

»Hey, wer weiß, was Alejandro heute Nacht alles zu sehen bekommt. Da kann ich mir ruhig ein bisschen was gönnen. Mein Herz gehört aber natürlich nur meinem Spanier, auch wenn er wie ein hundertjähriger Opa Auto fährt.«

Nadine klatscht in die Hände, um unsere Aufmerksamkeit zu bekommen. »So liebe Britta, du bekommst zwar gleich was Langes und Hartes in die Hand ...«, ihr Grinsen ist nahezu teuflisch, »aber keine Sorge, denn es ist bloß ein Schläger, mit dem du Minigolf spielen musst.«

Britta atmet erleichtert aus. »Ich liebe Minigolf!«

Nadine seufzt. »Und ich hasse es. Ich wäre viel besser darin, mir halb nackte Männer beim Tanzen anzusehen, aber was tut man nicht alles für die beste Freundin.«

Britta umarmt sie. »Danke, das ist eine tolle Idee mit dem Golfen.«

»Und das ist sogar eine Schwarzlicht-Minigolfbahn. Unsere Schärpen werden gleich wunderbar leuchten.«

»Echt cool«, sagt Olivia und wir betreten in gespannter Erwartung das Gebäude. Nadine kümmert sich um die Bezahlung und Caroline und sie kommen schließlich mit den Schlägern und den Bällen zu unserer Gruppe zurück.

»Also, auf gehts.«

Ich habe zuletzt als Teenager im Urlaub mit meinen Eltern Minigolf gespielt und finde die Idee lustig.

Abgesehen von Deriya sind wir alle bester Laune und schwatzen vergnügt. Aufgrund der Wortfetzen, die ich von Rieke aufschnappe, kann ich schließen, dass sie bei Nadine herauszufinden versucht, ob unser Chauffeur nicht vielleicht doch ein Stripper ist, der unsere Gruppe später noch überraschen wird.

Schon auf der ersten Bahn beweist Nadine, dass sie mit ihren Aussagen über ihr fehlendes Minigolf-Talent nicht übertrieben hat. Obwohl es eine einfache Bahn ist, benötigt sie fünf Schläge, um den Ball ins Loch zu bekommen, was von Britta und den anderen fleißig fotografiert und kommentiert wird. Ich sage lieber nichts, denn ich bin als Vorletzte dran und zudem aus der Übung, schaffe die Bahn aber trotzdem mit zwei Schlägen. Und so geht es weiter: Mit Ausnahme von Nadine und Yuiko machen wir alle eine ganz gute Figur auf den Bahnen und haben viel Spaß – bis auf Deriya, die aber wenigstens gut im Minigolfen ist. Als wir die Hälfte geschafft haben, liegt Britta knapp vor ihr in Führung.

»Ich verteidige sie sonst immer«, raunt Rieke mir zu, als Hannes' Freundin gerade mit Bahn Nummer zehn beschäftigt ist. »Aber sie ist schon schwierig.«

»Zumindest scheint sie an nichts Spaß zu haben, seit sie in Las Vegas ist«, antworte ich leise. »Vielleicht reist sie nicht gerne.«

»Alejandro sagt, sie ist immer so. Und inzwischen denke ich mir auch manchmal das, was er sagt.«

»Was meinst du?«

»Ich frage mich, was Hannes an ihr findet.« Sie schlägt sich erschrocken die Hand vor den Mund. »Das war böse. Tut mir leid.«

»Ich kann dich verstehen«, sage ich und breche das Gespräch ab, da Deriya fertig ist und Rieke übernimmt. Vielleicht braucht Hannes' Freundin nur ein bisschen Aufmunterung. Ich gehe zu ihr.

»Minigolf liegt dir ja richtig«, sage ich, was zwar nicht besonders originell ist, aber ich habe keine bessere Idee, um mit ihr ins Gespräch zu kommen.

»Hm«, macht Deriya.

»Spielst du das öfters?«

»Eigentlich nicht.«

»Ich habe auch ewig nicht gespielt.«

Deriya sieht mich an und nickt. Vielleicht mag sie mich auch einfach nicht besonders.

»Hey! Trödel-Elli, du bist dran«, ruft Nadine. »Ich habe

diesmal nur vier Schläge gebraucht. Um hier mal ein bisschen Druck aufzubauen.« Sie reckt die Faust in die Höhe und Britta schießt lachend ein Foto.

Ich brauche wieder nur zwei Schläge und Nadine verspricht, mir dafür später einen auszugeben. Während wir zur nächsten Bahn laufen, fangen ein paar andere Spieler ein Gespräch mit uns an, als ihnen unsere Schärpen auffallen. Es sind Amerikaner, die erzählen, dass sie aus Los Angeles kommen und zum ersten Mal in Las Vegas sind. Nachdem sie eine Weile mit uns geplaudert haben, machen sie noch ein Foto von unserer Bachelorette-Truppe und wünschen Britta eine tolle Hochzeit.

»Die waren aber nett«, sagt Rieke. »Hast du mitbekommen, dass sie eigentlich zur Formel 1 herkommen wollten, aber dass die Zimmer dann pro Nacht mehr als tausend Dollar kosten? Das ist ja Wucher! Da gucke ich das weiterhin lieber auf dem TV.« Caroline, die neben ihr steht, nickt zustimmend, während ich mich wundere, dass mein Smartphone vibriert. Inzwischen ist es in Deutschland längst nach Mitternacht, sodass die meisten dort sicherlich schon schlafen. Es sei denn, Laura ist mitten in der Nacht aus dem Bett gefallen und will wissen, wie der Abend läuft. Doch zu meiner Verwunderung ist es Moritz, der mir schreibt.

Hey, habt ihr Spaß?

Ich bin wirklich überrascht, dass er jetzt an mich denkt. Aber vielleicht düst Theo gerade über die Rennstrecke und die anderen langweilen sich.

Den haben wir. Ich verteidige tapfer den vierten Platz beim Minigolf. :D Seid ihr noch auf der Rennstrecke?

Ich stecke mein Handy gar nicht erst weg, weil ich sehe, dass Moritz bereits eine Antwort tippt.

*Ja, aber gleich geht es weiter. Habt noch viel Spaß. :**

Er hat mir einen Kuss-Smiley geschickt und es fühlt sich an, als würde mein Herz einen Freudensprung machen. Und das nur wegen eines unbedeutenden Smileys. Das muss an dem Sekt liegen, den ich in der Limousine getrunken habe. Vielleicht hat er sich auch nur vertippt.

Danke. Den wünsche ich euch auch. :)

»Was strahlst du denn so? Haste im Lotto gewonnen?«, fragt Yuiko und ich stecke schnell mein Handy weg.

»Bloß eine nette Nachricht«, behaupte ich, da ich selber irritiert bin, wie sehr ich mich freue, nur weil Moritz an diesem Abend an mich denkt.

»Bestimmt träumt sie auch heimlich von dem netten Chauffeur«, scherzt Nadine.

»Nee, nee«, wehre ich ab. »Das ist doch Riekes Aufgabe.«

Rieke zeigt mir den Mittelfinger und weil ich schon wieder dran bin, absolviere ich die nächste Bahn und bin zum ersten Mal schlechter als Nadine. Und irgendwie ist das Moritz' Schuld.

10. Dienstag, 29.10. – Stratosphere Tower

»So, wer keinen Bock mehr auf die Schärpen hat, kann sie jetzt ausziehen und sie in meinem riesigen Rucksack verstauen, den ich die ganze Zeit extra für euch mit mir herumschleppe«, bietet Nadine an.

»Ich frage mich sowieso schon, was da noch alles drin ist«, sagt Britta in einem Ton, als würde sie nichts Gutes ahnen.

»Trinkgeld für die Stripper später«, antwortet Nadine und bricht bei Brittas erschrockenem Gesicht vor Lachen in Tränen aus.

Ich falte währenddessen meine Schärpe so klein zusammen, dass sie in meine Handtasche passt, denn ich möchte sie als Erinnerung an den Abend gerne behalten. Rieke macht es genauso.

»Machen wir dann jetzt noch Fotos ohne Schärpen?«, fragt Caroline.

»Auf jeden Fall«, bestimmt Nadine, denn wir stehen an dem berühmten Las-Vegas-Schild auf dem Boulevard und unser Chauffeur, der sich zwischenzeitlich als Aiden vorgestellt hat, fungiert diesmal nicht nur als unser Fahrer, sondern auch als Fotograf. Da es inzwischen schon dämmert, kommen auch die Lichter auf den Fotos bestens zur

Geltung. Tatsächlich mussten wir aber einige Minuten warten, bis die anderen Touristen mit ihren Bildern fertig waren. Und da wir so eine große Gruppe sind, nehmen auch wir uns nun etwas Zeit. Aiden hat zunächst Fotos mit Schärpen von uns allen zusammen gemacht und dann von Britta mit ihrer Trauzeugin. Auch jetzt macht er erneut Gruppenbilder und fotografiert uns anschließend alle einzeln. Sogar Deriya scheint etwas aufgetaut zu sein. Vielleicht liegt das aber daran, dass auf der etwa vierzigminütigen Spritztour durch die Stadt noch einiges an Alkohol geflossen ist und insbesondere Deriya ordentlich zugeschlagen hat. Gerade eben, als ihr die Schärpe auf den Boden gefallen ist, hat sie sogar gekichert, sodass Rieke und ich überraschte Blicke getauscht haben.

Nachdem jede von uns mehrere Fotos von sich hat, steigen wir wieder ins Auto und werden von Aiden zum Stratosphere Tower gebracht, wo wir in dem Restaurant ganz oben im Turm essen werden. Dass wir uns nun von ihm verabschieden müssen, scheint Rieke zu bedauern, und sie lässt es sich nicht nehmen, noch ein Selfie mit ihm zu machen.

»Wow, da wird mir schon vom Hochgucken schwindelig«, sagt sie, als sie wieder zu uns stößt und nach oben zu dem Tower schaut

»Dann guck besser nicht hin.« Ich ziehe sie rasch hinter mir her zum Eingang, da Rieke im Wagen schon festgestellt hat, dass sie dringend etwas essen muss, bevor sie noch mehr Alkohol zu sich nimmt. Vermutlich ist das auch der Grund, weshalb sie Aiden so angeschmachtet hat.

Der Aufzug bringt uns nach fast ganz oben zum Steakrestaurant, das nicht die einzige Attraktion in diesem Tower ist. Wer Nervenkitzel mag, kann noch den Thrill Ride ausprobieren. Das ist eine Art Karussell draußen und dazu in sehr luftiger Höhe, was für mich dann doch zu viel des Guten ist, auch wenn ich keine Höhenangst habe. Yuiko dagegen blickt interessiert hinaus und sagt etwas zu Clara, die entsetzt den Kopf schüttelt.

Das Restaurant ist schick und sehr einladend eingerichtet. Der Teppichboden ist wild gemustert in gold, grau und weiß, die hell marmorierten Tische passen perfekt dazu, ebenso wie die beige-grauen Stühle. Für uns hat man einen großen Tisch direkt am Fenster reserviert. Britta darf sich als Erste den Platz aussuchen und wir setzen uns um sie herum. Nach dem Minigolfen und der Besichtigungstour inklusive Fotostopp, bin ich ganz schön hungrig und den anderen scheint es ebenso zu gehen. Jedenfalls nehmen wir gierig die Speise- und Getränkekarten entgegen, als eine freundliche Kellnerin an unseren Tisch kommt, die mich ein wenig an Gwyneth Paltrow erinnert.

»Ich habe übrigens noch nie so viele halb nackte Menschen gesehen wie in dieser Stadt«, sagt Rieke plötzlich.

»Das ist in der Halloween-Woche immer so, hat Theo erzählt«, berichtet Britta. »Hauptsache im sexy Kostüm unterwegs sein.«

»Bei den Temperaturen hier geht das auch«, überlegt Caroline. »Zu Halloween oder Karneval bei uns in Deutschland würde man da wohl erfrieren. Brrr.«

»Ich habe ewig kein Karneval gefeiert«, mischt Clara sich ein. »Zuletzt in der Schulzeit.«

Yuiko verdreht die Augen. »Das ist auch echt ein alberner Brauch. Wenn ich mich verkleiden und kindisch benehmen will, brauche ich dafür kein Karneval.«

Clara kichert. »Das ist mir ja noch nie aufgefallen«, meint sie und gibt Yuiko einen Kuss.

»Ich mag den Brauch und das Verkleiden bis heute. Du

musst mal mit uns feiern gehen«, schlägt Nadine an Yuiko gewandt vor. »Vielleicht änderst du dann deine Meinung.«

Yuiko hält ihren rechten Zeigefinger an die Schläfe, als ob sie eine Waffe halten würde, und tut so, als würde sie abdrücken.

»Theo hasst Karneval auch«, sagt Britta lachend.

»Wehe, ich muss an Altweiber auf dich verzichten, nur weil du verheiratet bist.« Nadine hebt drohend den Zeigefinger.

»Keine Sorge, unsere Altweiber-Tradition bleibt.«

»Was für eine Tradition?«, will ich wissen.

»Rathausstürmung«, sagt Nadine fröhlich. »Da sind wir seit sieben Jahren immer mit dabei.«

»Anfangs nur, weil ich eine Wette verloren habe«, wirft Britta ein.

»Aber dann fandest du es lustig und bist doch wieder mitgekommen.«

»Das stimmt«, gibt Britta zu und prostet uns mit ihrem Weinglas entgegen, denn die Kellnerin hat uns inzwischen die Getränke gebracht. »Danke für den wundervollen Tag bisher.«

»Auf dich und Theo!« Nadine strahlt ihre beste Freundin an und auch ich trinke einen Schluck Wein, aber den Rest verwahre ich mir, bis das Essen kommt. Deriya dagegen, die mir gegenüber sitzt, kippt fast auf einmal das halbe Glas Rotwein in sich rein. Ich stupse Rieke an.

»Irgendwas stimmt doch nicht mit ihr«, flüstere ich. »Weißt du, ob sie und Hannes Streit hatten?«

»Meinst du?«, fragt Rieke besorgt. »Ich habe nichts von einem Streit mitbekommen. Aber ist ja nicht so, dass Deriya viel mit uns redet.«

»Also entweder betrinkt sie sich, weil sie den Tag mit uns so schrecklich findet, oder aber sie hat Kummer.«

Zumindest ist das meine Vermutung, denn mir fällt ansonsten kein Grund dafür ein, dass sie plötzlich so viel trinkt.

»Eben war sie fast mal gut drauf«, stellt Rieke fest.

»Ich hoffe nur, sie verträgt das ganze Zeug.«

»Da habe ich keine Ahnung, so gut kenne ich sie nicht.«

»Gut, dass gleich unser Essen kommt«, sage ich leise zu Rieke und wende mich dann an Deriya. »Was hast du dir eigentlich bestellt?«

»Salaaat und Brooot«, antwortet sie gedehnt und ich höre Rieke leise »Fuck« murmeln.

»Das klingt gut, die haben hier eine wirklich tolle Auswahl.« Sicherlich wäre es aber sinnvoll gewesen, wenn Deriya sich eine bessere Grundlage für das ganze Hochprozentige bestellt hätte.

Deriya nickt, hält sich die Hand vor den Mund und sieht aus, als würde sie ein Bäuerchen machen. Da sie und ich an einem Tischende einander gegenüber sitzen, scheinen die anderen nichts davon mitzubekommen, dass sie zu tief ins Glas geschaut hat. Caroline, die neben Deriya sitzt, spricht mit Britta und ist abgelenkt, während Nadine den Rest der Runde mit einer Geschichte aus ihrer und Brittas Jugendzeit unterhält, der ich aber nur halb aufmerksam zuhöre. Als endlich das Essen gebracht wird, ist Deriyas Weinglas leer und sie bestellt nach.

»Wenn das mal gut geht«, brummt Rieke.

Britta hebt ihr Glas, nachdem sie ein paar Bissen gegessen hat, und prostet ihrer Trauzeugin zu. »Nadine, das war alles so eine tolle Idee von dir und mega organisiert. Ich bin dir so dankbar!« Sie blinzelt ein Tränchen weg und Caroline kramt ein Taschentuch aus ihrer Hose, um es Britta zu reichen.

»Noch ist der Abend nicht vorbei«, sagt Nadine mit frechem Grinsen.

»Ha!«, sagt Britta. »Ich lasse mich nicht mehr in die Irre führen. Ich glaube, du tust nur so!«

»Also gut, ich gebe mich geschlagen. Ich habe eine Liste erstellt mit Clubs, die wir heute noch unsicher machen können. Aber auf der Liste tummeln sich auch noch andere Ideen, doch ab jetzt hast du die Wahl.«

Britta reibt sich erfreut die Hände. »Das hört sich gut an, dass ich entscheiden darf.«

»Was steht denn alles auf der Liste?«, will Yuiko wissen.

Während wir anderen zuhören und weiter mit dem Essen beschäftigt sind, erläutert Nadine Details zu den verschiedenen Locations, die sie rausgesucht hat.

»Issbindabei«, nuschelt Deriya bei jedem Vorschlag, aber so leise, dass die anderen es nicht hören können. Ich dagegen mache mir zunehmend Sorgen wegen ihres Zustands.

»Möchtest du ein Wasser?«, wage ich einen Vorschlag zu machen, um Deriya vom Wein abzubringen. Doch statt sich mir zuzuwenden, hört sie mit glasigen Augen weiter Nadines Ausführungen zu.

»Also ich glaube, der vorletzte Vorschlag ist mein Favorit. Bei dem Event in dem alten Teil von Las Vegas in Downtown war ich noch nicht«, höre ich Britta plötzlich sagen. »Aber nicht, dass wir da dann auf die Jungs treffen.«

»Tun wir nicht«, versichert Nadine. »Das ist doch alles so riesig hier. Aber das ist eine tolle Wahl. Die Lichter-show in der Freemont Street Experience. Sind alle dabei? Oder machen die Ersten schon schlapp?«

»Lass mich aufessen, dann bin ich dabei«, meint Yuiko aufgekratzt.

»Aber wie kommen wir denn ohne Aiden dahin?«, fragt Rieke wehmütig.

»Mit einem Taxi natürlich«, sagt Nadine. »So kommen wir später auch ins Hotel zurück, denn von Downtown bis zum Bellagio, das sind schon gute zwanzig Minuten. Selbst mit dem Auto.«

»Das ist dann echt zu weit zum Laufen«, gibt Britta zu und klopft sich auf den flachen Bauch. »So ein bisschen Bewegung wäre aber vielleicht gar nicht das Schlechteste.«

»Keine Sorge, an Bewegung wird es bestimmt nicht mangeln«, verspricht Nadine und widmet sich ihrem vermutlich inzwischen abgekühlten Essen. Ich dagegen bin pappsatt, obwohl der Nachtisch auf der Speisekarte wirklich verlockend klingt. Doch ich bin nicht die Einzige, die keinen Platz mehr für ein Dessert hat, denn außer Nadine entscheiden sich nur Caroline und Clara für was Süßes zum Abschluss. Ich wünschte, auch Deriya würde sich für einen alkoholfreien Nachtisch entscheiden, aber immerhin hat sie ihren Salat und das Brot aufgegessen.

Obwohl ich deutlich weniger getrunken, aber viel mehr gegessen habe als sie, wird mir langsam auch ein bisschen schummerig im Kopf. Ich überlege, ob ich Moritz noch mal schreiben soll, denn seit er sich gemeldet hat, schaue ich immer wieder nach, ob er mir ein weiteres Mal geschrieben hat. Dass ich fast ein wenig enttäuscht darüber bin, als ich keine neue Nachricht von ihm angezeigt bekomme, ärgert mich. Warum ist es mir plötzlich so wichtig, Aufmerksamkeit von ihm zu kriegen? Ja, er gefällt er mir, aber nach wie vor ist mir bewusst, dass er nicht bodenständig genug für mich ist. Mein Verstand hat das längst kapiert, mein Hormonhaushalt anscheinend nicht. Lautes Gelächter reißt mich aus meinen Gedanken.

»Verrückte Nudel«, sagt Caroline und ich frage mich, was ich verpasst habe. Anscheinend war es jedoch die letzte Anekdote in der Restaurantrunde, denn Nadine kündigt an, dass sie sich mal eben um die Bezahlung kümmert. Rieke und ich wollten ihr vorab Geld für den Abend überweisen, doch Nadine sagte, sie streckt erst mal vor und meldet sich dann bei uns. Ich hoffe, dass nicht heimlich Hannes im Hintergrund mitbezahlt, auch wenn ich sicherlich einen Schreck bekommen werde, wenn ich die Rechnung für das Abendessen sehe. Ich trinke rasch mein Glas Wasser leer und beobachte Deriya, die mit etwas Mühe von ihrem Stuhl aufsteht.

»O je!«, sagt Rieke, der ihre schwerfälligen Bewegungen offenbar auch nicht entgangen sind. Im Stehen klammert sich Deriya regelrecht an ihrer Stuhllehne fest.

Nadine, die vom Bezahlen zurückkommt, runzelt bei ihrem Anblick die Stirn. »Geht es dir gut?«, fragt sie und Deriya lächelt selig, ohne zu antworten.

»Ups«, meint Britta betroffen. »Hat sie so viel getrunken? Das ist mir gar nicht aufgefallen. Sie verträgt doch gar nicht so viel. Auf der letzten Familienfeier hat sie mir erzählt, dass sie fast nie Alkohol trinkt.« Mit besorgter Miene geht sie auf Deriya zu. »Sollen wir dich lieber ins Hotel bringen?«

»Gehdmirguud.«

»Sie ist hackedicht«, stellt Yuiko fest.

Nadine wirkt geknickt. »So können wir sie nicht mit nach Downtown nehmen. Deriya, ich glaube, es ist wirklich besser, wenn wir dich ins Hotel bringen«, wiederholt sie Brittas Vorschlag.

»Hm«, macht Deriya.

»Da könntest du dich etwas hinlegen«, ergänze ich, da sie die Stuhllehne immer noch nicht losgelassen hat.

»Bin sssehr mühdde.«

»Puh, dann ist das so. Mädels, wir müssen einen kleinen Umweg machen«, kündigt Nadine an. »So können wir sie nicht alleine mit dem Taxi fahren lassen.«

»Das stimmt«, pflichtet Rieke ihr bei. »Elli und ich haben uns schon gewundert, dass sie so viel trinkt. Wir hätten was sagen sollen.«

»Papperlapapp! Ihr seid doch nicht ihr Kindermädchen«, stellt Nadine fest. »Aber kommt, wir schaffen sie erst mal nach unten. Deriya ist dir schlecht?«

Zum Glück schüttelt sie entschieden den Kopf und wir können nur hoffen, dass ihre Einschätzung stimmt. Nadine und Rieke stützen Deriya vorsichtshalber dennoch auf dem Weg zum Aufzug und bleiben auch auf der Fahrt nach unten an ihrer Seite. Mir entgeht nicht, dass Deriya zwischendurch die Augen zufallen, aber vielleicht macht die frische Luft sie etwas munterer, sodass sie uns wenigstens nicht im Taxi einschläft. Auch ich atme unten auf der Straße tief die Nachtluft ein. Inzwischen ist es dunkel draußen, mal abgesehen davon, dass zu dieser späten Stunde natürlich überall die Lichter der Stadt flackern. Außerdem sind wieder zahlreiche Menschen in Halloween-Kostümen unterwegs. Nicht nur die Frauen sind sexy gekleidet, auch viele Männer tragen Hotpants oder Netzoberteile. Bei den Frauen sind schwarze, bauchfreie Tops und Miniröcke mit Netzstrumpfhosen anscheinend besonders beliebt. Offenbar müssen die Jungs gar nicht in einen Strip Club gehen, wenn sie heute nackte Haut sehen wollen.

»Britta, sonst nimm du doch die anderen schon mal im Taxi mit nach Downtown, dann erwischt ihr vielleicht noch die Lichtershow um zehn Uhr«, schlägt Nadine vor. »Die letzte Show findet um Mitternacht statt. Ich bringe Deriya ins Hotel zurück und komme dann wieder zu euch zurück.«

Britta sieht sie enttäuscht an. »Du willst jetzt echt alleine mit ihr los?«

»Ist doch blöd, wenn jetzt die ganze Gruppe ins Hotel

zurückfahren muss. Es ist schließlich dein besonderer Abend, also mache ich das.«

»Aber du bist Brittas Trauzeugin«, werfe ich ein. »Ich kann Deriya ins Hotel zurückbringen.«

»Was?«, fragen Nadine und Rieke gleichzeitig und sehen mich überrascht an.

»Ich kümmere mich um Deriya«, verspreche ich, auch wenn ich mir nicht sicher bin, ob ich mit meiner gerade etwas schwächelnden Motorik wirklich die beste Kandidatin dafür bin. Doch insgesamt fühle ich mich ganz gut, auch wenn die frische Luft mich ein wenig benommen statt munter macht.

»Das kann ich nicht von dir verlangen«, sagt Nadine zerknirscht.

»Das tust du ja auch nicht«, wirft Yuiko ein. »Sie hat es von sich aus angeboten.«

»Exakt«, bekräftige ich.

Unentschlossen sieht Nadine mich an, doch ich winke einfach das nächste Taxi heran. »Du bist Brittas beste Freundin und hast das alles organisiert. Du musst doch dabei sein.« Das Taxi hält neben uns. »Also, habt viel Spaß noch!«

»Kommst du denn wieder zurück?«, fragt Britta.

»Ich schaue mal, wie lange wir unterwegs sind und wie es Deriya geht, wenn wir im Hotel sind.«

»Soll ich euch begleiten?«, bietet Rieke an.

»Wir können auch mitkommen«, überlegt Clara und ignoriert Yuikos entsetzten Blick.

»Das wäre doch Quatsch!«, widerspreche ich.

»Ach Mensch, das ist so lieb von dir«, meint Britta und nimmt mich in den Arm. »Vielen Dank und vielleicht bis später. Wenn du uns schreibst, wo du bist, wenn du nachkommst, holen wir dich ab, okay? Damit du uns nicht alleine suchen musst.«

»Okay, danke! Viel Spaß bei der Lichtershow in Downtown.« Ich winke den Mädels noch einmal zu und verfrachte dann mit Nadines Hilfe Deriya in das wartende Taxi. Ich fürchte schon, die Taxifahrerin könnte ungeduldig werden, doch sie lächelt uns freundlich an und fragt, wo wir hinwollen. Ich nenne ihr das Bellagio und sie fädelt sich in den Verkehr ein.

»Wenn dir schlecht wird, sagst du Bescheid, okay?«, sage ich zu Deriya, die nickt und ihren Kopf an die Fensterscheibe lehnt.

»Tut mir leid, dass es dir so schlecht geht«, sage ich und bin heilfroh, als die Taxifahrt vorbei ist und wir das Hotel erreichen. Zähneknirschend zücke ich meine Kreditkarte, um das Taxi plus Trinkgeld zu bezahlen, denn dazu ist Deriya gar nicht mehr in der Lage. Ich muss sie regelrecht aus dem Auto ziehen und gefühlt lastet ihr ganzes Gewicht auf meinem Körper, als sie neben mir her in die Hotellobby schwankt. Auf dem Weg zu den Aufzügen muss ich einmal kurz pausieren, um neue Kraft zu tanken. Für einen Moment wünschte ich mir einen der Jungs herbei, der sie mal eben in den Fahrstuhl tragen könnte. Stattdessen muss ich uns beide nun ohne weitere Hilfe nach oben schaffen. Was für ein Abend!

»Sinwirsssonda?«, nuschelt Deriya wie ein ungeduldiges kleines Kind, als wir im Aufzug sind und nach oben fahren.

»Fast«, sage ich.

»Müüüüde.«

Als wir oben angekommen sind, muss ich sie mehr neben mir her schleifen, als dass sie selber läuft. Kein Wunder, dass mein Herz ziemlich schnell schlägt, als wir endlich vor ihrer Zimmertür stehen. Ich schnappe mir ihre Handtasche, was sie mit einem kurzen »He!« kommentiert, suche die Zimmerkarte raus und öffne die

Tür. Dann schiebe ich Deriya in das dunkle Zimmer, setze sie auf dem Bett ab, und mache ich ein gedämpftes Licht an, während sie sich mit einem lauten Seufzen auf der Matratze ausstreckt. Anders als bei Adam und mir steht in diesem Zimmer ein großes Kingsize-Bett statt zwei Queensize-Betten.

Ich ziehe Deriya die Riemchensandalen aus, aber ansonsten spricht aus meiner Sicht nichts dagegen, sie einfach in den Klamotten auf dem Bett liegen zu lassen. Für den Fall, dass ihr schlecht wird, stelle ich den Papierkorb neben das Bett und hole ihr ein Handtuch aus dem Bad, das ich neben sie lege. Deriya hat sich bereits ein Kissen zurechtgerückt und liegt mit geschlossenen Augen da. Obwohl ich nun am liebsten in mein eigenes Hotelbett fallen würde, setze ich mich für ein paar Minuten in den Sessel in der Zimmerecke und überlege, ob ich sie alleine lassen kann. Hoffentlich haben sie und Hannes für den nächsten Morgen Aspirin oder etwas Ähnliches dabei, denn ich fürchte, ein Mittel gegen Kopfschmerzen wird sie morgen brauchen.

Meine Armbanduhr zeigt inzwischen halb elf an. Wir haben recht lange vom Stratosphere Tower bis zum Hotel gebraucht, denn die Straßen waren voll. Ich habe mir Nadines Info gemerkt, dass man von unserem Hotel bis nach Downtown circa zwanzig Minuten braucht, doch im Moment bin ich wirklich platt. Außerdem steigt mir der Alkohol zu Kopf. Unentschlossen spiele ich an meiner Armbanduhr. Sicherlich werden die anderen Mädels noch lange feiern, also würde es sich vermutlich lohnen, wieder zurückzufahren. Andererseits bin ich müde und vom Alkohol sollte ich für den Rest des Abends sowieso die Finger lassen, denn sonst geht es mir morgen nicht viel besser als Deriya. Zwar kann ich ausschlafen, aber mittags haben wir die letzte Probe vor der Hochzeitsfeier und da wäre ein Kater ungünstig. Von dem Bett ertönt ein leises Schnarchen. Deriya hat sich mit dem Handtuch im Arm zusammengerollt und scheint, zumindest im Schlaf, ihren inneren Frieden gefunden zu haben.

Ich beschließe, dass ich sie jetzt mit gutem Gewissen alleine lassen kann, nehme aber noch ihr Handy aus ihrer Handtasche und lege es neben die Wasserflasche auf ihren Nachttisch. Falls etwas ist, kann sie sich melden, ohne lange nach ihrem Telefon suchen zu müssen. Auf einer Bettseite lasse ich zudem das Nachtlicht an, damit sie nicht im Stockdunkeln wach wird, falls sie aus dem Schlaf schrecken sollte. Da ich nichts weiter für sie tun kann, schleiche ich mich aus dem Zimmer und gehe mit schweren Beinen in das Zimmer von Adam und mir.

11. Dienstag, 29.10. – Night whispers

In meinem Zimmer angekommen, lese ich die drei Nachrichten, die zwischenzeitlich auf meinem Smartphone gelandet sind. Nadine hat sich noch einmal bei mir dafür bedankt, dass ich mich um Deriya gekümmert habe, und Rieke hat mir geschrieben, dass sie erst die Lichtershow genossen haben und nun noch in einer Bar sind. Sie bietet an, dass sie sich die Show später gerne noch mal mit mir gemeinsam ansehen und empfiehlt, dass ich mir das Spektakel nicht entgehen lassen sollte. Ich lasse das Angebot einen Moment sacken, bevor ich mich dazu entscheide abzusagen, auch wenn ich die Show gerne sehen würde. Doch inzwischen freue ich mich vor allem auf mein bequemes Hotelbett.

Ich schicke Rieke meine Antwort und ihre Reaktion lässt nicht lange auf sich warten.

> *Schade, du verpasst hier was. ;) Hier sind*
> *zwar keine Stripper, aber einige heiße Typen*
> *(wenn auch kein Vergleich mit Aiden, hihi).*
> *Ich wünsche dir eine gute Nacht. Bis morgen.*

Bei den heißen Typen muss ich prompt an Moritz denken und an seine Strickjacke, die über dem Sessel drapiert liegt. Ich falte sie ordentlich zusammen, lege sie auf den kleinen Tisch und schreibe Moritz, dass ich ihm die Jacke morgen zum Frühstück endlich mitbringe. Nur zwei Minuten später meldet mein Handy eine Nachricht von ihm.

Du kannst sie auch jetzt vorbeibringen. :)

Sehr witzig! Als ob ich jetzt mit der Strickjacke durch die Stadt pese und irgendeine Bar aufsuche, um Moritz seine Leihgabe zurückzubringen. Auch wenn es sicherlich interessant wäre, bei dem Junggesellenabend der Männer Mäuschen zu spielen. Was die wohl gerade treiben?

Wieso? Ist dir kalt? ;) Feiert ihr mal lieber schön weiter, ich bringe dir die Jacke morgen mit.

Ich wundere mich, dass Moritz so rasch geantwortet hat. Haben die Jungs etwa keinen Spaß? Das kann ich mir angesichts der großen Truppe nicht vorstellen. Lediglich bei Adam würde ich vermuten, dass ihm der lange Tag mit so vielen Menschen irgendwann zu kommunikativ wird, denn seine Noise-Cancelling-Kopfhörer liegen hier auf der Kommode.

Ich bin schon im Hotelzimmer. Kopf einfach an, wenn du noch kommen magst. :)

Ich werfe einen Blick auf meine Uhr. Macht er einen Witz oder meint er das ernst, dass der Männerabend bereits vorbei ist? Das macht mich neugierig. Dass ich so früh zurück bin, habe ich Deriya zu verdanken, die betrunken ist und Betreuung brauchte. Aber warum ist Moritz, der den Abend der Männer mit Hannes federführend geplant hat, schon wieder im Bellagio? Nachdenklich gehe ich ins Bad, prüfe mein Spiegelbild und greife zur Bürste. Meine Wangen sind etwas gerötet, vermutlich, weil ich bis eben unterwegs war. Vielleicht auch vom Wein, den ich beim Abendessen getrunken habe. Mist! Ich habe Wein und Sekt getrunken – so kann ich nicht zu Moritz aufs Zimmer gehen. Sicherlich hat er wieder dieses tolle Aftershave benutzt. Nicht dass ich ihn hemmungslos anschmachte wie eine verknallte Teenagerin. Andererseits ist das letzte Glas schon über eine Stunde her. Meine Vernunft verliert, denn eigentlich habe ich mich längst entschieden, dass ich meine Neugierde befriedigen möchte, warum er schon im Hotel ist. Also schnappe mir die Strickjacke und verlasse das Zimmer.

Als ich vor seiner Tür stehe, klingt es, als würde er Fernsehen gucken, denn ich kann Stimmen von drinnen hören. Zaghaft klopfe ich an und es dauert nicht lange, bis Moritz mir öffnet. Sein dunkelblondes Haar ist noch zerzauster als sonst und er trägt nichts außer einer Boxershorts. Der Arsch! Das macht der doch mit Absicht! Denn so habe ich einen wunderbaren Blick auf seine breiten Schultern, die muskulöse Brust und – es war klar – natürlich hat er ein Sixpack! Als ich merke, dass ich ihn vielleicht zu lange angestarrt habe und schnell meine Augen in Richtung seines Gesichts hebe, grinst er amüsiert. Falls es sein Plan war, mich zu beeindrucken, muss ich mir leider eingestehen, dass er sein Ziel erreicht hat. Rein körperlich natürlich. Aber das darf man nicht überbewerten! Es gibt schließlich viele schöne, gut gebaute Männer. Das versuche ich zumindest, mir einzureden. Bloß stehen diese anderen Männer nicht vor mir, sondern Moritz.

»Hey«, sagt er und ich drücke ihm verlegen die Strickjacke in die Hand.

»Danke noch mal fürs Leihen. Ich will auch gar nicht weiter stören.« Bei was auch immer er da gerade macht, sodass er nur in Shorts herumspringt.

»Du störst nie. Ich komme gerade aus der Dusche.«

Muss ein wilder Abend gewesen sein, wenn er direkt eine Dusche nötig hatte.

Er öffnet die Tür ein Stück weiter. »Komm doch rein.«

‚NEIN!‘, brüllt die innere Stimme der Vernunft in meinen Ohren, aber irgendwas anderes brüllt offenbar auch noch in mir, denn ich höre, wie ich »Okay« sage, dann betrete ich sein Zimmer. Es sieht so aus wie das von Hannes und Deriya, denn auch er hat statt der zwei Queensize-Betten ein riesiges Kingsize-Bett im Raum stehen. Anstelle eines Lesesessels mit Fußbänkchen befindet sich ein kleiner Doppelsitzer in türkis in einer Zimmerecke am Fenster. Mir fällt auf, dass der Raum sehr ordentlich aussieht. Über dem Doppelsitzer hängt eine Jeans, seine Geldbörse, das Handy sowie eine Zeitung liegen auf der Kommode, aber ansonsten fliegt nichts herum.

»Möchtest du was trinken?«, will er wissen.

»Nein, danke. Ich wollte dir nur die Jacke zurückbringen.«

»Die Minibar ist fast voll. Schau einfach rein, wenn du doch was möchtest.« Er verschwindet in dem begehbaren Kleiderschrank. Da ich tatsächlich durstig bin und noch herausfinden möchte, warum Moritz schon im Hotel ist, nehme ich mir eine kleine Flasche Wasser.

»Ah, jetzt kommen die ganz harten Sachen.« Moritz lacht über meine Auswahl, als er mit einem locker sitzenden Shirt bekleidet das Wasser betrachtet. Über das Oberteil bin ich dankbar, denn sein halb nacktes Auftreten zuvor hat ein Kopfkino in mir ausgelöst, das ich eigentlich nicht haben will.

»Magst du mitgucken?«, fragt er, während er sich leichtfüßig auf das Bett schwingt und auf den laufenden Fernseher deutet.

»Was schaust du denn?«, frage ich, und bevor er noch auf die Idee kommt, mich auf sein Bett einzuladen, setze ich mich schnell auf die kleine Couch.

»Gerade läuft ein Thriller, aber ich denke, ich schaue jetzt lieber einen anderen Film. Vielleicht was mit Action.«

»Warum bist du eigentlich schon wieder im Hotel?«

»Du bist doch auch schon im Hotel.«

»Weil es Deriya schlecht ging, denn sie hat zu viel getrunken. Also habe ich sie hergebracht und dann hatte ich keine Lust, noch mal durch die halbe Stadt zu fahren.«

Moritz nickt verständnisvoll.

»Und du?«, bohre ich nach.

Er zuckt mit den Schultern. »Mit Hannes und meinem Programm waren wir durch und ab zweiundzwanzig Uhr war die Planung nicht mehr ganz so fest. Ich hatte ein paar Bars rausgesucht, aber einige wollten Theo unbedingt noch mit einem Besuch im Strip Club überraschen. Hannes und ich wussten, dass er das eigentlich nicht will, aber es kam dann eben doch anders.«

»Und da wolltest du nicht mit?«

»Um Frauen dabei zuzusehen, wie sie sich ausziehen, weil sie Geld dafür bekommen? Nee.«

Ich bin überrascht und frage mich, ob es daran liegt, dass er das nicht nötig hat, weil er sicherlich genug Frauen nackt sehen kann, ohne dafür zu bezahlen, oder ob er es aus moralischen Gründen ablehnt.

»Mir kommt das nicht richtig vor«, erklärt Moritz, als würde er meine Gedanken erraten. Und ich muss meine Libido gerade im Zaum halten, die ihn in diesem Moment wahnsinnig begehrenswert findet. Wäre Laura jetzt hier, würde sie mich vermutlich auf sein Bett schubsen. Aber sie ist nicht hier. Und ich habe zu viele Zweifel, was Moritz angeht. Auch wenn ich, abgesehen von der Eskapade mit den Frisuren und den Sexstellungen, wirklich gerne Zeit mit ihm verbringe. Auf den Bandproben war er mir auch früher immer sympathisch, nur dass ich ihn als Aufreißer abgestempelt habe. Das war mir aber damals noch egal, schließlich hatte ich keinerlei Interesse an ihm. Daran hat sich auch nichts geändert ... Ich bin schließlich nur hier, weil ich ihm die Jacke zurückbringen wollte.

»Finde ich gut«, sage ich schließlich, um die Stille zu durchbrechen. Weil meine Stimme dabei angeschlagen klingt, trinke ich rasch einen Schluck von dem Wasser.

Moritz zappt derweil durch die verschiedenen Sender. »Es ist alles dabei, Action, Thriller, Liebesfilm ... ah, Dokumentarfilme gibts auch.« Er klopft neben sich auf das Bett. »Komm doch her, von hier aus kannst du doch viel besser den Bildschirm sehen.«

Ha! Das würde ihm so passen! Ich werde mich nicht in meinem angeheiterten Zustand und mit den Bildern von seinem nackten Oberkörper im Kopf zu ihm aufs Bett setzen. Genauso gut könnte ich mir auch gleich die Kleider vom Leib reißen und »Nimm mich« rufen.

Erschreckenderweise findet ein Teil von mir die Idee gar nicht mal so schlecht. Wie von der Tarantel gestochen springe ich von der Couch auf. »Ich sollte besser gehen«, sage ich und fange Moritz' irritierten Blick auf.

»Schade.« Er schmunzelt und Lachfältchen bilden sich um seine Augen. »Wem traust du eigentlich nicht? Mir oder dir?«

Damit trifft er einen wunden Punkt, aber immerhin habe ich eine gute Ausrede parat, warum ich langsam mal schlafen gehen sollte.

»Morgen ist doch noch mal Probe, da sollte ich fit sein.«

»Ich bin wirklich gespannt auf das Hochzeitslied«, sagt er. »Hannes hat mir zwar den Text geschickt, aber in den Song durfte ich noch nicht reinhören. Ich freue mich auf morgen.«

»Es ist wirklich ein tolles Stück.«

»Daran zweifle ich nicht«, sagt er und wirkt ein wenig verloren in dem großen Bett. Aber vielleicht sucht mein Unterbewusstsein auch nur einen Grund dafür, dass ich mich doch zu ihm gesellen und mit ihm TV gucken sollte. Aber ob es dabei bleiben würde? Der Gedanke daran, Moritz zu küssen, beschert mir bereits eine Gänsehaut.

Moritz steht vom Bett auf und nimmt die Strickjacke in die Hand, die er am Fußende des großen Bettes abgelegt hatte. »Behalte sie«, meint er und hält mir die Jacke hin.

»Sie ist doch viel zu groß für mich.«

»Ach komm«, sagt er verschwörerisch. »Du willst es doch auch.«

Ich schnappe mir die Jacke, denn er hat recht. »Sie hat mir zumindest schon sehr gute Dienste geleistet in diesen klimatisierten Räumen. Danke«, sage ich und drücke ihm spontan einen Kuss auf die Wange. Moritz wirkt ausnahmsweise mal überrumpelt, doch bevor er reagieren kann, haste ich an ihm vorbei.

»Gute Nacht«, rufe ich, lasse seine Zimmertür hinter mir zufallen und eile mit schnellen Schritten den Flur in Richtung meines Hotelzimmers entlang. Denn Moritz hat den Nagel auf den Kopf getroffen: Ich traue mir selber nicht!

Erst als ein Paar, das an mir vorbeikommt, mir »Good night« wünscht, merke ich, dass ich wie in Trance vor meiner Zimmertür stehe, die Nase in Moritz' Strickjacke vergraben. Peinlich berührt öffne ich die Tür. Da durch das große Fenster genug Licht in das Zimmer fällt, knipse ich nicht das große Deckenlicht an, sondern tapse im Halbdunkeln zu meinem Bett und lasse mich mit einem Seufzer darauf fallen.

»Hey, Elli!«

Panisch fahre ich hoch. Mein Herz hämmert gegen die Brust und im gleichen Moment wird ein Nachtlicht eingeschaltet.

»Herrgott noch mal!«, rufe ich.

»Entschuldige, ich dachte, du hast mich bemerkt.«

»Nein! Habe ich nicht!«

»Warum bist du schon zurück?«, fragt Adam.

»Warum bist *du* schon zurück?«, erwidere ich und setze mich an den Bettrand. Mein Herzschlag geht noch immer schnell. »Ich dachte, ihr seid im Strip Club.«

»Ich brauchte Ruhe«, sagt Adam, der nun die Arme hinter dem Kopf verschränkt hat und liegend an die Decke starrt.

»Tut mir leid, dann störe ich wohl gerade.«

»Ist okay.«

Ich lege die Strickjacke neben mich und frage mich, ob Adam erkannt hat, was ich da die ganze Zeit im Arm gehalten habe. »Wie war euer Tag denn? Hat es Theo gefallen?«

»Ich denke schon.«

»Schön.«

»Und bei euch?«, erkundigt er sich, klingt aber nicht wirklich interessiert und scheint mehr aus Höflichkeit zu fragen.

»Auch gut. Das Minigolfen war toll und das Essen war sehr gut, allerdings hat Deriya etwas viel getrunken und ich habe sie ins Hotel zurückgebracht. Die anderen sind noch unterwegs.«

Adam starrt noch immer an die Decke.

»Geht es dir gut?«

Er sieht zu mir rüber. »Ja, warum?«

»Ich weiß nicht ... Willst du ins Bad?«

»War schon.«

»Okay, dann schlaf mal gut. Ich muss mich noch fertig machen.« Ich fische mein Sleepshirt unter der Decke hervor und schließe mich mit meinem Smartphone im Bad ein, damit ich Laura alles über den Tag und mein Aufeinandertreffen mit Moritz schreiben kann.

Ich frage mich, ob er es mir übel nimmt, dass ich ihn einfach im Zimmer habe stehen lassen? Warum wollte er, dass ich seine Strickjacke behalte? Und warum um alles in der Welt habe ich sie auch noch angenommen? Wie muss das nun auf ihn wirken?

Ich stelle die Zahnbürste zurück in den Becher und klatsche mir eiskaltes, nach Chlor riechendes Wasser ins Gesicht. Das ist einer der Nachteile in dieser Stadt – das Wasser ist stark chloriert. Statt in diesem Moment den chemischen Geruch zu ertragen, könnte ich neben Moritz liegen, der nach seinem tollen Aftershave duftet. Vielleicht werde ich es irgendwann bereuen, dass ich nicht ein bisschen mehr wie Laura bin und sein Angebot mit dem Film so überhastet ausgeschlagen habe. Doch andererseits war es vernünftig – weil ich mich in einen Mann verknallt habe, der in der Lage wäre, mir das Herz zu brechen. Und das kann ich wirklich nicht gebrauchen.

12. Mittwoch, 30.10. – Bad mood

Als Hannes am Mittwochmittag in den Probenraum kommt, wirkt er schlecht gelaunt. Vielleicht hat auch er zu wenig Schlaf bekommen oder ist verkatert. Immerhin waren die meisten von uns gestern lange unterwegs, weshalb wir heute auch erst um zwölf Uhr mit der Probe starten. Ich bin auch nicht besonders munter, denn nach dem anstrengenden Tag mit Shopping-Tour, Junggesellinnenabend sowie dem nächtlichen Erlebnis mit Moritz, habe ich lange keinen Schlaf gefunden. So war ich auch erst spät frühstücken und das zum ersten Mal allein, denn im Band-Chat war nichts los und Adam war nicht mehr im Zimmer, als ich aufgewacht bin.

Es tat aber ganz gut, mal wieder etwas Zeit für mich alleine zu haben. So konnte ich mir ungestört Lauras Sprachnachricht anhören, die mich für verrückt erklärt hat, weil ich Moritz' Einladung zum TV gucken nicht angenommen habe. Wie ich schon vermutet habe, ist sie der Ansicht, dass eine Nacht mit ihm den Liebeskummer wert wäre. Das mag sogar sein, aber es ist nicht nur der mögliche Liebeskummer. Immerhin spiele ich diese Woche noch mit seinem großen Bruder gemeinsam in der Band. Ich habe keine Lust auf irgendwelche komplizierten Verwicklungen. Schon gar nicht, solange wir alle zusammen in Las Vegas sind. Der Auftritt morgen wird für mich aufregend genug. Und wenn wir zurück in Deutschland sind, ist fraglich, ob Moritz überhaupt noch irgendein Interesse an mir zeigt.

»Elli, hast du Lust auf einen Hubschrauberflug heute Abend?«, fragt Hannes plötzlich und reißt mich aus meinen Gedanken.

»Was für ein Hubschrauberflug denn?«

»Heute Abend über Las Vegas.«

»Ich dachte, für Thomas hast du gar nicht mitgebucht, weil er Höhenangst hat«, unterbricht Clara ihre Summübungen, mit denen sie ihre Stimme aufwärmt.

»Habe ich auch nicht«, gibt Hannes zu. »Aber Deriyas Platz ist frei geworden.«

»Sie kommt nicht mit?« Alejandro wirkt irritiert, Hannes dagegen etwas angefressen.

»Nope.«

»Moment, ihr habt also einen Hubschrauberflug für die Band gebucht?«, erkundige ich mich.

»Ja«, sagt Hannes. »Für die Band, außer halt für Thomas wegen seiner Höhenangst, aber stattdessen kommen Moritz und Rieke mit. Und Deriya hätte eigentlich auch dabei sein sollen. Jedenfalls startet der Rundflug über die Stadt heute Abend um neunzehn Uhr.«

»Was ist denn mit dir und Yuiko?«, frage ich an Clara gewandt.

»Wir sind heute Abend wieder bei einer Show. Die hatten wir schon gebucht, als die Idee mit dem Hubschrauber aufkam.« Clara gähnt und streckt sich. »O Mann, ich beneide Yuiko gerade ein wenig, weil sie sich am Pool ausruhen kann.«

»Wem sagste das«, meint Alejandro. »Rieke macht es sich da gerade auch gemütlich. Und ich warte noch immer, dass die Aspirin wirkt. Hab' mich selten so auf eine Probe gefreut.« Er schenkt Adams Schlagzeug einen gequälten Blick.

»Dann soll ich also für Deriya einspringen, weil sie nicht mehr mitkommen möchte?«, frage ich nach.

Hannes sieht mich entschuldigend an. »Sorry, das klingt blöd, oder? Wir haben vorab reserviert und bezahlt, aber Deriya fühlt sich heute nicht so gut.«

»Das kann ich mir denken.«

»Übrigens danke, dass du dich um sie gekümmert hast«, meint Hannes. »Moritz hat mir erzählt, dass du sie nach Hause gebracht hast, weil es ihr nicht gut ging.«

Ich finde es nett, dass Hannes sich bedankt, denn von Deriya kam bisher kein Dankeschön. Vermutlich liegt die Arme noch im Bett und leidet unter den Nachwehen des gestrigen Abends.

»Aber vielleicht überlegt sie es sich noch mal anders, wenn es ihr später besser geht«, wende ich ein.

»Das glaube ich nicht. Und ich würde mich freuen, wenn du stattdessen mitkommst, statt dass wir den Platz verfallen lassen.«

»Es klingt schon ziemlich cool, aber auch irgendwie … etwas beängstigend«, gebe ich zu. Hubschrauber sind mir ein wenig suspekt. »Was kostet der Spaß denn?«

»Nichts. Ist doch schon bezahlt und ich kann nicht mehr stornieren.«

Zweifelnd sehe ich ihn an.

»Ehrlich«, beteuert er. »Deriyas Platz würde einfach verfallen. Das wäre doch schade.«

»Finde ich auch«, mischt Alejandro sich wieder ein. »Komm doch mit, Elli, das wird bestimmt toll. Und Rieke freut sich sicherlich über weibliche Verstärkung.«

»Wenn du mitkommen willst, dann treffen wir uns um achtzehn Uhr vor dem Hotel«, erklärt Hannes. »Da werden wir abgeholt und zum Flughafen gebracht.«

»Und muss ich sonst irgendwas beachten?«

Doch Hannes wirkt beschäftigt und sucht plötzlich hektisch seine Hosentaschen ab. »Fuck! Hat einer von euch mein Handy gesehen?«

Auch ich schaue mich um, kann aber kein Smartphone entdecken. »Hier ist es wohl nicht.«

»Nicht, dass du es verloren hast«, befürchtet Alejandro.

»Das hätte mir noch gefehlt«, motzt Hannes und kratzt sich am Kopf. »Ich hatte Theo zuletzt eine Nachricht geschrieben vom Hotelzimmer aus. Ich hoffe, da liegt es noch. Ich hatte Deriya gesagt, sie soll sich melden, wenn sie was braucht. Scheiße, ich muss noch mal los.« Ohne noch etwas zu sagen, stürmt er aus dem Probenraum.

Perplex sehe ich ihm nach. »Ich habe ihn noch nie so schlecht gelaunt erlebt«, sage ich und es macht mich betroffen.

Alejandro sieht auf die verschlossene Tür, durch die Hannes gerade verschwunden ist. »Vielleicht sollte ich mal mit ihm reden.«

»Nein«, meint Adam, der an seinem Schlagzeug sitzt, nun aber aufsteht. »Das mache ich.«

Alejandro nickt ihm zu und Adam verlässt zügig den Raum.

»Tjo«, macht unser Bassist. »Das kann jetzt wohl eine Weile dauern.«

»Meint ihr? Dann kann ich doch noch mal zur Toilette.« Clara tippt sich an die Schläfe und verzieht das Gesicht. »Ich habe so viel Wasser zur Aspirin getrunken, um das Kopfweh zu vertreiben.«

Ich kann mir eigentlich kaum vorstellen, dass es länger dauert, wenn es sich um ein Gespräch handelt, an dem Adam teilnimmt. »Adam ist doch eigentlich kein Freund von langen Gesprächen«, spreche ich meinen Gedanken laut aus, nachdem Clara schon weg ist.

Alejandro lacht. »Aber Hannes schon, der Psychologe.«
Er kommt ein paar Schritte auf mich zu und reibt die
Hände aneinander. »Aber wo wir gerade mal in Ruhe
sprechen können. Um es kurz und knapp zu sagen: Elli,
ich möchte, dass du in die Band zurückkommst.«

Das kommt überraschend und im ersten Moment denke
ich, er macht einen Scherz, doch seine Miene ist ernst.

»Ach Alejandro, damit habe ich doch abgeschlossen.
Das weißt du doch.«

»Ich weiß. Aber du bist als Gitarristin so verdammt gut!
Da kann Thomas nicht mithalten. Du hättest mal sehen
sollen, wie Hannes nach dem Telefonat gestrahlt hat, als
du ihm zugesagt hast, mit nach Las Vegas zu kommen. Er
war so glücklich, dass du seinen Song spielen wirst.«

»Na klar war er glücklich. So kurzfristig hättet ihr niemand anderen als Ersatz gefunden. Aber es gibt so viele
gute Gitarristen und ihr werdet bestimmt jemanden finden, der euch in Zukunft unterstützen kann, wenn ihr mit
Thomas nicht zufrieden seid.«

»Aber mit dir harmoniert es einfach perfekt. Hannes
musste dir gar nicht erklären, wie du das Solo spielen
sollst. Es stimmt, was er letztes Mal gesagt hat: Du fühlst
es einfach! Das kann nicht jeder Musiker.«

Das sind eindeutig zu viele Komplimente auf einmal.
»Ich fühle mich wirklich geehrt. Aber eure Pläne mit der
Band passen einfach nicht zu meinem Weg. Ich habe Spaß
an der Musik, aber die Auftritte auf Feiern oder gar in
Clubs und Bars vor so vielen Fremden ... Das ist einfach
nichts für mich.«

»So was kann sich doch ändern.«

»Ich glaube nicht. Ich bin schon jetzt nervös wegen des
Auftritts morgen und bereue zwischendurch, dass ich
zugesagt habe einzuspringen.«

Alejandro sieht mich erschrocken an.

»Keine Sorge, ich mache keinen Rückzieher. Die Reise hier ist auch ein wirklich tolles Erlebnis. Aber das nächste Jahr wird an der Uni stressig für mich. Da will ich meinen Abschluss machen und der hat Vorrang. Da hätte ich auch gar nicht so viel Zeit für die Band.«

»Das verstehe ich, aber da findet sich bestimmt eine Lösung. Warte doch den Auftritt morgen auf der Hochzeit ab, okay? Vielleicht stellst du nach der langen Pause doch fest, dass dir unsere Gigs gefehlt haben und es gar nicht so schlimm ist mit der Bühne.«

Zweifelnd sehe ich ihn an. »Aber das ist nur eine Familienfeier. Das ist nicht dasselbe wie in einem Club vor mehr als hundert Fremden zu spielen.«

»Das mag sein, aber morgen sind es doch auch rund sechzig Gäste und die meisten Leute kennst du nicht.« Er seufzt schwer und schaut kurz zur Tür, als Clara zurückkommt. »Ich bin ganz ehrlich: Mit Hannes Songs und dir könnten wir eine echte Chance haben bei Talentscouts. Du hast oft dabei geholfen, unsere Songs noch besser zu machen und Thomas ist da einfach nicht stark drin. Er spielt am liebsten nur Coversongs und hat überhaupt keine Lust darauf, an neuen Stücken mitzuwirken.«

»Aber genau das mit irgendwelchen Talentscouts wäre doch mein totaler Horror!« Ich bin entsetzt. »Ich hatte nie vor, professionell Musik zu machen.«

»Und dabei hättest du das Talent dafür.« Er wirft Clara einen frustrierten Blick zu. »Ich habe versucht, sie davon zu überzeugen, wieder in die Band zu kommen.«

»War wohl nicht erfolgreich, hm?«

»Ihr kennt mich doch.« Es tut mir wirklich leid, die beiden zu enttäuschen.

»Unsere letzte Chance mit einem Talentscout habe ich übrigens versaut«, sagt Clara plötzlich.

»Wieso das denn?«

»Wir hatten einen Auftritt in einem Club und es war angekündigt, dass da jemand aus der Musikbranche erscheinen soll.«

»Und das hast du versaut?« Das kann ich mir überhaupt nicht vorstellen. »Du bist doch immer so beneidenswert selbstsicher und professionell auf der Bühne.«

»Tja, wenn ich denn auf der Bühne hätte stehen können. Ich hatte eine Grippe, die mir auf die Stimmbänder geschlagen ist. Ich schwöre dir, ich hätte mich auch mit vierzig Grad Fieber noch auf die Bühne gestellt, aber ich konnte keinen einzigen Ton mehr sprechen, geschweige denn singen. Wir mussten den Gig absagen.«

»Shit, wie bitter. Das tut mir leid. Vielleicht bekommt ihr bald eine neue Chance.«

»Darauf hoffen wir sehr«, sagte Alejandro. »Und falls wir eine neue Chance bekommen, hätte ich lieber dich dabei als Thomas.«

Die Tatsache, dass Clara nicht empört widerspricht, verblüfft mich. »Ach, Alejandro! Wenn es mit Thomas nicht passt, dann müsst ihr mit ihm reden.«

»Ich weiß, das hatten Hannes und ich auch schon überlegt. Adam war echt ein Glücksgriff als Ersatz für Melanie, aber für dich haben wir noch keinen guten Gitarristen gefunden.«

»Komm, hör auf! Klar würdet ihr Ersatz finden. Dann müsst ihr eben anfangen, jemand anderen zu suchen.«

»Versprich mir einfach, mal zwei oder drei Nächte darüber zu schlafen und den Auftritt morgen abzuwarten, bevor du mir einen endgültigen Korb gibst, okay?«

»Was sagen denn Hannes und Adam überhaupt dazu?«

»Hannes hätte dich am liebsten selber gefragt, aber er will keinen Druck ausüben, weil er genau weiß, wie du tickst. Und Adam mag dich, also sehe ich da keinerlei Probleme.«

»Aber das löst nicht mein Problem, dass ich nicht gerne auf der Bühne bin.«

»Schlaf trotzdem mal drüber, ja? Mehr will ich doch gar nicht.«

»Okay, versprochen. Ich werde darüber schlafen.« Ich kenne meine Antwort schon, aber Alejandro sieht mich so hoffnungsvoll an, dass ich es gerade nicht übers Herz bringe, ihn zu enttäuschen. Das kann ich dann immer noch nach der Reise tun und dieses Thema bis dahin vor mir herschieben.

»Danke«, sagt er und runzelt die Stirn. »Ob es noch Sinn macht, zu warten? Vielleicht sollten wir besser später proben und die Zeit anders nutzen.«

»Gute Frage«, meint Clara. »Wir wissen ja nicht, welche Laus Hannes über die Leber gelaufen ist.«

»Ich schreibe Adam mal und frage ihn, wie lange das noch dauert.« Alejandro tippt eine Nachricht in sein Smartphone, dann schnappt er sich seinen Bass und Clara geht zum Mikrofon.

»Lasst uns einfach ein bisschen was zusammen spielen, bis er antwortet«, schlägt er vor.

In dem Moment wird die Tür zum Probenraum geöffnet. Es ist Moritz, der zu uns stößt.

»Hey«, sagt er. »Probt ihr heute alleine?«

»Uns sind kurzfristig zwei Bandmitglieder abhandengekommen«, erkläre ich.

»Waren sie frech und ihr habt sie in der Wüste verscharrt?«, fragt er amüsiert.

»Ich hoffe eher, Hannes verscharrt niemanden in der Wüste«, unkt Alejandro. »Er hatte echt miese Laune eben.«

»So schlimm?«, fragt Moritz an mich gewandt.

Ich nicke. »Leider ja. Ich habe ihn selten so erlebt wie eben. Vielleicht, weil es Deriya nicht gut geht und dann hatte er auch noch sein Smartphone vergessen oder verloren. Er wollte danach suchen. Aber ich glaube, es war nicht nur das. Adam ist ihm hinterher, um mit ihm zu reden.«

»Dann fällt die Probe heute aus?«

»Ich hoffe nicht«, sagt Alejandro. »Auch wenn wir uns vorgestern gut eingespielt haben. Aber wir haben schon gestern nicht proben können und heute will ich es echt nicht auch noch ausfallen lassen.« Er blickt auf sein Handy. »Adam hat geschrieben. Er meint, sie kommen gleich wieder.«

»Na also«, sagt Moritz, den die Nachricht ebenfalls zu freuen scheint. Mich dagegen nicht. Moritz' Anwesenheit macht mich nervös. Wir sehen uns heute das erste Mal, nachdem ich ihm einen Kuss auf die Wange gegeben habe. Das allein mag nicht viel bedeuten, aber er hat mir seine Strickjacke geschenkt und ich habe sie angenommen, um dann fluchtartig den Raum zu verlassen. Dafür schäme ich mich im Nachhinein ein wenig. Sicherlich weiß Moritz ganz genau, was er in meiner Gefühlswelt anrichtet.

Er geht zum Keyboard und fängt an, ein bisschen zu spielen. Die Melodie kenne ich, aber ich komme nicht darauf, wie das Lied heißt.

»Ballade pour Adeline«, hilft Clara mir auf die Sprünge.

»Du kannst also auch spielen«, stelle ich fest. Gibt es eigentlich irgendetwas, das dieser Mann nicht beherrscht?

Er lächelt mir zu. »Nur ein bisschen. Ich hatte etwa ein Jahr Unterricht, als wir noch in Las Vegas gewohnt haben, hatte aber nie so viel Spaß daran wie Hannes. Wenn unser Kindermädchen mich nicht zum Üben angehalten hätte, könnte ich vermutlich nicht mal ‚Alle meine Entchen' auf dem Keyboard spielen.«

Ich lächle ihm zu. »Das ist das einzige Stück, das ich auf dem Keyboard beherrsche.«

»Wieso ist es bei dir eigentlich die Gitarre geworden?«

»Mein Opa hat Gitarre gespielt. Immer wenn ich am Wochenende bei meinen Großeltern war, haben sie irgendwelche Musikshows geguckt. Mein Opa hat sich dann seine Gitarre geschnappt und die Musiker im Fernsehen begleitet. Ohne Noten, einfach nach Gehör, und es klang immer wundervoll. Irgendwann habe ich ihn gebeten, dass er mir das beibringt.«

»Das ist eine schöne Geschichte. Dann spielst du ganz ohne Noten?«

»So hat es angefangen, aber später bin ich zum Musikunterricht gegangen.« Es tut gut, über solche unverfänglichen Themen mit Moritz zu sprechen. Meine Nervosität legt sich ein wenig.

»Ich habe schon versucht, Elli davon zu überzeugen, dass sie wieder in die Band zurückkommen soll«, berichtet Alejandro, doch bevor wir weiter auf das Thema eingehen können, wird ein weiteres Mal die Tür geöffnet. Diesmal sind es Hannes und Adam.

»Ich setze mich dann mal in eine der Ecken, damit ich nicht störe«, schlägt Moritz vor.

»Mach das«, meint Hannes. »Entschuldigt, dass es so lange gedauert hat.«

»Kein Problem«, murmeln Alejandro und ich gleichzeitig.

Da weder Hannes noch Adam ein Wort über ihr Gespräch zu zweit verlieren, starten wir endlich mit der Probe. Wir beginnen mit den Songs, die wir zusätzlich zum Hochzeitslied spielen wollen, und als wir schließlich den Song für das Brautpaar performen, bin ich schon so in der Musik drin, dass ich Moritz' Anwesenheit fast vergessen habe. Dass er als stiller Zuhörer im Raum ist, wird mir erst wieder bewusst, als er begeistert klatscht, nachdem wir das Stück beendet haben.

»Das ist echt ein tolles Lied.« Er geht auf Hannes zu und umarmt ihn. »Die beiden werden sich riesig über das Geschenk freuen.«

»Das will ich hoffen«, sagt Hannes und zum ersten Mal an diesem Tag nehmen seine Augen ein bisschen das Strahlen an, das ich noch aus früheren Zeiten von ihm kenne.

»Du warst toll.« Moritz gibt mir ein High five. »Ich verstehe nicht, dass du die Band verlassen hast. Du hast echt viel Talent.«

»Finde ich auch«, greift Alejandro das Thema sofort auf. »Deswegen habe ich eben versucht, sie davon zu überzeugen, wieder bei uns einzusteigen.«

»Du hast sie schon gefragt?«, fragt Hannes und sieht Alejandro vorwurfsvoll an.

»Ich habe die Zeit, während ihr weg wart, halt genutzt. Und sie will darüber nachdenken.«

Hannes sieht mich unsicher an. »Echt?«

»Das waren nicht ganz meine Worte, aber ich habe Alejandro versprochen, ein paar Nächte darüber zu schlafen.«

»Apropos Nächte«, meint Moritz und stellt sich neben mich. Dann beugt er sich zu mir herunter und flüstert so leise, dass nur ich ihn hören kann: »Bist du in anderen Sachen auch so leidenschaftlich wie bei der Musik, Zopfmädchen?«

Ich bringe ihn um!

13. Mittwoch, 30.10. – Helicopter

Etwas zu früh stehe ich am Abend unten vor dem Hoteleingang, weil ich wahnsinnig aufgeregt bin. Heute Mittag erschien mir die Idee mit dem Hubschrauberflug noch recht cool, auch wenn ich zugleich ein wenig ängstlich deswegen war. Aber wenn der Flug sowieso schon bezahlt ist und sonst verfällt, wäre es doch dumm, so eine Chance sausen zu lassen. Inzwischen denke ich, dass man ein bisschen irre sein muss, um freiwillig in ein solches Fluggerät zu steigen. Man hört selten von Flugzeugunglücken, von Hubschrauberabstürzen dafür umso häufiger. Das weiß ich, weil ich es gegoogelt habe. Deswegen hatte ich eigentlich gehofft, Hannes schon etwas früher hier zu treffen, um ihm mitzuteilen, dass ich doch nicht mitkommen werde. Ich fände es blöd, ihm per Chat-Nachricht abzusagen, auch wenn manche Menschen es sogar für richtig halten, auf diese Art eine Beziehung zu beenden.

Ich prüfe die Uhrzeit. Erst in zehn Minuten sind wir hier verabredet und ich nutze die Gelegenheit, um noch ein wenig auf- und abzulaufen und die ankommenden Gäste zu beobachten. Auch wenn das Bellagio ein Fünfsternehotel ist, bekommt man die unterschiedlichsten Neuankömmlinge zu sehen. Von Leuten, die so aussehen wie ich, also in Jeans und T-Shirt oder Bluse, bis hin zu

Paaren, die im Anzug und Abendkleid das Hotel betreten, ist alles dabei.

»Hey«, sagt Adams Stimme plötzlich hinter mir und ich drehe mich zu ihm um, um seinen Gruß zu erwidern, doch als ich ihn betrachte, fehlen mir die Worte. Er ist es, aber irgendwie auch nicht. Ich bin so baff, dass es einen Moment dauert, bis ich erkenne, dass es der fehlende Bart ist, der ihn so anders aussehen lässt.

»Wow!«, sage ich schließlich und Adam zieht fragend die Stirn kraus. Ohne Bart sieht er ein wenig aus wie ein schwarzhaariger Ashton Kutcher in seinen Zwanzigern. Adam reibt sich mit den Fingern über die Bartstoppeln. Er hat sich so rasiert, dass es nach einem Dreitagebart aussieht, was ihm wirklich gut steht.

„Das sieht richtig klasse aus!«

»Danke.«

Wirkt er gerade etwa verlegen?

»Gefällt es dir auch?«, will ich wissen.

»Ist okay. Ungewohnt.«

Ich muss lachen. »Deswegen hast du also so lange im Bad gebraucht eben? Ich würde sagen, es hat sich gelohnt. Ich hoffe, du hast das aber nicht nur wegen meiner Bemerkung im Pool gemacht!« Adam zuckt nur die Schultern, doch bevor ich deswegen Schuldgefühle bekommen kann, ertönt eine weitere bekannte Stimme hinter mir.

»Mensch Elli, ich bin so froh, dass du mitkommst«, quietscht Rieke und umarmt mich. Als ihr Blick auf Adam fällt, starrt sie ihn einige Sekunden lang mit offenem Mund an. »Boah, das ist ja der Hammer! Du siehst aus wie Ashton Kutcher.«

»Genau das habe ich ihm auch gesagt!«

»Wie wer?«, fragt Adam.

»Du kennst Ashton Kutcher nicht? Du Banause.« Rieke schnauft empört.

»Was ist denn mit dir passiert?«, lautet dagegen Alejandros Kommentar zu Adams neuem Look.

Rieke gibt ihm einen Stupser gegen die Schulter. »Er sieht toll aus! Wage es ja nicht, was anderes zu behaupten.«

Doch bevor Alejandro die Gelegenheit bekommt, eine weitere Bemerkung abzugeben, stoßen Moritz und Hannes zu uns. Da wir inzwischen spät dran sind, können die beiden nur kurz über Adams neues Aussehen staunen, bevor Hannes uns wie ein Feldherr zu der weißen Limousine jagt, die bereits auf uns wartet. Vor lauter Hektik habe ich Hannes gar nicht mehr erklären können, dass ich lieber doch nicht für Deriya einspringen möchte und nun sitze ich schon im Auto. Andererseits dauert der Flug nur knapp eine halbe Stunde. Während die anderen unterwegs sind, kann ich Fotos machen und ein paar Nachrichten verschicken. Also ist es vielleicht ganz gut, dass ich zumindest mit zum Flugplatz fahre. Meine Eltern, die noch nie in Las Vegas waren, fragen nämlich täglich nach Bildern von der Stadt.

»Ich kann es nicht glauben.« Moritz sieht Adam prüfend an, dann schaut er zu mir. »Hast du ihn dazu überredet?«

»Nicht direkt. Ich habe ihm nur gesagt, dass ich neugierig bin, wie er wohl ohne Bart aussehen würde.«

Hannes klopft Adam auf die Schulter. »Sieht gut aus.«

Moritz wirft mir einen herausfordernden Blick zu und zieht die Augenbrauen hoch, während er sich mit der Hand über das glatt rasierte Kinn fährt. »Hast du für mich auch einen Tipp, was ich an mir ändern sollte?«

Fast rutscht mir ein »*Du bist perfekt, so wie du bist*« heraus, doch ich kann meine Zunge gerade rechtzeitig bremsen.

»Ich weiß nicht«, erwidere ich grinsend. »Du bist

ziemlich vorlaut. Aber ich weiß echt nicht, was man dagegen tun kann.«

»Ich schon«, sagt Moritz und tippt sich auf die Lippen. Mir entgeht nicht, dass Hannes die Augen verdreht, und das erinnert mich an mein Anliegen, das ich eigentlich mit ihm klären will. Auch wenn es mir lieber gewesen wäre, das unter vier Augen mit ihm zu besprechen.

»Hannes, es ist echt lieb, dass du gefragt hast, aber ich glaube, ich bleibe gleich lieber am Boden. Eigentlich wollte ich es dir eben schon sagen, aber dann war plötzlich so eine Hektik, weil wir es eilig hatten.«

»Das ist auch gut so!«, sagt Rieke sofort. »Du willst mich doch wohl nicht alleine mit den Jungs fliegen lassen!«

»Ich hoffe, eine Pilotin oder ein Pilot ist auch noch mit an Bord.«

Rieke kichert. »Das hoffe ich auch.«

»Diese Hubschrauberflüge sind wirklich sicher«, versichert Hannes mir. »Unsere Eltern haben das damals schon mit uns gemacht, als wir noch Teenager waren.«

»Hm«, mache ich nur.

»Und Moritz muss bestimmt wieder hinten sitzen.« Hannes wirkt amüsiert.

»Wieso hinten sitzen?«, frage ich.

»Na, beim Hubschrauber erfolgt die Verteilung der Passagiere nach Gewicht. Und meistens sitzen die schweren Kandidaten eher hinten.«

»Häh?« Rieke sieht Hannes ratlos an. »Schätzt dann gleich der Pilot unser Gewicht und dann erst dürfen wir einsteigen, oder wie?«

»So einfach ist das nicht«, sagt Hannes. »Erst mal müssen wir gleich einen Bogen ausfüllen, mit dem wir versichern, dass wir wissen, was wir da tun und so weiter. Die müssen sich rechtlich eben auch absichern.«

»O Gott!«, sage ich. Ich werde nicht in einen Hubschrauber steigen!

»Danach wird jeder Passagier gewogen«, erzählt er unbeirrt weiter.

»Ich werde da gewogen?« Rieke reißt entsetzt die Augen auf.

»Ja, mit allem, was du dabei hast. Also auch deine Handtasche. Es sei denn, die kommt nicht mit in den Hubschrauber.«

»Doch, kommt sie«, meint Rieke bestimmt. »Und meine Handtasche ist übrigens sehr schwer.«

Hannes grinst. »Erst nach dem Wiegen entscheidet der Pilot, wer wo sitzt. Beim Hubschrauber spielt die Gewichtsverteilung eine wichtige Rolle.«

Moritz blickt ausnahmsweise mal etwas grimmig drein.

»Lass dich nicht ärgern, Brüderchen. Wir wissen doch alle, dass Muskeln mehr wiegen als Fett.«

»Ach«, sagt Moritz, während Alejandro Rieke in die Taille kneift.

»Na Schatz, was denkst du denn, was die Waage gleich sagt?« Er grinst fies. »Seit unserem All-inclusive-Urlaub im September behauptet sie nämlich, unsere Waage sei kaputt.«

»Das ist sie auch! Und du brauchst gar nicht denken, dass du gleich gucken darfst, wenn die mich mit Klamotten und Handtasche auf die Waage stellen. Wenn Elli und ich auf die Waage gehen, dann könnt ihr Jungs euch mal schön verkrümeln.«

»Aber ich werde mich nicht wiegen lassen«, lege ich sofort Widerspruch ein. »Denn ich steige ganz bestimmt nicht in einen Hubschrauber!«

Eine halbe Stunde später stehe ich auf der Waage und eine Frau in Uniform notiert mein Gewicht auf einem Zettel, der in einem grauen Klemmbrett steckt. Ich muss daran arbeiten, besser Nein zu sagen. Nach der Diskussion über die Waage haben vor allem Rieke und Hannes auf mich eingeredet, dass ich doch unbedingt mitkommen sollte, denn ich würde es sicherlich bereuen, wenn ich das verpasse. Jedenfalls habe ich ihrem Betteln irgendwann nachgegeben. Außerdem wurde vor uns eine Familie mit zwei kleinen Kindern von höchstens sechs und acht Jahren gewogen, also dürfte das Ganze wohl wirklich sicher sein. Das versuche ich zumindest mir einzureden.

Als Rieke und ich mit dem Wiegen fertig sind, gesellen wir uns wieder zu den Jungs.

»Noch ein blöder Spruch zum Wiegen«, murrt Rieke an Alejandro gewandt, »und ich werde dem Piloten sagen, er soll dich unten an die Kufen hängen.«

Alejandro geht zu ihr, nimmt sie in den Arm und gibt ihr einen Kuss. »Lass dich doch nicht ärgern«, sagt er. »Ich habe selber zugenommen seit dem Urlaub.« Er klopft sich auf den Bauch, der eigentlich ziemlich flach aussieht.

»Family Waldmann? It's your turn.«

»Uh, dann geht es also los. Jetzt bin ich doch ein bisschen aufgeregt«, gibt Rieke zu.

»Wir können immer noch am Boden bleiben«, schlage ich hilfsbereit vor.

»Das könnte euch so passen«, brummt Alejandro. »Der Pilot hat bestimmt schon fleißig ausgerechnet, wer wo sitzen darf.«

Ich bin auch gespannt, wie die Gewichtsverteilung aussehen wird. Sollten Rieke und ich hinten sitzen müssen, sind das sicherlich nur unsere schweren Handtaschen schuld. Ziemlich aufgeregt folge ich den anderen auf den Flugplatz, wo der Helikopter auf uns wartet. Es ist bereits recht dunkel, aber die Luft noch angenehm warm. Der Pilot, den ich auf etwa Mitte vierzig schätze, steht bereits neben dem Hubschrauber. Eine Frau weist uns ein, wo wir sitzen sollen. Rieke landet zusammen mit Adam und mir vorne, Hannes, Alejandro und Moritz werden mit einem weiteren Mann, der nicht zu unserer Gruppe gehört, nach hinten verfrachtet. Ich überlege einen Moment, ob ich schnell wieder aussteigen kann, doch kaum habe ich darüber nachgedacht, steigt der Pilot zu uns und gibt uns Anweisung, die Kopfhörer aufzusetzen. Dann rückt er sich einmal im Sitz zurecht und betätigt ein paar Hebel. Ich fürchte, ich habe die letzte Fluchtmöglich-keit verpasst, denn er erzählt uns, dass wir nun starten werden, und nennt ein paar technische Details, bei denen ich allerdings nicht besonders aufmerksam zuhöre. Anders als Adam, der sehr interessiert beobachtet, was der Pilot tut. Da ich zwischen Adam und dem Piloten sitze, kann ich sogar dabei zusehen, wie viel Fußarbeit der Mann an den Pedalen leisten muss, um den Hubschrau-ber in die Luft zu befördern. Das wirkt alles ganz schön kompliziert, aber sicherlich hat er das schon hunderte Male gemacht und wir befinden uns in besten Händen. Hoffentlich!

»Aufgeregt?«, fragt Adam.

»Sehr.«

Er hält mir ein Päckchen mit Kaugummis hin und ich nehme dankbar eines. Dann versuche ich ruhig zu atmen, damit ich nicht anfange zu hyperventilieren. Plötzlich spüre ich eine warme Hand, die sich auf meine legt. Und auch wenn ich über diese Geste von Adam zuerst irritiert bin, hat es doch etwas Beruhigendes an sich. Generell ist er jemand, der eine innere Ruhe ausstrahlt. Also lasse ich seine Hand, wo sie ist, und bin kurz danach beeindruckt von dem Anblick der in der Dunkelheit so eindrucksvollen Stadt, als wir uns dem Las-Vegas-Strip nähern. Ich wünschte, ich könnte diese Aussicht von oben auf einem Foto festhalten. Doch mir ist klar, dass ich mit meiner Handykamera in einem sich bewegenden Hubschrauber bei Dunkelheit, und etwas zittrigen Händen, sowieso kein gescheites Bild hinbekommen würde. Also genieße ich einfach den Ausblick, während der Pilot uns erklärt, was wir da gerade zu sehen bekommen. Wir fliegen über die Hotels, natürlich auch über das Bellagio, und bis hin zum Stratosphere Tower, dem höchsten Gebäude der Stadt. In einiger Entfernung dreht ein weiterer Hubschrauber seine nächtliche Runde. Mit einem Mal bin ich tatsächlich froh, dass ich mich zu diesem Ereignis habe überreden lassen. Schon wieder etwas, wofür ich Hannes zu danken habe. Leider habe ich noch immer keine gute Idee, wie ich mich für die Reise bei ihm revanchieren kann.

Abgelenkt von der tollen Aussicht, und den vielen Eindrücken so weit oben aus der Luft, habe ich meine Angst rasch vergessen und die halbe Stunde im Hubschrauber vergeht viel zu schnell. Adam hält dennoch die ganze Zeit meine Hand in seiner, was ich echt lieb von ihm finde. Er mag kein Mann der großen Worte sein, doch offenbar ist er durchaus empathisch.

Nachdem wir gelandet sind, danken wir dem Piloten herzlich für die großartige Tour, denn nicht nur ich bin von dem Flug begeistert.

»Siehst du, wir haben überlebt«, sagt Rieke lachend und klopft mir auf die Schulter.

»Danke, dass ihr mich überredet habt, mitzukommen.«

»Aber gern doch!« Hannes strahlt mich an.

»Das sollte gefeiert werden«, schlägt Alejandro vor, während wir auf die Limousine zugehen, die uns abholt.

»Ich bin zwar auch noch nicht richtig müde«, sagt Rieke, »aber ich muss morgen echt früh raus.« Ihr Blick fällt auf mich und sie schlägt sich erschrocken die Hand vor den Mund. »Das hatte ich ja völlig vergessen. Ich habe dir gar nicht Bescheid gesagt.«

»Bescheid gesagt über was?« Mir wird ein bisschen mulmig.

»Deriya und ich haben morgen einen Termin beim Hairstylisten und wir werden dann auch für die Feier geschminkt.«

»Ach so! Ich dachte schon, ich hätte irgendwas Wichtiges verpasst.«

»Das nicht, aber das wäre für dich doch auch interessant, oder nicht?«

»Ich weiß nicht …«

»Es war ein Tipp von Nadine. Sie hat uns gesagt, wo man das gut machen lassen kann, denn sie ist morgen mit Britta dort angemeldet, sogar noch vor uns. Und wenn du mitkommen willst, ist das bestimmt kein Problem.«

»Wann müsst ihr denn da sein?«

»Um neun Uhr.«

»Was denn, so früh? Was lasst ihr denn alles machen?«

»Na, wie gesagt ist es ein Gruppentermin. Britta und Nadine sind kurz vor uns dran, deswegen fahren sie selber. Und um zwölf Uhr müssen wir schon an der Kapelle sein.«

»Ich glaube, das ist nichts für mich. Das ist bestimmt auch ganz schön teuer dafür, dass die mir ein paar Lockenwickler ins Haar drehen oder so.«

Moritz lacht auf. »Das würde ich allerdings gerne sehen.« Ich dagegen würde gerne etwas nach ihm schmeißen, aber es liegt nichts Passendes in der Limousine bereit.

»Die machen nicht nur die Haare, sondern du wirst

auch geschminkt.« Da Rieke neben mir sitzt, hebt sie meine Haare an, die gerade zu einem lockeren Zopf gebunden sind. »Du hast mir doch ein Foto von deinem Kleid für die Hochzeit gezeigt. Hochgesteckt würden deine Haare bestimmt toll dazu aussehen.«

»Ich bin aber doch erst mal in dem Hosenanzug bei der Trauung, weil ich auf der Feier noch Gitarre spielen muss.«

»Auf gar keinen Fall!«, ruft Rieke entsetzt. »Du musst in dem schönen Abendkleid zu der Trauung kommen, dann kannst du dich für den Auftritt immer noch umziehen. Die Feier ist doch eh im Hotel. Und außerdem wird sowieso erst mal Kuchen gegessen nachmittags, oder? Den Song spielt ihr doch erst abends.« Fragend sieht sie Hannes an.

»Ja, zwischendurch ist etwas Pause. Wir fahren zur Kapelle, dort findet die Trauung statt, und dann geht es zurück zum Hotel für den Kuchenempfang. Danach gibt es eine kurze Pause, denn dann haben Britta und Theo ihr Fotoshooting und das wird eine Weile dauern.«

Moritz nickt zustimmend. »In der Zeit haben wir als Gäste eine Pause im Hotel, bis dann um achtzehn Uhr die Feier offiziell anfängt mit Abendessen und allem. Der Raum für die Feier ist aber schon ab siebzehn Uhr gemietet und es werden kleine Häppchen und Getränke gereicht, während wir auf das Brautpaar warten müssen.«

»Siehst du«, sagt Rieke zufrieden zu mir. »Du kannst im Kleid zur Hochzeit kommen, Kuchen essen, dich umziehen, Musik machen und dann das Kleid wieder anziehen.«

Meine Begeisterung darüber hält sich in Grenzen. »Ich weiß nicht.«

Doch Rieke lässt nicht locker. »Vor der Kirche werden doch die ganzen Fotos gemacht.«

»Allerdings«, pflichtet Moritz ihr bei. »Ein Fotograf ist ab der Hochzeit in der Kapelle mit von der Partie.«

»Und da willst du bestimmt lieber im Kleid sein«, meint Rieke sofort.

»Mag sein.«

»Also, ich frühstücke um halb neun«, ergreift Rieke wieder das Wort, »und dann treffen wir uns in der Lobby und ich fahre zum Hairstylisten.«

»Also gut, meinetwegen«, verspreche ich. Immerhin habe ich dank Moritz mein Einkaufsgeld gespart, das sollte hoffentlich für ein Hairstyling und etwas Schminke reichen. Andererseits will ich ihn noch ins Picasso einladen …

Rieke zeigt mir den Daumen hoch. »Das wird bestimmt lustig. Ich bin schon so gespannt auf morgen.«

»Was ist denn eigentlich mit Clara und Yuiko?«

»Die machen sich lieber selber in Ruhe fertig. Zumindest ist das mein letzter Stand.«

Unter ausgelassener Stimmung erreichen wir unser Hotel und machen uns direkt auf den Weg zum Büfettrestaurant. Hannes hat zwischendurch mit Deriya geschrieben, die versprochen hat, schon mal nach einem großen Tisch für die Gruppe zu schauen. Den hat sie auch tatsächlich ergattert, denn als wir ins Restaurant kommen, erwartet sie uns an einem Tisch und winkt uns sogar zu, wenn auch mit ziemlich ernster Miene.

»Hallo«, begrüßt Rieke sie und Deriya lächelt ihr zu. Die Begrüßung zwischen Hannes und ihr fällt jedoch ziemlich kühl aus. Er geht zwar zu ihr und drückt ihr kurz die Schulter, aber das war es auch schon. Sie sind so ganz anders als Rieke und Alejandro, die sich immer mal wieder kabbeln, aber sehr vertraut miteinander wirken und sich ständig berühren. Ich frage mich, ob Hannes und Deriya immer schon so distanziert waren, oder ob sie ausgerechnet jetzt in einer Beziehungskrise stecken, auch wenn sie erst seit einigen Monaten ein Paar sind. Andererseits ist es besser, wenn sie bereits jetzt merken, dass es vielleicht nicht so das Wahre ist mit ihrer Beziehung.

Da im Büfettrestaurant Selbstbedienung angesagt ist, dauert es eine Weile, bis wir alle gemeinsam am Tisch sitzen und jeder etwas Leckeres vor sich stehen hat.

»Elli, danke für gestern«, sagt Deriya plötzlich ein wenig peinlich berührt und ich kann nur stumm nicken, weil ich mir gerade eine Gabel mit mehreren Pommes in den Mund gestopft habe.

»Wirklich schade, dass ihr die Lichtershow verpasst habt«, bringt Rieke sich in das Thema ein. »Die war echt beeindruckend.«

»Die Fotos sehen jedenfalls toll aus«, sage ich, da Rieke einige Bilder des Events im Band-Chat geteilt hat.

»Vielleicht könnt ihr das noch nachholen. Heute oder am Freitag oder so.«

»Freitag sind wir im Picasso«, wirft Hannes ein.

»Aber doch nicht bis Mitternacht!«, meint Rieke.

»Das wohl nicht«, gibt Hannes zu. »Wenn ihr da gerne hin wollt, finden wir bestimmt eine Möglichkeit.«

Moritz, der sich neben mich gesetzt hat, dreht sich zu mir. »Ich wollte dir doch sowieso ein wenig die Stadt zeigen. Da können wir das mit der Lichtershow machen, wenn wir noch Zeit dafür finden.«

»Und vielleicht möchtest du den nächtlichen Rundflug auch noch nachholen«, sagt Rieke an Deriya gewandt. »Den fand ich noch cooler.«

»Stimmt, der war großartig«, gebe ich zu. »Obwohl ich anfangs echt Schiss hatte.«

Doch Deriya blickt nicht interessiert, sondern vielmehr sauertöpfisch drein. Nur Hannes scheint das nicht zu bemerken, denn während er damit beschäftigt ist, ein Stück Fleisch abzuschneiden, meint er: »Klar, wenn du willst, holen wir das nach.«

»Nein, danke.«

Hannes hält in der Schneidebewegung inne und sieht Deriya nachdenklich an. »Und was ist mit der Lichtershow? Möchtest du die noch besuchen?«

»Ich denke nicht.«

Die Stimmung zwischen den beiden wirkt eisig.

»Kommt gleich noch jemand mit ins Casino?«, fragt Rieke und man kann, dank des Themenwechsels, regelrecht ein erleichtertes Aufatmen am Tisch hören.

»Besser nicht«, antworte ich. »Ich will mein Geld nicht verzocken. Außer Moritz hatte schließlich beim letzten Mal keiner Glück.«

»Du hast nicht ernsthaft wieder gewonnen?«, fragt Hannes.

»Nur ein bisschen was. Der Trick ist einfach, rechtzeitig aufzuhören«, behauptet Moritz. »Und man braucht einen Glücksbringer.«

»Deswegen gehen wir besser nicht ins Casino«, sagt Alejandro mit strengem Blick zu Rieke. »Wir haben keinen Glücksbringer.«

»Aber ...«, setzt Rieke an, doch Alejandro unterbricht sie.

»Denk an deinen Opa.«

»Ich bin doch nicht wie mein Opa!«

»Doch!«, widerspricht er energisch. »Es ist der gleiche Geist, anscheinend gefangen in zwei verschiedenen Körpern.« Er kneift die Augen zusammen und senkt die Stimme, als wäre er ein Geisterbeschwörer. »Ist manchmal fast schon unheimlich.«

Rieke tätschelt lachend seinen Arm. »Glaubt ihm kein Wort!«

»Obwohl ich noch gar nicht gezockt habe, gehe ich heute lieber früh ins Bett«, entscheide ich. »Immerhin hat Rieke mich zu dieser Schönheitsaktion am frühen Morgen überredet.«

Rieke verzieht das Gesicht. »Stimmt ja! Ich hatte schon wieder verdrängt, wie früh wir aufstehen müssen.«

Deriya wirft ihre Serviette auf den Teller. »Deswegen gehe ich nun auch mal aufs Zimmer.« Sie schiebt ihren Stuhl zurück. »Bis morgen und gute Nacht.« Dann steht sie auf und geht. Wir starren ihr verblüfft hinterher, inklusive Hannes, der noch mit seinem Nachtisch beschäftigt ist.

»Mann, hat die eine scheiß Laune«, murmelt Alejandro, und aufgrund seines schmerzverzerrten Gesichts vermute ich, dass Rieke ihm unter dem Tisch einen Tritt verpasst hat.

»Tut mir leid, dass wir euch die Stimmung verdorben haben«, entschuldigt sich Hannes.

»An dir liegt es nicht«, sagt Alejandro, während Moritz ein »Das kann ja lustig werden morgen« murmelt.

Hannes sieht seinen Bruder entschuldigend an. »Das kriegen wir schon hin.«

Moritz sagt nichts, aber ich habe das Gefühl, dass da noch etwas Unausgesprochenes zwischen den Brüdern in der Luft schwebt. Was das allerdings ist, erfahre ich an diesem Abend nicht mehr. Die Stimmung ist hin und durch meine Erinnerung an das Styling beschließt sogar Rieke, heute auf das Casino zu verzichten. Darüber scheint vor allem Alejandro erleichtert zu sein. Vermutlich hat er wirklich Sorge, dass Rieke ihr restliches Urlaubsgeld verzockt. Also machen wir uns gemeinsam auf den Weg zum Aufzug.

Während wir dort auf den nächsten Fahrstuhl warten, stoßen zwei junge und offensichtlich stark angeheiterte

Frauen zu uns. Da Alejandro und Rieke Händchen halten, entgeht mir nicht, wie die Damen die drei anderen Jungs ausgiebig mustern und die etwas größere blonde Frau scheint Moritz ihr Interesse bekunden zu wollen. In meinem Inneren brodelt es. Nicht dass ich irgendeinen Anspruch auf Moritz hätte, aber dass die blöde Kuh regelrecht ihre Brüste noch mal zurechtrückt und sich dann mit der Zunge langsam über die Oberlippe fährt, ist wirklich billig. Plötzlich höre ich ein leises Lachen an meinem Ohr.

Moritz legt den Arm um mich und beugt sich zu mir. »Eifersüchtig, Zopfmädchen?«

Mist! Offenbar habe ich genauso säuerlich geguckt, wie ich mich gefühlt habe. »Wie kommst du denn darauf?«

»Och, ich weiß nicht«, sagt er belustigt.

Sein Arm um meine Schulter fühlt sich gut an, noch besser gefällt mir aber das verdutzte Gesicht der Frau. Ich muss mich echt beherrschen, ihr nicht den Stinkefinger zu zeigen. Doch erst als wir unsere Etage erreicht haben, wird mir klar, was das eigentlich bedeutet: Moritz hat gerade für mich auf einen Flirt verzichtet. Oder war die Frau vielleicht nur nicht sein Typ? Andererseits war sie wirklich hübsch, wenn auch für meinen Geschmack etwas zu aufgetakelt. Generell laufen hier viele hübsche, leicht bekleidete Frauen herum. Ob ich Moritz also unrecht getan habe, als ich davon ausgegangen bin, dass er ein Einzelzimmer haben will, um Frauen aufzureißen?

Immerhin wollte er gestern mit mir Fernsehen in seinem Zimmer gucken. Nicht mal in den Strip Club ist er mitgegangen.

Sein Arm bleibt um meine Schulter liegen, bis wir sein Zimmer erreichen und er uns eine gute Nacht wünscht.

»Viel Spaß morgen, Elli«, sagt er dann. »Ich bin wirklich gespannt auf dein Abendkleid.«

Mit Herzklopfen laufe ich Adam hinterher, der zielstrebig auf unsere Zimmertür zusteuert. Kaum dass wir dort sind, verschwindet er im Bad, während ich den Knitterstatus von meinem Kleid überprüfe. Es hatte den Flug zum Glück gut überstanden und die restlichen Fältchen haben sich ausgehangen. Vorsichtig hänge ich es zurück in den begehbaren Schrank und nehme den Hosenanzug heraus, den ich für den Einsatz mit der Band tragen werde. Die Idee der anderen war, einen auf Blues Brothers zu machen, und entsprechend hatten sie geplant, schwarze Anzüge mit weißen Hemden und schwarzer Krawatte zu tragen. Ich musste so kurzfristig auf eine schwarze Jeans ausweichen und die Krawatte hat Hannes für mich besorgt. Ebenso hat er für uns alle passende Hüte organisiert. Nun wird mir nur noch einer der Jungs oder Clara beim Binden der Krawatte helfen müssen, denn so was habe ich noch nie gemacht. Da wir aber als Band recht schick aussehen werden, finde ich das Outfit durchaus passend für die Trauung in der Kapelle. Aber nach dem Austausch mit Rieke werde ich wohl doch das Kleid anziehen, auch wenn ich mich dann zweimal umziehen muss.

Als Adam aus dem Bad kommt, bringt er einen Duft nach Zahnpasta und Seife mit in den Schlafbereich.

»Du Adam, du hast das doch mit dem Bart wirklich nicht nur wegen mir gemacht, oder?«

»Macht dir das Sorgen?«

»Ehrlich gesagt, ja.«

Er wirkt verblüfft. »Warum?«

»Na, du hast doch sicherlich an dem Bart gehangen und nur weil ich gesagt habe, dass ich neugierig bin, wie du ohne Bart aussehen würdest ... Also das ist vielleicht eine Entscheidung, die du später bereust. Und dann wäre ich schuld.«

»Ich bereue das nicht. Außerdem wächst der schnell bei mir.«

»Okay.«

Er sieht mich mit seinen wachsamen dunklen Augen aufmerksam an. Ich mag ihn. Und das verwirrt mich zugleich, weil er in vielen Dingen das komplette Gegenteil von Moritz ist. Andererseits löst er nicht dieses Kribbeln in mir aus, wie Moritz es tut, und auch keine unanständigen Gedanken. Zumindest bisher nicht.

»Das war sehr nett heute«, sage ich. »Also ich meine, dass du beim Flug meine Hand gehalten hast.«

»Du hattest Angst.«

»O ja, die hatte ich tatsächlich. Am Anfang zumindest. Völlig unnötig, wenn ich im Nachhinein darüber nachdenke. Ich bin happy, dass ich mitgekommen bin.«

»Die Stimmung am Tisch eben hat mich gestresst«, wechselt er plötzlich das Thema, während er sich ins Bett legt.

»Mich auch«, gebe ich zu. »Ich weiß nicht, was mit den beiden los ist. Aber du hast mit Hannes schon darüber geredet heute, oder?«

»Ja.«

»Ich hoffe, die beiden bekommen das in den Griff.«

Adam schweigt, was ich nicht als besonders gutes Zeichen werte.

»Übrigens hat eben dein Handy ständig gebimmelt. Vielleicht ist es was Wichtiges.«

Adam seufzt leise, steht wieder auf und geht zu der großen TV-Kommode, auf der sein Telefon liegt. Während er etwas auf dem kleinen Bildschirm liest, schmunzelt er.

»Moritz«, sagt er dann, als er meinen fragenden Gesichtsausdruck bemerkt.

»Hoffentlich keine kurzfristigen Planänderungen mehr für morgen«, brumme ich, während ich mir den Wecker stelle, damit ich pünktlich beim Styling dabei sein kann. Adam schüttelt den Kopf und wirkt noch immer erheitert. Ich würde zu gerne wissen, was Moritz ihm schreibt, aber Adam sieht nicht so aus, als ob er darüber reden will. Wie schade! Also gehe ich ins Bad und beginne mit der üblichen Zubettgeh-Prozedur, während der ich mich frage, wie Adam eigentlich mit mir als Mitbewohnerin zurechtkommt. Ob er es mir sagen würde, wenn ihn irgendetwas stört? Immerhin muss er sich mit der Situation ebenso arrangieren wie ich.

Als ich mit allem fertig bin und an Adams Bett vorbeilaufe, hat er sein Nachtlicht an und liest in seinem Thriller. Er unterbricht allerdings kurz, als ich mich durchs Zimmer bewege, sodass ich mich beeile, unter die Decke zu kommen.

»Moritz ist ein guter Kerl«, sagt er mit ernster Miene, ohne den Blick von mir abzuwenden.

»Äh, wie kommst du denn jetzt darauf?«

»Wir haben geschrieben«, sagt er nach einer längeren Pause, als hätte ich ihm eine schwierige Frage gestellt.

»Du und Moritz?«

Er nickt, aber ich verstehe nur Bahnhof. »Ihr habt darüber geschrieben, dass Moritz ein netter Kerl ist?«, hake ich nach.

»Nein.«

Da ich nicht zu neugierig wirken möchte, obwohl ich es bin, halte ich mich mit der Frage zurück, worüber sie denn geschrieben haben. »Kennst du Moritz besser?«, will ich stattdessen wissen.

»Ein wenig.«

»Dann ist er wohl immer noch so oft bei den Proben dabei?«

»Nein. Aber ich treffe ihn manchmal auf dem Reiterhof.«

»Moritz reitet?«

Jetzt grinst er. »Er versucht es zumindest.«

Das überrascht mich, denn es ist ein Hobby, das ich Moritz gar nicht zugetraut hätte. »Wow, er scheint so einige Hobbys zu haben.« Schwimmen, Reiten, ein bisschen Keyboard spielen, flirten, ...

»Ja«, sagt Adam und hält sich wieder das Buch vor die Nase, womit das Gespräch für ihn beendet zu sein scheint.

»Wieso erzählst du mir plötzlich, dass Moritz ein guter Kerl ist?«

Adam lässt das Buch auf die Bettdecke sinken. »Weil du es wissen solltest.«

»Hat Moritz dir gesagt, dass du mir das sagen sollst?«

Er wirkt erstaunt über die Frage. »Nein.«

»Okay.« Zweifelnd sehe ich ihn an. »Ich meine, ich komme aus dem Bad und plötzlich erzählst du mir, dass Moritz ein guter Kerl ist. Das wundert mich halt.«

Adam kratzt sich an seinem Dreitagebart und erlöst mich von meiner Unwissenheit. »Er hat gefragt, ob das Händchenhalten etwas zu bedeuten hatte.«

»Im Hubschrauber? Das ist ihm aufgefallen?«

»Offensichtlich ja.«

Wie gerne ich mir jetzt Adams Handy schnappen und die Konversation zwischen den beiden lesen würde. Vielleicht hätte Adam nicht mal was dagegen, aber so dreist will ich dann doch nicht sein.

»Und, was hast du ihm geantwortet?«, will ich wenigstens wissen.

»Dass ich dich sexuell anziehend finde, aber das auf dem Flug nichts weiter zu bedeuten hatte.«

Ich lache überrascht auf. Hat er das gerade wirklich gesagt oder träume ich?

»Du hast ihm geschrieben, dass du mich sexuell anziehend findest?«

»Ja.«

»Machst du dich lustig über mich?«

Er sieht mich entgeistert an. »Nein.«

»Du meinst das ernst?«

Er schaut drein, als würde es ihn wundern, dass ich ihm das nicht glauben kann. Ich hätte gerne Moritz' Gesicht gesehen, als er diese Antwort von Adam gelesen hat.

»Ach, egal …« Ich breche den Satz ab, denn ich weiß nicht, was ich sagen soll. Ich fühle mich durchaus geehrt, aber seine ehrliche Aussage überfordert mich. Da liege ich mit diesem knapp geschnittenen Sleepshirt mit ihm in einem Zimmer, das wir uns noch ein paar Tage teilen müssen, und Adam findet mich sexuell interessant. Andererseits sollte ich das nicht überinterpretieren. Er hat schließlich nicht gesagt, dass er mich heiraten will. Vielleicht findet er jede zweite Frau sexuell interessant und es ist nicht mal ein besonderes Kompliment.

Adam wirkt nachdenklich, sein Buch ruht immer noch auf der Bettdecke. »Habe ich was Falsches gesagt?«

»Nein, alles gut. Wirklich. Ich bin nur verwundert, dass du das so offen sagst. Das hatte ich nicht erwartet.«

»Ich wollte dich nicht in Verlegenheit bringen.«

»Schon gut. Es ist nett, dass du für Moritz ein gutes Wort einlegst. Als ich ihn kennengelernt habe, hatte er ständig irgendeine andere Frau an seiner Seite.«

Adam runzelt die Stirn. »Seit ich ihn kenne, ist er anscheinend Single.«

»Hatte er keine Freundinnen mehr mit auf den Proben?«

Er schüttelt den Kopf, öffnet den Mund, schließt ihn dann aber wieder. Ich warte einen Moment ab, ob er noch etwas ergänzen möchte, doch stattdessen hebt er sein Buch vor das Gesicht, um weiterzulesen. Für ihn scheint das Thema erledigt zu sein. Wenn Adam noch lesen will, kann ich die Zeit nutzen, um Laura auf den neuesten Stand zu bringen, also greife ich nach meinem Smartphone.

*Hey! Der Hubschrauberflug war echt aufregend. Ich hatte total Schiss anfangs, aber es war wirklich toll. Adam und ich durften vorne neben dem Piloten sitzen und der Anblick von Las Vegas von oben war großartig. Leider kann ich dir kein Foto davon schicken. Adam hat während des Fluges meine Hand gehalten, weil er gemerkt hat, wie aufgeregt ich bin. Und anscheinend ist Moritz nun eifersüchtig, denn er hat Adam gefragt, ob das was zu bedeuten hat (laut Adam hat es das nicht, obwohl er mich sexuell anziehend findet – kein Witz, das hat er exakt so gesagt!). Ich wünsche dir noch einen schönen Tag heute. Für mich ist jetzt Schlafenszeit. Vermiss dich! Elli :**

Ich habe gerade das Handy weggelegt, als mein Telefon brummt.

*O mein Gott! Waaaas? Adam findet dich sexuell anziehend und ihr habt Händchen gehalten? Und Moritz ist eifersüchtig? Du musst mir JEDES Detail erzählen, wenn ich dich vom Flughafen abhole. Aber jetzt muss ich leider weiter arbeiten, bevor man mich am Handy erwischt. ;) Aber wegen Moritz: Ich bin mir sicher, er meint es ernst. Gib' dem Mann endlich eine Chance (oder doch lieber dem Händchenhalter? Oder beiden??? Rrrr, du Tiger! :D)! *kuss* Laura*

14. Donnerstag, 31.10. – Let's style

Als wir das Hairstyling-Studio betreten, fühle ich mich ein bisschen in eine Folge von Germanys Next Top Model hineinversetzt. Das Studio hat das Flair einer alten Fabrikhalle mit den gemauerten Wänden, ist aber sehr modern eingerichtet. Vor mehreren schwarzen Frisierstühlen befindet sich eine riesige Spiegelfläche, die sich über die gesamte Wand erstreckt. Etwas abgetrennt davon befinden sich drei weitere Stühle mit Waschbecken, wo Britta und Nadine gerade die Haare eingeschäumt werden. Es riecht nach einem süßlichen Shampoo und außerdem nach Kaffee. Ich hoffe, so ein Heißgetränk wird uns gleich auch angeboten, denn Koffein kann an diesem langen Tag nicht schaden.

Deriya, Rieke und ich nehmen auf einer braunen Ledercouch Platz, doch als wir uns gerade gesetzt haben, kommt eine junge Frau mit lockigen schwarzen Haaren auf uns zu und begrüßt uns freundlich. Wenn ich alles richtig verstehe, erklärt sie uns, dass sie schon vorgewarnt wurde, dass wir nun insgesamt zu fünft sind. Dabei deutet sie nach hinten auf Nadine und Britta und fragt, ob wir schon konkrete Ideen für die Frisuren mitgebracht haben. Rieke möchte ihre hellbraunen, schulterlangen Haare gerne offen tragen, aber ein bisschen Form in der Frisur haben, statt sie einfach glatt herunterhängen zu lassen. Deriya und ich dagegen haben uns für Hochsteckfrisuren entschieden. Zu der dunkelhaarigen Frau gesellt sich eine etwas ältere Kollegin mit bunten Haaren. Diese sind dunkelbraun am Ansatz, gehen dann in ein dunkles Blau auf Schulterhöhe über und enden in einem Purpurton zwischen den Schulterblättern.

»Das hat auch was«, sagt Rieke bewundernd. »Aber ich fürchte, färben ist zeitlich nicht mehr drin.«

Deriya und ich landen auf den Stühlen zum Haarewaschen und die Stylistinnen plaudern munter drauflos, während sie sich um uns kümmern. Erfreut stelle ich fest, dass ich die beiden wesentlich besser verstehe als den strengen Officer am Flughafen.

Nach dem Waschen müssen wir einen Moment warten und bekommen zum Glück wirklich einen Kaffee angeboten. Ich nutze die Zeit, um auf dem Handy zu surfen, bis die Stylistinnen wieder zu uns kommen und damit beginnen, unsere Haare für die Hochsteckfrisuren in Form zu bringen. Das machen sie allerdings nicht gerade sanft. »Autsch!«, faucht Deriya empört neben mir.

Ich dagegen beschwere mich lieber nicht.

»Wer schön sein will, muss leiden«, sagt Rieke laut, die sich, mit einem Handtuchturban auf dem Kopf, neben uns setzt. Auch ihr wird nun ein Getränk angeboten, Deriya und ich haben beide bereits einen Cappuccino vor uns auf dem Tisch stehen.

»Das geht aber auch anders«, sagt Deriya pikiert.

»Es wird bestimmt toll aussehen«, versichert uns Rieke, die einen Moment warten muss, bis sich wieder um sie gekümmert wird. »Bist du eigentlich schon aufgeregt?«, ruft sie nun etwas lauter in Brittas Richtung, denn die Braut sitzt ein paar Plätze von uns entfernt.

»Wie kommst du denn darauf?«

Nadine lacht. »Ihr flattern die Nerven, aber ich bin ja da, um aufzupassen. Eine Braut, die türmt, wird es bei uns heute nicht geben.«

»Das will ich doch auch gar nicht«, versichert Britta schnell.

»Ich bin sehr gespannt auf dein Kleid«, sage ich.

»Es ist wundervoll«, schwärmt Nadine, die den ganzen Kopf voll mit Lockenwicklern hat, während Brittas Stylistin mit einer Rundbürste und einem Föhn anrückt.

Während wir geduldig an unseren Haaren zupfen und zerren lassen, überlege ich mal wieder, womit ich Hannes als Dankeschön eine Freude machen könnte, auch wenn er immer sagt, dass er mir zu danken hätte.

»Deriya, hast du zufällig eine Idee, wie ich mich bei Hannes für die Reise bedanken kann? Mir fällt einfach nichts ein.«

»Es ist schwierig, Hannes eine Freude zu machen«, behauptet sie.

»Schade. Aber falls dir doch noch was einfällt, bin ich für jeden Vorschlag offen.« Auch wenn ich keinen guten Draht zu Deriya habe und sie derzeit nicht besonders gut auf Hannes zu sprechen ist, so hatte ich doch gehofft, dass sie mir bei diesem Thema einen Rat geben kann.

»Er würde sich freuen, wenn du in die Band zurückkommst«, sagt Rieke und kratzt sich unter einem der Lockenwickler, woraufhin sie prompt von der Stylistin gebeten wird, das bitte zu unterlassen. »Boah, diese Nadeln jucken vielleicht«, meckert sie.

»Sagtest du nicht eben, wer schön sein will, muss leiden?«

»Ja, ja, stimmt schon.« Sie kichert.

»In die Band will ich nicht zurück. Ich muss mir was anderes einfallen lassen.«

»Du hast dich schon entschieden?« Rieke klingt enttäuscht. »Ich dachte, du überlegst noch. Zumindest klang es bei Alejandro so.«

Verdammt, nun habe ich mich verplappert. Da ich vor einem Spiegel sitze, bemerke ich, wie schuldbewusst ich aussehe. »Ich wollte ihn hier im Urlaub nicht vor den Kopf stoßen«, rücke ich mit der Wahrheit heraus. »Alejandro hat mich gebeten, den Auftritt abzuwarten.«

»Alejandro und Hannes werden darüber echt enttäuscht sein. Und Clara mit Sicherheit auch. Sie meinte zwar, sie mag die Jungs, aber dass es schon schade wäre, dass die anderen Mädels aufgehört haben.«

»Ich kann sie verstehen. Aber sie, Alejandro und Hannes haben ganz andere Pläne für die Band als ich. Außerdem muss ich mich nächstes Jahr um meinen Masterabschluss kümmern.«

»Hm, das verstehe ich.« Rieke blickt nachdenklich ihr eigenes Spiegelbild an und sieht dann zu Deriya. »Und dir fällt wirklich nichts ein als Dankeschön für Hannes?«

»Nein.«

»Ich kann Alejandro mal fragen«, bietet Rieke an. »Der käme übrigens nie auf die Idee, Hannes auch mal irgendwie für die Reise zu danken.«

»So muss er sich wenigstens nicht den Kopf zerbrechen, was er ... Au!« Ich zucke zusammen, als die Stylistin heftig an einer Haarsträhne zerrt.

Rieke grinst schadenfroh. »Ich war erst neidisch auf eure längeren Haare und die Hochsteckfrisuren, die ihr damit machen könnt. Aber ich glaube, mit den offenen Haaren komme ich doch besser weg.«

»Wir sehen bezaubernd aus!«, lautet Riekes Fazit, als wir einige Zeit später gemeinsam vor der großen Spiegelwand stehen und uns betrachten. Die beiden Stylistinnen, die uns zunächst die Haare gemacht und dann geschminkt haben, stehen erwartungsvoll hinter uns. Und ja, auch wenn zwischendurch gezwickt und gezerrt wurde, das Ergebnis ist alles davon wert. Meine Erwartungen wurden weit übertroffen. So ging es zwanzig Minuten zuvor auch Nadine und Britta, die freudestrahlend den Salon verlassen haben.

»Wir sehen Hammer aus«, bekräftigt Rieke noch einmal. »Obwohl wir hier in Shirts und Jeans stehen. Wartet erst mal ab, wenn wir uns umgezogen haben.« Sie zupft ihr locker sitzendes Oberteil zurecht.

Aber da es nun schon zwanzig vor elf ist, müssen wir uns mit dem Bewundern sputen und dringend ins Hotel zurück.

»Wir müssen aufbrechen«, drängele ich. »Immerhin holt uns um halb zwölf doch schon die Limousine ab, um uns zur Kapelle zu bringen.«

Rieke gibt einen erschrockenen Laut von sich, aber dennoch bestehen die Stylistinnen noch darauf, ein Foto von uns zu machen. Nach einem schnellen Fotoshooting bedanken wir uns überschwänglich und geben ein großzügiges Trinkgeld, das mich ein wenig schmerzt, aber absolut angemessen ist. Dann beeilen wir uns, aus dem Laden zu kommen, was vermutlich ziemlich komisch aussieht, denn Deriya und ich trauen den Kunstwerken auf unseren Köpfen noch nicht so richtig und bewegen uns übervorsichtig. Auch in Riekes Auto achten wir peinlichst genau darauf, dass wir uns nirgends anlehnen.

Das könnte anstrengend werden für den Rest des Tages, denn bis zur Feier am Abend sollte die Frisur halten. Aber das Glanz-Fixierspray, das uns noch auf die Haare gesprüht wurde, sollte dabei hoffentlich helfen. Vielleicht ist auch eher das Gegenteil der Fall und Deriya und ich kriegen die zig Haarnadeln nie wieder raus, die alles an Ort und Stelle halten.

Im Hotel angekommen, verlieren wir nicht mehr viele Worte, denn nun ist es bereits kurz nach elf und wir haben nur noch knapp zwanzig Minuten Zeit, um uns umzuziehen. Zwar sind wir komplett fertig mit Frisur und Make-up, aber wir müssen noch einundzwanzig Etagen hoch- und wieder herunterfahren. Und ich dachte, der Termin um neun Uhr wäre viel zu früh, stattdessen bricht nun Hektik aus.

In unserem Zimmer treffe ich auf Adam, der sich gerade die schwarze Krawatte vor dem Spiegel bindet.

»Ah, gut, dass du das kannst«, begrüße ich ihn, denn als ich heute Morgen losmusste, hat er noch geschlafen. »Ich brauche das später auch für den Gig und habe noch nie eine Krawatte gebunden.«

»Ist ganz einfach.«

»Dann wäre es prima, wenn du mir später dabei helfen kannst. Ich muss mich vor unserem Auftritt doch noch umziehen.«

»Okay.«

»Ist das Bad frei?«, frage ich, schon mit dem Kleid in den Händen.

»Ja.«

»Super.« Ich flitze ins Bad und schmeiße die Tür hinter mir zu, dann streife ich meine Jeans ab und dann … ja, dann stehe ich da. Verdammt, wie soll ich jetzt dieses T-Shirt ausziehen und über den Kopf bekommen, ohne die Frisur oder das Make-up zu zerstören? Mist! Mist! Mist! Ich versuche, den T-Shirt-Ausschnitt so weit wie möglich zu dehnen, aber das wird niemals klappen, ohne dass ich irgendwo hinten an den Haaren hängen bleibe oder vorne im Gesicht, wo ich geschminkt bin. Also reiße ich die Schublade auf, in der ich das Nageletui verwahre und spiele einen Moment mit dem Gedanken, das T-Shirt aufzuschneiden. Aber ich mag dieses Shirt und habe es im Sommer erst gekauft. Richtig großer Mist! Langsam panisch wegen der Uhrzeit ziehe ich mir die Hose wieder an und reiße die Badezimmertür auf. Entweder muss ich schnell zu Rieke rüber laufen und sie um Hilfe bitten oder auf eine schnellere Lösung zurückgreifen.

»Adam, ich brauche dich mal eben!« Immerhin hat er mich schon im Bikini gesehen, da ist ein BH auch nicht so viel schlimmer.

»Wofür?«

»Ich komme aus dem T-Shirt allein nicht raus. Ich will mir die Frisur nicht kaputtmachen.«

Er sieht mich aus zusammengekniffenen Augen an.

»Ich weiß, das hört sich bescheuert an, aber guck doch mal. Der Kragen ist zu eng. Ich hätte eines mit V-Ausschnitt anziehen sollen, aber daran habe ich heute Morgen überhaupt nicht gedacht. Oder meinst du, ich muss es aufschneiden?«

Adam mustert mich einen Moment. »Ich weiß nicht.«

»Shit!«

»Ich kann es versuchen«, sagt er, steht aber vor mir, ohne sich zu rühren, also reiße ich die Arme gerade nach oben, während mir einfällt, dass er mich sexuell anziehend findet. Aber jetzt will ich ihn nicht wieder wegschicken. Auch wenn ich ihn noch nicht lange kenne, traue ich ihm nicht zu, dass er übergriffig wird.

»Da ich auch geschminkt bin, musst du vorne und hinten aufpassen. Hinten Frisur, vorne Make-up.«

»Ich versuche es«, wiederholt er, klingt aber nicht besonders glücklich.

»Dann hole ich vielleicht doch besser die Schere ...«

»Nein, warte. Mach die Arme wieder hoch.«

Ich strecke die Arme erneut Richtung Decke.

»Ich muss dich anfassen«, warnt er mich vor.

»Ich weiß.«

»Okay.«

Ich spüre, wie er das T-Shirt vorsichtig hoch rollt, was mich am Bauch kitzelt, doch ich reiße mich zusammen. Jetzt bloß keinen Lachanfall bekommen, sonst war die ganze Zeit beim Stylisten umsonst.

»Schultern mehr zusammen«, weist Adam mich an und ich befolge auch das, während er an meinem Shirt herumwerkelt. Schließlich spüre ich, wie er es mir ganz langsam über den Kopf streift.

»Geschafft.« Nun klingt er zufrieden, denn er hat es tatsächlich hinbekommen, ohne irgendwo hängen zu bleiben.

»Super, vielen lieben Dank. Ich könnt dich knutschen.«

»Tu dir keinen Zwang an.« Er grinst mich an.

»Sehr witzig. Ich mache schnell weiter.« Ich stürme zurück ins Bad, auch weil Adam mich nicht unbedingt länger im BH sehen muss als nötig. Einen Moment frage ich mich, wie das Ganze wohl geendet hätte, wenn ich mir mit Moritz das Zimmer teilen würde, statt mit unserem Schlagzeuger. Doch andererseits habe ich für solche Gedanken eigentlich keine Ruhe, denn die Uhr tickt unerbittlich weiter – in fünf Minuten werden wir vor dem Hotel abgeholt.

15. Donnerstag, 31.10. – Time to say »Yes«

Als Adam und ich mit eiligen Schritten den Flur zum Aufzug entlanggehen, bemerke ich, dass ein anderes junges Paar uns staunend entgegenblickt. Vielleicht halten sie uns für ein Brautpaar, denn auch wenn ich kein Weiß trage, wären unsere beiden Outfits für eine Trauung absolut passend. Vor dem Aufzug treffen wir auf Hannes und Deriya und ich hoffe, dass Alejandro, Rieke, Clara und Yuiko schon unten sind.

»Ihr seht großartig aus«, sagt Hannes.

»Danke, ihr aber auch!«, erwidere ich und meine es ehrlich.

»Wobei ich schätze, dass es Deriyas letzte Hochsteckfrisur war«, scherzt Hannes. »Es war wohl schmerzhaft.«

»Aber es hat sich gelohnt«, ergänze ich.

Hannes schenkt mir ein warmes Lächeln. »Das hat es.« Sein Blick wandert zu Adam. »Ich hätte nie gedacht, dass ich dich mal im Anzug bewundern darf.«

Adam sagt nichts, sondern wirft seinem Bandkumpel ein gequältes Lächeln zu. Wirklich wohlzufühlen scheint er sich nicht. Ich bevorzuge sonst auch legere und bequeme Kleidung, aber mit dem Kleid bin ich sehr happy. Die Verkäuferin hat mich gut beraten und auch Rieke hatte recht damit, dass eine elegante Hochsteckfrisur prima dazu passt. Falls es mir in den klimatisierten Räumen zu kühl werden sollte, habe ich die weiße Bluse über dem Arm hängen. Extra passend zum Kleid hatte ich mir in dem Secondhand-Laden eine kleine weiße Handtasche gegönnt, in der Platz für die wichtigsten Sachen sind und die auf dem Junggesellinnenabschied bereits ihr Debüt hatte.

Wie immer braucht man auf der Fahrt mit dem Aufzug etwas Geduld, weil andere Gäste zu- oder aussteigen, und so kommen wir schließlich etwas verspätet unten vor dem Hotel an. Als Erstes entdecke ich Moritz, der mit dem Rücken zu uns gedreht steht. Er trägt einen schwarzen Anzug und hält die Tür einer weißen Limousine auf, während seine Eltern in den Wagen steigen. Ich habe sie schon mal auf einer Geburtstagsfeier von Hannes kurz gesehen, aber das ist eine Weile her. Vermutlich erinnern sie sich gar nicht mehr an mich. Clara steht neben Yuiko und beide winken uns zu. Sie sehen fantastisch aus in ihren Overalls und haben sich farblich sogar abgestimmt. Yuikos Einteiler ist türkis, also passend zu ihrer Haarfarbe, und da ihr Overall Träger wie ein Top hat, kommen ihre Tattoos bestens zur Geltung. Um die Taille herum trägt sie einen dunkelblauen Bindegürtel, der die gleiche Farbe hat wie Claras Jumpsuit. Entsprechend hat unsere Sängerin einen türkisfarbenen Gürtel zu ihrem Outfit kombiniert sowie türkis-silberne Ohrringe, während Yuiko eine silberne Kette mit einem dunkelblauen herzförmigen Anhänger trägt. Ich gehe zu ihnen.

»Ihr seht fantastisch aus.« Ich nicke in Richtung von Claras Haaren. »Wer hat dir die Haare so toll hochgesteckt?«

»Moi«, sagt Yuiko nicht ohne Stolz. »Eine Freundin von uns ist Friseurin und sie hat mir gezeigt, wie das geht.«

»Wow!«

»Das kann ich nur zurückgeben«, sagt Clara. »Das Kleid steht dir super und die Haare sehen grandios dazu aus!«

»Und du bist nicht die Einzige, der das auffällt«, meint Yuiko amüsiert und deutet auf Moritz, der noch immer an der Limousine steht.

»Wir sind endlich so weit«, ruft Hannes seinem Bruder zu, doch Moritz blickt weiter an ihm vorbei und in meine Richtung. Obwohl er nicht mal etwas sagt, reicht seine Mimik aus, um mir ein Kribbeln durch den ganzen Körper zu jagen. Meine Handflächen werden plötzlich schwitzig, während er ein paar Schritte auf uns zukommt.

»Du siehst wunderschön aus.« Er läuft um mich rum und plötzlich spüre ich seine Hand in meinem Rücken und das Kribbeln wird stärker.

»Tolle Frisur.« Sanft pustet er mir in den Nacken. Wenn er so weitermacht, kann ich mich gleich auf nichts anderes mehr konzentrieren als auf nicht jugendfreie Bilder in meinem Kopf.

»Danke«, sage ich verlegen und versuche das Kopfkino zu vertreiben. »Du machst echt eine gute Figur im Anzug.«

Er lächelt mich an. Seine Haare trägt er diesmal etwas ordentlicher als sonst, anscheinend hat er ein Gel benutzt, um mehr Halt in die Frisur zu bringen. Mit seinen breiten Schultern sieht er fast ein wenig wie der Bodyguard der Hochzeitsrunde aus.

»Boah!« Yuiko verdreht die Augen, dann prustet sie los. »Nehmt euch ein Zimmer oder eine kalte Dusche.«

Hannes wirft ihr einen strafenden Blick zu. »Na kommt schon, wir müssen los«, sagt er. »In der ersten Limousine sind noch Plätze frei. Moritz, da passt du doch noch rein.«

»Da sind noch vier Plätze«, sagt Moritz. »Kommt ihr mit?« Damit meint er anscheinend Clara, Yuiko und mich. Da es mir egal ist, in welcher Limousine ich mitfahre, folge ich ihm, auch wenn es vielleicht besser wäre, Moritz' Nähe zu meiden. Yuiko hatte recht mit ihrer Bemerkung – zwischen ihm und mir liegt eindeutig was in der Luft.

Moritz beobachtet mich, während er uns die Tür zum Wagen aufhält. »Ladys first.« Er macht eine einladende Geste. »Kann ich dir irgendwie helfen mit dem langen Kleid?«

»Ich denke nicht.« Ich raffe es ein wenig nach oben und versuche, nirgendwo ans Auto zu kommen, damit es nicht direkt schmutzig wird. Da haben es Clara und Yuiko mit ihren Outfits leichter. Aber auf die Idee, einen Overall statt Kleid zu tragen, bin ich gar nicht gekommen.

»Hallo«, sagte ich zu Moritz' Eltern, als ich endlich sitze.

»Hallo, Elli«, sagt Annette Waldmann und lächelt mir freundlich zu. Ich bin überrascht, dass sie sich noch an mich und sogar an meinen Namen erinnert.

»Die Farbe steht dir ausgezeichnet«, sagt sie dann. Sie selbst trägt ein purpurfarbenes Abendkleid mit einem Schlitz im Rock, der knapp oberhalb der Knie endet. Im Brustbereich ist der Stoff mit Perlen verziert, aber so dezent, dass es nicht kitschig wirkt. Sie sieht sehr elegant darin aus. Ebenso wie ihr Mann, der mit einem schwarzen Anzug und einem purpurfarbenen Einstecktuch die perfekte Begleitung abgibt. Moritz steigt als letzter zu uns in den Wagen und ich vermute, dass Yuiko und Clara den Platz neben mir absichtlich freigelassen haben, denn Yuiko zwinkert mir verschwörerisch zu.

»Hannes hat die Ringe, richtig?«, fragt Heiko, Moritz' Vater.

»Ja«, bestätigt Moritz, als die Limousine losfährt. »Und er sagte, er schlägt drei Kreuze, wenn er die endlich abgegeben hat.«

Seine Mutter lacht. »Bald hat er es ja geschafft.«

»Zumal die Zeremonie nicht lange dauern wird«, erzählt Clara. »Britta hat auf dem Junggesellinnenabend erzählt, dass in Las Vegas an Halloween wohl wie am Fließband geheiratet wird.«

»Warum muss es eigentlich unbedingt an Halloween sein?«, will ich wissen.

»An dem Tag haben sie sich vor vier Jahren kennengelernt«, antwortet Moritz. »Auf einer Halloweenparty. Letztes Jahr hat Theo ihr den Antrag gemacht, ebenfalls auf einer Halloweenparty, und nun wollen sie auch unbedingt an diesem Tag heiraten.«

»Das ist clever, da muss man sich nur ein Datum merken«, unkt Yuiko.

»Das wäre für dich auch besser«, meint Clara. »Du hast ein miserables Zahlengedächtnis.«

»Tut mir leid, Frau Anwältin, nicht jeder kann ein Einstein sein.«

Clara zwinkert ihr zu und drückt ihr einen Kuss auf die Wange, während ich versuche, die Wärme auszublenden, die von Moritz' Körper ausgeht. Wir sitzen recht eng beieinander, was ein komisches Gefühl ist, da seine Eltern mit uns im Wagen fahren. Also ausgerechnet die Menschen, in deren Sohn ich mich Hals über Kopf verknallt habe. Na gut, vielleicht ist das mit dem Hals über Kopf etwas übertrieben. Immerhin kenne ich ihn schon eine ganze Weile, doch diese Gefühle sind neu. Ich mag seinen Humor, seinen Charme, seinen Duft, die Art, wie er mich anlächelt ... Und vermutlich stimmt es, wenn Laura sagt, dass ich eine duselige Kuh bin, weil ich Chancen verstreichen lasse. Aber ich habe Schiss. Andererseits ist Angst nie ein guter Ratgeber. Heißt es nicht immer, dass den Mutigen die Welt gehört? Ich weiß noch, dass ich eine von vielen war, die in der Oberstufe für denselben Jungen geschwärmt hat. Und wer hat ihn letzten Endes bekommen? Mareike! Denn sie hatte als Einzige das Selbstbewusstsein, ihn nach einem Date zu fragen.

Ich merke, dass Moritz' Blick auf mir ruht und lächle ihm zu. Gleichzeitig nehme ich mir vor, später mit ihm zu reden, falls wir an diesem Tag einen ruhigen Moment finden sollten. Aber auch nach der Feier kann er mir nicht weglaufen, schließlich fliegen wir erst am Sonntag zurück nach Düsseldorf. Bis dahin wird sich schon eine Gelegenheit finden, um unter vier Augen mit ihm zu sprechen.

»Da ist die Kapelle«, ruft Clara voller Vorfreude und wir biegen direkt vor der Graceland Wedding Chapel auf einen großen Parkplatz ab, wo schon drei andere weiße Limousinen stehen. Im Internet hatte ich gelesen, dass die Graceland Wedding Chapel die älteste Kapelle in Las Vegas ist, in der sich zudem einige berühmte Persönlichkeiten das Ja-Wort gegeben haben. Das erklärt vermutlich auch, warum bereits eine weitere Hochzeitsgesellschaft vor der Kapelle steht. Die andere Gesellschaft unterscheidet sich aber sehr von unserer: Während wir alle im typischen Abenddress unterwegs sind, stecken sie in Halloween-Kostümen. Das gilt sogar für das Brautpaar. Zumindest vermute ich, dass die Frau in dem knielangen schwarzen Kleid und mit dem Hut, von dem aus ein Spinnennetz mit kleinen Plastikspinnen über ihr Gesicht ragt, die Braut ist. Der Mann neben ihr ist ganz in schwarz gekleidet und beide haben ihr Gesicht weiß angemalt, aber die Augen dunkel umrandet, was ihnen ein gruseliges Aussehen verleiht.

»Coole Idee mit den Kostümen«, findet Yuiko und wir beobachten, wie die Halloween-Gäste die in blau- und weißtönen gehaltene Kapelle betreten. Theo steht derweil mit ein paar anderen Männern neben einer der Limousinen und Hannes und Moritz haben sich zu ihrem

Bruder gesellt. Nun warten wir also nur noch auf die Braut. Allerdings hatte ich Nadine etwas davon sagen hören, dass Britta erst in die Kapelle geführt wird, wenn die Gäste schon drinnen sind.

Mir fällt auf, dass Theo ein paarmal in unsere Richtung guckt und ich frage mich, ob ihm vielleicht langsam etwas dämmert, wen Hannes da für die Hochzeitsreise mitgebracht hat. Schließlich stehen Adam, Alejandro, Clara und ich nun zusammen in einem Grüppchen. Andererseits ist Theo vermutlich viel zu aufgeregt, um sich über so etwas in diesem Moment Gedanken zu machen. Oder ist man gar nicht so nervös, wenn man sich bereits vier Jahre kennt und genau weiß, auf wen man sich einlässt?

Adam rückt mit grimmigem Gesicht seine Krawatte zurecht. Vermutlich wäre er lieber in Jeans, T-Shirt und Turnschuhen zur Trauung gekommen. Meine Sneakers vermisse ich auch. Meine schicken Pumps sind zwar recht bequem, aber das Laufen auf Absätzen bin ich nicht gewohnt und meinen Füßen fehlt die Zehenfreiheit.

»Rund sechzig Gäste sind das aber nicht«, stelle ich fest, auch wenn inzwischen noch zwei weitere Autos neben uns geparkt haben und die Gäste offenbar zu unserer Hochzeitsrunde gehören.

Alejandro schüttelt den Kopf. »Hannes hat mal erwähnt, dass nicht alle Gäste zur Kapelle kommen, weil da nicht so viel Platz ist. Ein paar kommen erst zur Feier am Abend.«

»Heißt das etwa, ich nehme anderen Gästen den Platz weg?«, frage ich beunruhigt.

»Keine Sorge«, sagt Rieke. »Das habe ich Hannes auch gefragt, aber er meinte, das passt so, zumal einige Gäste hier aus der Gegend erst abends kommen können. Und außerdem ist es so ausgeglichener, weil so auch mehr Leute hier sind, die Britta kennt.«

Das klingt durchaus einleuchtend und mein schlechtes Gewissen legt sich wieder, während die Halloween-Hochzeitsgesellschaft aus der Wedding Chapel strömt. Das ging wirklich fix, und kaum, dass die Gruppe das Gebäude verlassen hat, werden wir hinein gebeten. Nun verstehe ich, was Alejandro meinte, denn die Kapelle ist tatsächlich eher klein. Links und rechts von dem Gang, der zum Altar führt und der mit einem dunkelroten Teppich ausgelegt ist, befinden sich kleine weiße Sitzbänke, auf die höchstens vierzig Gäste passen. Der Raum hat keine Fenster, stattdessen gibt es eine schummerige Beleuchtung und es läuft leise Musik.

Theos und Brittas Familien setzen sich ganz nach vorne und wir Bandmitglieder suchen uns auf den hinteren Bänken einen Platz. Schließlich betreten der Bräutigam und seine beiden jüngeren Brüder als Trauzeugen die Kapelle. Dann stoppt die Musik und nach einem kurzen Moment der Stille wird ein neues Lied abgespielt, während Britta am Eingang der Kapelle neben ihrem Vater erscheint. Langsam, und passend zum Takt der Musik, führt er seine Tochter den schmalen Gang entlang. Theo ist sichtlich gerührt, was mich nicht wundert, denn Britta sieht wunderschön aus. Sie hat sich für ein romantisches Kleid entschieden mit Spitze im Blumenmuster. Die Spitze setzt sich auch in den schmalen Trägern fort sowie im Brust- und Rückenbereich. Der weit fallende Rock enthält stellenweise das gleiche Spitzenmuster, ansonsten ist der Stoff glatt und mit einem leichten Glanz versehen. Das Kleid wirkt elegant und verspielt zugleich und ich bin überrascht, dass mich ein Brautkleid derart begeistern kann. Ich weiß noch, dass Laura bei einem Shoppingtag in Düsseldorf mal vor einem Brautmodengeschäft stehen blieb und auf ein Kleid deutete, das ihr gut gefiel. Ich dagegen hatte mir bis dahin noch nie Gedanken darüber gemacht, wie ich eigentlich würde heiraten wollen. Die Idee, im Ausland zu heiraten, gefällt mir, aber der damit verbundene Aufwand schreckt mich zugleich ab. Andererseits ist das sowieso alles graue Theorie. Über eine Hochzeit brauche ich noch lange nicht nachzudenken, denn ich habe nicht mal einen Freund. Außerdem gibt es immer mehr Paare, die sich bewusst gegen eine Ehe entscheiden und nicht heiraten wollen. Doch ob das dauerhaft was für mich wäre? Ich glaube eher nicht. Ich würde schon heiraten wollen, wenn ich den richtigen Partner fürs Leben gefunden habe. Ich empfinde es als besondere Verbindung zwischen zwei Menschen und hoffe, dass ich irgendwann mit einem Mann ebenfalls so einen wundervollen Tag erleben darf. Als ich bemerke, dass meine Augen bei diesen Gedanken auf Moritz ruhen, wende ich mich schnell ab und konzentriere mich auf das Brautpaar.

Als Britta ihrem Liebsten gegenübersteht, blinzelt sie ein paar Tränchen weg und Nadine reicht ihr hilfsbereit ein Taschentuch. Wie gut, dass unsere Stylistinnen nur wasserfestes Make-up verwendet haben, denn auch ich bin gerührt, mag aber nicht vor allen anderen in Tränen ausbrechen. Daher kommt es mir entgegen, dass die Zeremonie auf ausschweifende Reden oder romantische Liebesbekundungen verzichtet. Obwohl man hier sogar auf Deutsch getraut werden kann, redet der Trauredner in seiner kurzen Ansprache auf Englisch. Danach geben sich Theo und Britta schon das Ja-Wort und Hannes wird endlich seine Ringe los. Er wirkt sichtlich erleichtert.

Das Brautpaar küsst sich und einige der Gäste jubeln, dann gehen die Familienmitglieder nach vorne und umarmen Theo und Britta. Das ist der Moment, in dem Adam und ich kurz einen Blick tauschen, bevor wir gemeinsam die Flucht nach draußen antreten. Rieke und

Alejandro folgen uns. Adam seufzt zufrieden auf, als wir an der frischen Luft sind.

»Das nenne ich mal kurz und knackig«, sagt Alejandro gut gelaunt. Adam nickt zustimmend.

»Das fand ich auch. Aber wirklich schön gemacht. Und Britta sieht zauberhaft aus mit dem Kleid und der Frisur dazu«, schwärmt Rieke.

»Das war echt ein guter Salon«, stimme ich zu und bin froh, dass ich mir die Tränen gerade so verkneifen konnte. »Wie geht es jetzt eigentlich weiter?«

»Wir fahren mit Moritz und Hannes zurück ins Hotel«, sagt Adam.

»Ach ja, der Kuchenempfang.« Auf den freue ich mich. Dort kann ich dem Brautpaar in Ruhe gratulieren und mein Präsent überreichen. Obwohl Hannes betont hat, dass unser Geschenk der Song auf der Feier sei, wäre es mir komisch vorgekommen, den beiden nichts anderes zu überreichen. Es ist nicht Großes, aber ein Gutschein für ein sehr gutes Frühstücksbüfett in Düsseldorf, wo die beiden wohnen. Der Gutschein passt prima in meine Handtasche und ist etwas persönlicher als ein reines Geldgeschenk.

Auf der Rückfahrt zum Hotel ist die Verteilung in den Limousinen eine andere und ich fahre nicht mit Moritz und seinen Eltern in einem Wagen. Doch ich brauche gerade auch keinen Körperkontakt mehr zu ihm, um nervös zu werden. Denn mit dem Wissen, dass unser Auftritt immer näher rückt, fängt mein Herz bereits jetzt an, etwas schneller zu klopfen.

16. Donnerstag, 31.10. – Break with cake

Eineinhalb Stunden später bin ich pappsatt von dem Kuchenbüfett, an dem es eine riesige Auswahl gab. Es gab nicht nur die Hochzeitstorte, sondern auch Schokokuchen sowie Obstkuchen, sodass ich mehr gegessen habe, als mein Magen gut findet. Andererseits war es eine willkommene Nervennahrung. Aber jetzt wünsche ich mir nicht nur meine Sneakers herbei, sondern auch eine bequeme Wellnesshose. So scheint es nicht nur mir zu gehen. Auch Rieke sieht aus, als würde sie es bereuen, so viel gegessen zu haben.

»Wir hatten doch was vereinbart«, sagt Hannes vorwurfsvoll, als er auf Rieke und mich zukommt. Ratlos sehe ich ihn an, denn ich habe keine Ahnung, wovon er spricht.

»Das Geschenk«, erklärt er an mich gerichtet. »Das gibt es doch heute Abend von uns«, fügt er flüsternd hinzu.

»Ich fand es richtig, auch noch selber was mitzubringen«, verteidige ich mich.

Hannes seufzt und scheint etwas erwidern zu wollen, als plötzlich Moritz auf uns zukommt und ihm auf die Schulter klopft. »Alles gut bei euch?«

»Ja, klar«, sagt Hannes und blickt Theo und Britta nach, die gerade winkend den Raum verlassen, weil sie zu ihrem Fototermin müssen. Das bedeutet für uns Gäste, dass wir nun eine längere Pause haben, da erst um achtzehn Uhr die Feier in einem anderen, etwas größeren Saal stattfinden wird. Eigentlich haben Theo und Britta für abends einen DJ organisiert, aber erst nach dem Abendessen, damit die Gäste in Ruhe speisen können. Hannes hat daher beschlossen, dass wir uns nach dem Essen vordrängeln. Lediglich Clara fand das nicht so ideal, da es sich mit vollem Bauch schlechter singt. Meine Herausforderung wird dagegen die sein, dass ich nach dem Essen ins Hotelzimmer flitzen und mich umziehen muss. Wobei das Wort flitzen mir etwas übertrieben erscheint, angesichts der zig Etagen, die ich zurücklegen muss.

»Hast du den beiden dein Geschenk schon gegeben?«, fragt Hannes an Moritz gewandt.

»Nein, das mache ich später.«

»Was schenkst du ihnen eigentlich?«, will ich wissen.

Lachfältchen bilden sich um Moritz' Augen und er hebt fragend die Hände.

»Nicht mal mir verrät er das«, sagt Hannes.

»Und dabei durftest du bei der Probe dabei sein«, meine ich.

»Stimmt. Und das hat sich wirklich gelohnt.« Moritz wirft mir einen Luftkuss zu.

»Was macht ihr nun eigentlich, solange die beiden unterwegs sind?«, fragt Rieke, gähnt und klopft sich auf den Bauch. Sie sieht aus, als würde sie am liebsten ein Nickerchen im Hotelzimmer machen, aber das würde ihre Frisur zerstören. Alejandro hat eben schon Ärger bekommen, weil er ihr durchs Haar gewuschelt hat.

Hannes sieht auf seine Uhr. »Ich muss noch was mit Nadine besprechen und mal schauen, ob ich dann nicht einfach früher in den Saal gehe, in dem wir später feiern. Wir sind dort ja schon ab siebzehn Uhr willkommen.

Dann werden auch schon einige der Gäste dort sein, die in der Kapelle fehlten. Nur das Essen beginnt dann erst später.«

»Wäre es dann nicht besser, wenn wir den Auftritt vorher machen?«, frage ich.

Hannes schmunzelt. »Hättest du es lieber hinter dir?«

»Allerdings«, gebe ich zu. Ich weiß ja, wie mein Magen auf Nervosität reagiert. Außerdem ist es schon länger her, dass ich vor einem größeren Publikum gespielt habe. Ich spüre, wie es mir ein bisschen eng um die Brust herum wird, so als hätte ich einen viel zu engen BH angezogen.

»Ihr spielt toll zusammen«, versucht Moritz mich zu beruhigen. »Du musst dir keine Sorgen machen.«

»Recht hat er«, pflichtet Hannes ihm sofort bei und wird abgelenkt, als seine Mutter nach ihm ruft. Moritz sieht ihm nach, als er zu ihr geht, wobei er mit den Zähnen an der Unterlippe knabbert. Schnell wende ich meinen Blick ab. Er hat schöne Lippen, die ich gerne küssen würde, aber das ist keine gute Idee. Nicht jetzt, da ich später den Auftritt habe und Moritz noch ein bisschen was vorhat als zweiter Trauzeuge. Er hat mir verraten, dass heute Abend ein Spiel ansteht, bei dem auch die Gäste mitmachen müssen und das er zusammen mit Hannes vorbereitet hat. Ich hoffe, die beiden halten mich da raus. Wenn der Auftritt vorbei ist, möchte ich mir nur noch die Schuhe von den Füßen streifen und in Ruhe den Abend mit einem Glas Wein ausklingen lassen.

»Moritz?«, ruft Annette diesmal durch den Saal und er seufzt laut.

»Zack, nun geht auch für mich der Trubel los«, vermutet er, als seine Mutter auf uns beide zukommt. Ihr dunkler, kinnlanger Bob sitzt perfekt und passt ideal zu ihrem eleganten Kleid. Jetzt, da sie näherkommt, fällt mir auf, dass sie einen ziemlich trainierten Oberkörper hat.

Ob Moritz seine Leidenschaft für das Schwimmen von ihr geerbt hat?

»Dürfte ich dir Moritz für einen Moment entführen?«, möchte sie wissen.

»Aber sicher«, stimme ich zu.

»Glaube ihr das nicht mit dem Moment«, warnt Moritz mich. »Sie ist sehr einnehmend.« Dann läuft er seiner Mutter hinterher in Hannes' Richtung, der neben seinem Vater steht. Sicherlich ist das auch für Theos Eltern sehr aufregend, dass ihr erstgeborener Sohn heute seine Hochzeit feiert. Kein Wunder, dass die Familie da noch was zu besprechen hat.

Da alle irgendetwas zu tun haben, beschließe ich, mich aufs Hotelzimmer zurückzuziehen. Doch als ich dort bin, bereue ich es, weil ich mich langweile. Zwar schreibe ich Laura und zwei anderen Freundinnen ein paar Nachrichten und schicke Fotos von dem tollen Kuchenbüfett, aber in Deutschland ist es bereits mitten in der Nacht. Mit Antworten kann ich da also erst mal nicht rechnen. Am liebsten würde ich mich einfach ein wenig hinlegen, aber dann wäre die Frisur zerstört. Solche Nachteile hatte ich nicht bedacht, als ich mich für die Hochsteckvariante entschieden habe. Ich schaue aus dem Fenster. Am Pool ist nichts los, aber auch schwimmen gehen wäre das Todesurteil für mein Styling. Verdammt! Daher bin ich erfreut über Gesellschaft, als die Tür aufgeht und Adam in unser Zimmer kommt.

»Hey«, sage ich. »Brauchst du auch eine Pause?«

»Ja«, sagt er und fängt an, sich bis auf die Unterhose auszuziehen. Dass ich ihm dabei zusehe, scheint ihn nicht zu stören. Ich werde manchmal nicht schlau aus ihm.

»Äh, willst du duschen?«

»Nein.« Er deutet auf sein Bett. »Nur ein bisschen hinlegen.«

»Na super«, sage ich. »Können wir vielleicht eben die Frisuren tauschen?«

Während Adam zehn Minuten später auf seinem Bett liegt und pennt, habe ich mich mit meinem E-Book-Reader auf den Lesesessel zurückgezogen und lese einen Krimi. Oder besser gesagt: Ich versuche es. Denn wirklich konzentrieren kann ich mich nicht. Ich gehe die Stücke, die wir spielen werden, gedanklich noch einmal durch und bin vor allem aufgeregt wegen des Solos. Ich muss unbedingt darauf achten, die Augen offenzulassen. Immerhin ist die ganze Zeit ein Fotograf anwesend heute Abend und geschlossene Augen sind auf Bildern nie vorteilhaft. Es ist verrückt, um was ich mir alles Gedanken mache, aber genau das ist der Grund, weshalb ich kein Typ für Auftritte bin. Immer wieder andere Orte, an denen man spielen muss und wo man die Bedingungen nicht kennt, sodass man sich jedes Mal aufs Neue auf die Location einstellen muss. Und man muss immer darauf gefasst sein, dass den Leuten die Musik nicht gefällt, was sehr unangenehm sein kann. Zwar hatten wir meist Glück, aber doch ist es etwas, das mich nervös macht. Immerhin dieses Problem haben wir heute nicht, denn die Hochzeitsgäste werden uns sicherlich nicht ausbuhen, aber bei anderen Auftritten könnte es theoretisch jederzeit passieren.

Dieses Lampenfieber macht mich fertig. Ich habe über ein Jahr lang nicht mehr öffentlich gespielt und das bisschen Übung, das ich mal hatte, ist gefühlt komplett weg. Ich bin heilfroh, dass wir Zeit zum Proben hatten, aber auch das kann mich gerade nicht beruhigen. Ich lege das Buch zur Seite und stehe auf, um aus dem Fenster sehen zu können. Vielleicht sollte ich eine Runde spazieren gehen, denn ich bin gerade zu rastlos, um ruhig sitzen zu bleiben.

Ich schleiche mich aus dem Zimmer, um Adam nicht zu wecken, und fahre mit dem Aufzug ins Erdgeschoss. Dort schlendere ich durch das Casino, das zwar nicht überfüllt, aber doch gut besucht ist. Als ich an den Spielautomaten vorbeikomme, entdecke ich ein dunkelgrünes Abendkleid, das mir sehr bekannt vorkommt.

»Hey, Rieke.«

Rieke zuckt zusammen. »Herrje, Elli! Du hast mich vielleicht erschreckt.«

»Tut mir leid.« Ich deute auf den Automaten. »Wie läufts?«

»Geht so.«

»Du solltest Moritz spielen lassen.«

»Der war nirgends aufzutreiben.«

»Wo hast du deine bessere Hälfte gelassen?«

»Im Bett.«

»Oh!«

Rieke lacht schnaufend. »Alejandro hatte sich das auch anders vorgestellt, als er gemerkt hat, dass wir bis zur Feier noch etwas Zeit überbrücken müssen.« Sie umrundet mit dem Zeigefinger ihren Kopf. »Aber das war zu teuer, um es jetzt für ein Schäferstündchen zu riskieren. Und Alejandro hat sich dann schmollend hingelegt, damit wenigstens er fit ist für den Auftritt später.«

»O Mann, mir geht es ähnlich. Adam liegt im Zimmer und pennt, aber das geht mit der Hochsteckfrisur nicht. Nicht mal den Kopf kann ich irgendwo anlehnen.«

Rieke verzieht das Gesicht. »Das hatte ich leider auch nicht bedacht. Vielleicht wäre es schlauer gewesen, erst nachmittags zum Styling zu fahren und sich erst zur Feier richtig herauszuputzen. Tut mir leid, dass ich dich überredet habe.«

»Das muss es nicht. Ich find's gut, dass ich mitgekommen bin.« Mit einem Seufzer blicke ich auf die Uhr.

»Und in etwa einer halben Stunde können wir dann endlich in den Saal.«

»Grrr, Mann!«, macht Rieke, weil sie ein weiteres Mal gegen den Automaten verloren hat. »Jetzt habe ich die Schnauze voll! Kommst du mit zu Starbucks? Wenn die Jungs schlafen, kippe ich halt Koffein in mich rein.«

»Klingt nach einer guten Idee«, sage ich und wir beide machen uns auf den Weg zu dem Café.

Fünfzehn Minuten später sitzen wir mit dampfenden großen Kaffeebechern an einem der kleinen Tische.

»Obwohl Koffein gar nicht gut sein soll, wenn man sowieso schon nervös ist«, sage ich.

»Stimmt, das habe ich auch mal gelesen. Nervös wegen des Auftritts?«

Ich nicke.

»So schlimm?«

»Ja. So ist es immer. Vor jedem Auftritt.«

»Das stelle ich mir anstrengend vor.«

»Das ist es. Und auch wenn die anderen enttäuscht sein werden, ist es deswegen besser, wenn ich nicht in die Band zurückgehe.«

Rieke nickt verständnisvoll. »Ich kann das schon verstehen, aber sie werden wirklich geknickt sein.« Sie nimmt einen Schluck von ihrem Kaffee. »Aber um mal auf ein anderes Thema zu kommen ... Was läuft da eigentlich zwischen Moritz und dir?«

»Nichts«, sagte ich wohl eine Spur zu schnell, denn Rieke mustert mich zweifelnd.

»Und Adam?«

»Was soll mit ihm sein?«

»Ich glaube, er mag dich.«

»Ich mag ihn auch. Er ist zwar manchmal etwas ... Hm, wortkarg, aber er hat das Herz am rechten Fleck.«

»Alejandro hat erzählt, dass Adam Musik auch nur als

Hobby sieht. Er will kein berühmter Rock- oder Popstar werden. Aber es ist für ihn okay mit den Auftritten und er spielt wirklich gut.«

»Schön, dass sie mit ihm so viel Glück hatten.«

Rieke nickt zustimmend, schlürft ihren Kaffee und betrachtet mich über den Becherrand hinweg. Sie wirkt nachdenklich, als sie das Getränk abstellt. »Aber dass da mit Moritz nichts läuft, das glaube ich nicht so recht.«

»Wir verstehen uns gut und er ist schon ein toller Kerl.«

Rieke reibt sich die Hände. »Ha!«

»Aber ich weiß nicht ... Ich meine ... du kennst ihn doch auch schon länger. Er flirtet mit mir, macht mir Komplimente und Anspielungen, aber ich weiß nicht, ob er es ernst meint.«

»Und du?«

Die Frage bringt mich aus dem Konzept. »Was meinst du?«

»Meinst du es ernst mit ihm?«

»Wenn du wissen willst, ob es mich erwischt hat, dann ist die Antwort wohl ein Ja.«

»Wie schön!«, sagt Rieke und wirkt ehrlich erfreut. »Ich finde, ihr würdet gut zusammenpassen. Und ich habe Moritz schon lange nicht mehr mit einer Frau gesehen. Ich glaube, er ist seit ein paar Monate Single. Und so wie er dich immer ansieht ...« Rieke grinst anzüglich und ich verstecke schnell mein errötetes Gesicht hinter dem Kaffeebecher.

»Laura meint auch, ich solle uns eine Chance geben.«

»Laura?«

»Meine beste Freundin.«

»Ah! Ich finde, das klingt nach einem guten Rat. Man sollte immer auf seine beste Freundin hören.«

»Wenn das mal so einfach wäre. Ich bin furchtbar unsicher wegen ihm.«

»Das ist man doch immer, wenn Gefühle im Spiel sind. Als Alejandro und ich frisch zusammen waren, war ich total eifersüchtig, wenn er Auftritte hatte. Ich meine, er steht da als Musiker auf der Bühne in irgendwelchen Clubs. Und da sind auch immer viele Frauen zu Gast. Da ist mir nicht entgangen, dass einige nach dem Auftritt versucht haben, mit ihm zu flirten.« Sie verdreht die Augen. »Deswegen hatten wir damals unseren ersten großen Krach.«

»Ehrlich?«

»Ja, ich war total schlecht gelaunt, nachdem er bei einem Auftritt eifrig mit dem weiblichen Publikum geflirtet hat. Und ich bin ehrlich, da habe ich Streit gesucht, weil ich wütend war. Voll dämlich im Nachhinein, aber wir haben ja alles klären können. Aber anfangs war das echt hart. Ich verstehe zwar, dass das nur eine Rolle für ihn ist und es nicht heißt, dass er mich weniger mag, bloß weil er die weiblichen Fans bei Laune hält. Aber ich finde, dann darf ich mir auch mal die Freiheit herausnehmen und gut aussehende Chauffeure anhimmeln, die aussehen wie einer von den Chippendales.«

Ich lächle. »Aiden.«

Rieke seufzt schwer. »Sollte mich Alejandro irgendwann mal für ein Groupie verlassen, schnappe ich mir den. Ich hätte mir seine Nummer geben lassen sollen.« Sie lacht. »Nächste Woche Samstag gehe ich mit ein paar Freundinnen bowlen. Magst du mitkommen?«

Nächste Woche Samstag – da ist die Reise vorbei. Dann sind wir zu Hause und der Alltagstrott kehrt wieder ein. Ich kann kaum glauben, wie schnell die Zeit hier vergeht.

»Gerne. Bowling klingt toll, das kann ich auch was besser als Minigolf.«

»Nix da, du musst anstandshalber verlieren, weil ich sonst immer Letzte werde.«

»Ich könnte meine Freundin Laura mitbringen. Sie ist wirklich eine Niete im Bowling.«

»Das klingt nach einem guten Plan.« Rieke grinst breit und schiebt ihren leeren Kaffeebecher zur Seite. »Ich werde jetzt mal Alejandro wecken und mich noch mal frisch machen. Gleich gehts weiter mit der Feierei und dann können wir unsere gepflegten Frisuren vorzeigen, für die wir auf einen erholsamen Schlaf verzichtet haben.«

17. Donnerstag, 31.10. – Wedding dinner

Da Hannes und Deriya an dem Tisch mit den engsten Familienmitgliedern sitzen, werden wir anderen aus der Band mit Nadine, ihrer Schwester Olivia und Brittas Cousine Caroline an einen Tisch gesetzt. Darüber freue ich mich, denn der Junggesellinnenabschied mit den Mädels war wirklich nett.

Vor allem dank Nadines Anekdoten aus Jugendzeiten, und Yuikos frechen Kommentaren dazu, haben wir beim Warten auf das Essen viel zu lachen, sodass ich zwischendurch sogar meine Aufregung wegen des Auftritts vergesse. Als uns jedoch der erste Gang des Fünf-Gänge-Menüs serviert wird, meldet sich diese mit voller Wucht zurück. Leider bleibt mein Magen das ganze Abendessen hindurch nervös, sodass ich von den meisten Gerichten nur ein paar Bissen probiere. Auch die köstliche Vanillecreme zum Nachtisch bekomme ich kaum runter.

»Hat es dir nicht geschmeckt?«, fragt Olivia mich besorgt. »Du kannst bestimmt was anderes haben.«

Rieke, die meine Bühnenangst kennt, wirft mir einen wissenden Blick zu.

»Mir liegt immer noch der viele Kuchen im Magen«, lüge ich.

»O ja, da habe ich mich auch überfressen«, gibt

Caroline zu, lässt es sich aber nicht nehmen, auch noch Claras Dessert zu futtern, die vermutlich vermeiden möchte, gleich mit Sodbrennen auf der Bühne zu stehen, wenn sie singen muss. Genau wie ich verzichtet sie auch auf Alkohol. Dabei wäre mir gerade durchaus danach zumute, mich zu betrinken. Allerdings habe ich dazu sowieso keine Zeit, denn während Adam, Alejandro und Hannes nur noch ihre Blues Brothers Hüte aufsetzen müssen, müssen Clara und ich uns noch umziehen. Hannes hat sich mit Mitarbeitern des Hotels bereits darum gekümmert, dass unsere Instrumente aufgebaut worden sind. Sie werden dank zweier Paravents allerdings verdeckt, sodass hoffentlich noch niemand Verdacht geschöpft hat.

Nach dem letzten Gang nicken Clara und ich uns einvernehmlich zu und stehen auf. Zum Glück wohnen sie und Yuiko auf derselben Etage, denn es tut mir gut, dass Clara mich auf dem Weg zu meinem Zimmer begleitet.

»Kannst du eigentlich Krawatten binden?«, erkundige ich mich, als wir im Aufzug nach oben fahren.

»Ja! Ich habe es extra geübt.«

»Dafür hatte ich gar nicht mehr die Zeit. Das war alles so kurzfristig mit der Reise.«

Clara greift nach meiner Hand. »Nicht schlimm, ich binde dir die Krawatte. Komm einfach zu mir ins Zimmer, wenn du fertig bist.«

»Mache ich, danke.«

In meinem Zimmer angekommen, schlüpfe ich schnell aus den Schuhen. Da ich mir dieses Mal nichts über den Kopf ziehen muss, brauche ich keine Hilfe, denn das Kleid kann ich über die Beine abstreifen. Auch die Bluse und den Blazer muss ich nicht über den Kopf ziehen.

Als ich in meinem Blues Brothers Aufzug vor dem Spiegel stehe, schließe ich einen Moment die Augen und atme tief ein und wieder aus. Die Atemtechnik hat Clara mir mal gezeigt, denn sie soll dabei helfen, sich zu beruhigen. Mir hilft sie zumindest dabei, dass ich nicht anfange zu hyperventilieren. Wogegen sie nicht hilft, ist der trockene Mund, aber Gott sei Dank muss ich nicht singen. Das übernimmt Clara mit Alejandro im Background. Spontan entscheide ich mich wegen der Frisur gegen den Hut und hoffe, dass Hannes mir das nicht übel nimmt.

Bevor ich mich weiter in meine Aufregung hineinsteigern kann, schnappe ich mir die Krawatte und verlasse mit weichen Knien das Zimmer. Es ist, wie es ist. Aufregung hin oder her – the Show must go on!

18. Donnerstag, 31.10. – Party time

Die Begeisterung ist bereits groß, als zwei Hotelmitarbeiter die Raumtrenner wegschaffen und wir die improvisierte Bühne betreten. Vor allem Theo sieht erstaunt aus. Er scheint, anders als befürchtet, mit einem solchen Auftritt überhaupt nicht gerechnet zu haben.

Mein Herz fühlt sich an, als würde es jeden Moment aus der Brust springen und ich bin erneut heilfroh, dass ich die Gitarristin bin. Ich habe keinen Plan, wie jemand bei Aufregung singen kann. Aber Clara ist nicht aufgeregt. Sie ist cool und kündigt dem Publikum auf Englisch an, dass jetzt Zeit zum Tanzen ist.

Früher fielen mir die ersten zwei bis drei Songs am schwersten. Wenn man dann merkt, dass die Zuhörer unsere Musik gut annehmen, geht es mir meist etwas besser und das Herzklopfen lässt ein wenig nach. Vielleicht hat Hannes es deswegen so geplant, dass wir erst ein paar Coversongs spielen, bevor der Hochzeitssong an die Reihe kommt. Dieser ist nämlich erst Song Nummer sechs. Es ist beinahe schade, dass wir nach dem fünften Lied eine kurze Spielpause einlegen müssen, denn meine Nervosität hatte sich gerade gelegt. Doch vor dem Hochzeitslied möchte Hannes ein paar Worte an das Brautpaar richten.

»Liebe Britta, lieber Theo, vielleicht habt ihr euch schon gewundert, dass ich die Band für diese Reise um mich herum versammelt habe. Aber wir haben eine Überraschung für euch und die können wir euch nur als Team präsentieren. Dieser Song, den wir jetzt spielen, der ist unser Hochzeitsgeschenk für euch.«

Jemand hält Britta und Theo bei diesen Worten sofort Taschentücher hin.

Alejandro schnappt sich schnell das Mikrofon. »Ich glaube, unser Hannes ist zu bescheiden, denn auch wenn die Überraschung von uns gemeinsam ist, den Song hat Hannes für euch geschrieben.« Er gibt Adam Zeichen, der gibt den Takt vor und wir starten.

Ich schaue nicht in das Publikum, sondern konzentriere mich einfach nur auf die Musik, lasse mich von den Jungs und Clara durch den Song leiten. Clara ist wie immer grandios – jeder Ton sitzt perfekt und auch bei uns anderen stimmen die Einsätze. Vielleicht liegt es am Adrenalin, aber es läuft super und das trotz meines Herzklopfens, das bei diesem Song wieder zunimmt, vor allem, als ich das Solo spiele. Aber ich habe ja gelernt, dass man von ein bisschen Herzklopfen nicht tot umfällt und plötzlich ist es mir egal, wenn meine Augen geschlossen sind. In diesem Moment geht es nur um die Musik. Als wir die letzte Note gespielt haben, setzt sofort der Applaus ein. Ich öffne die Augen und blinzele in das schummerige Licht, während die Gäste um die Bühne herumstehen und begeistert klatschen.

Britta kommt mit einem Taschentuch in der Hand auf uns zu und Theo folgt ihr. Hannes Eltern wirken wahnsinnig stolz und ich frage mich, ob es Hannes endlich gelungen ist, ihnen zu beweisen, wie talentiert er als Musiker und Songwriter ist. Es freut mich daher besonders zu sehen, wie er von allen gedrückt wird.

Als die Dankesrunde vorbei ist, wird der Ruf nach einer Zugabe laut. Für den DJ, der zwischenzeitlich sein DJ-Pult fertig aufgebaut hat und startklar wäre, scheint das okay zu sein, denn er zeigt uns einen Daumen hoch und zieht sich zurück an die Bar, die sich im hinteren Teil des Raumes befindet. Also spielen wir noch drei weitere Stücke aus unserem Repertoire und schließlich erneut den Hochzeitssong, bevor wir dem gebuchten DJ das Feld überlassen.

Ich bin erleichtert, dass nicht wieder alle Gäste zu uns stürmen und uns umarmen wollen. Denn während sich so manch ein Künstler darin sonnen mag, ist mir so viel Anerkennung unangenehm. Alejandro, Clara und Hannes gehen locker damit um und die drei haben sich die zahlreichen Komplimente auch wirklich verdient. Adam dagegen nickt den Leuten bloß kurz zu, zwängt sich dann an den Gästen vorbei und macht sich auf den Weg zur Bar. Dafür bin ich dann wiederum zu höflich und lasse die Begeisterung der Feiernden über mich ergehen, bis mich plötzlich jemand sanft an den Schultern fasst und von der Bühne wegführt.

»Ihr wart toll«, flüstert Moritz mir ins Ohr.

»Danke.«

»Aber gerade siehst du aus wie ein Schaf, das von einem Rudel Wölfe überfallen wird.«

»So fühle ich mich auch«, gebe ich zu. »Dann spielst du also gerade den Retter in der Not?«

»Wenn ich damit Pluspunkte sammle, dann ja.«

»Pluspunkte wofür?«

Er dreht sich zu mir um und sieht mir in die Augen. »Kommt ganz darauf an«, sagt er leise.

»Ich sollte mich jetzt erst mal wieder umziehen«, bringe ich das Gespräch auf sicheres Terrain.

»Umziehen?«

»Das ist nur mein Band-Outfit. Aber da wir fertig mit dem Auftritt sind, kann ich mich jetzt wieder in Schale schmeißen und das Kleid anziehen.«

»Ich mag das Kleid, sehr sogar«, meint Moritz, während Hannes auf mich zukommt.

»Bist du auf der Flucht?« Er zwinkert mir wissend zu.

»So in etwa. Außerdem will ich mich wieder umziehen. Ich muss nur noch meine Gitarre holen.« Die will ich für den Rest des Abends nicht hier liegen lassen, auch wenn Hannes gesagt hat, dass die Mitarbeiter des Hotels sich darum kümmern, die Instrumente auf unsere Zimmer zu bringen. Nur das Schlagzeug wird weiterhin im Probenraum gelagert, da es im Hotelzimmer so viel Platz wegnehmen würde.

»Ich hol sie dir«, bietet Moritz an und entfernt sich in Richtung der Bühne.

»Theo und Britta haben sich wahnsinnig gefreut.« Hannes strahlt mich an. »Und bestimmt zehn Leute haben gefragt, wo sie den Song kaufen können. Ich bin dir echt dankbar, dass du das mit uns durchgezogen hast.«

»Denkst du über eine Veröffentlichung nach?«

»Das haben wir vorher schon. Ich glaube, dafür wird es endlich mal Zeit, dass wir unsere Songs auf den Markt bringen. Wir müssen uns nur mal erkundigen, wie wir das am besten organisieren.«

»Ich werde auf jeden Fall Werbung für euch machen.«

»Für euch – nicht für *uns*?«

Zum Glück kommt in dem Moment Moritz zu uns zurück und hält mir die Gitarre entgegen, sodass ich auf Hannes' Nachfrage nicht reagieren muss.

»Soll ich dich nach oben begleiten?«, fragt er und Hannes' Blick wird ernst.

»Das mit dem Umziehen kriege ich schon alleine hin«, versichere ich und hoffe, Adam hat ihm nichts von der

Sache mit dem T-Shirt erzählt. Irgendwie wäre mir das peinlich. Zumal er Moritz ja verraten hat, dass er mich sexuell anziehend findet.

»Schade«, meint Moritz und zwinkert mir zu.

Ich genieße die Stille beim Umziehen und lasse mir daher etwas mehr Zeit als nötig. Nachdem ich wieder in dem schicken Abendkleid stecke, muss ich mich überwinden, wieder in die Pumps zu schlüpfen, aber für die paar Stunden werden meine Füße die Schuhe nun auch noch überstehen. Meine Gedanken wandern zu Moritz, der nach dem Auftritt gemerkt hat, dass mich die Aufmerksamkeit der Gäste überfordert, sodass er mich aus der Schusslinie geholt hat. Das war wirklich lieb von ihm. Aber mir ist nicht entgangen, dass sein Angebot, mich aufs Zimmer zu begleiten, zu einer gewissen Anspannung bei Hannes geführt hat. Adam hat mir versichert, dass Moritz ein guter Kerl ist. Sieht sein Bruder das etwa anders?

Ich schnappe mir die kleine Handtasche und mache mich auf den Weg zurück zu der Feier. Es ist wirklich irre, welche Strecken man in diesem Hotel zurücklegen muss, um von einem Ort zum anderen zu kommen.

Schon im Flur schlagen mir Musik und Gelächter entgegen, und als ich den festlich geschmückten Saal wieder betrete, tanzen die meisten Gäste. Adam sitzt an einem Tisch zusammen mit Deriya, allerdings unterhalten sich die beiden nicht. Adam trinkt schweigend ein Bier und Deriya blickt mit verschränkten Armen auf die Tanzfläche. Dort wirbelt Hannes gerade seine Schwägerin in ihrem hübschen weißen Kleid herum. Der Bräutigam dagegen scheint sich eine Pause zu gönnen und steht mit zwei anderen Männern an der Bar. Dort ist auch Moritz, der auf mich zukommt, als er mich entdeckt.

»Hast du Hunger?«, will er wissen. »Caroline sagt, du hast vor eurem Auftritt fast gar nichts gegessen.«

»Hungrig bin ich nicht, aber was zu trinken könnte ich vertragen.«

»Na dann.« Er deutet mit der Hand in Richtung der Bar, dann legt er seine warme Hand in meinen Rücken und mir schießt ein Kribbeln durch den Leib. Bemüht darum, mir nichts anmerken zu lassen, gehe ich neben ihm her und bestelle mir ein Wasser und ein Glas Wein, dann nicke ich in Adams und Deriyas Richtung.

»Sollen wir uns zu den beiden gesellen? Sie sitzen da so allein.«

»Klar.«

Eigentlich hätte ich die Zeit nutzen können, um mit Moritz in Ruhe zu sprechen, aber das schiebe ich lieber noch ein bisschen vor mir her. Auch wenn es nicht die cleverste Idee ist, mir vorher Mut anzutrinken, klingt sie gerade völlig logisch.

»Hey«, sagt Adam, als wir uns an den Tisch setzen. Deriya verzieht nur kurz die Lippen und erwidert nichts. Sie ist wirklich keine Partykanone, andererseits scheint sie Kummer zu haben. Denn es will nach wie vor nicht in meinen Kopf, dass der fröhliche Hannes mit einer Frau zusammen sein kann, die durchgängig schlechte Laune hat. Irgendwas muss er doch in ihr gesehen haben, sodass ein Paar aus ihnen geworden ist. Daher glaube ich immer noch, dass Deriya nur eine schlechte Phase hat.

»Na, alles in Ordnung bei euch?«, fragt Moritz in die Runde.

»Hm. Bis auf die Krawatte«, brummt Adam.

»Meine bin ich ja zum Glück wieder los.« Ich proste ihm mitleidig zu, denn ich kann verstehen, dass ihn die

Krawatte nervt. Als könnte Hannes Gedanken lesen, kommt er an unseren Tisch und lockert sich eben diese, sein Jackett hat er bereits ausgezogen.

»Da seid ihr ja wieder«, sagt er. »Prost, Elli! Willst du nicht auch tanzen?«, fragt er dann an Deriya gewandt und hält ihr die Hand entgegen.

»Nein. Ich bin müde.«

Verblüfft wirft Hannes einen Blick auf seine Armbanduhr. »Jetzt schon?«

Sie zuckt nur mit den Schultern und mir fällt auf, dass Moritz die beiden abwechselnd mit gerunzelter Stirn ansieht. Adam sieht aus, als wünschte er sich, er könne seine Kopfhörer herbeizaubern oder sich in Luft auflösen.

»Elli, können wir beide kurz sprechen?«, erkundigt sich Hannes.

»Klar«, sage ich und frage mich, ob er wissen möchte, wie meine Einstellung zu dem Band-Wiedereintritt nach dem Gig aussieht. Dann hätte ich das Thema jedenfalls hinter mir, denn die Aufregung hat mir heute wieder gezeigt, dass es nach wie vor nicht meine Welt ist. Nur das gemeinsame Musizieren bei den Bandproben, das wird mir fehlen.

»Kommst du mit zur Bar?«, schlägt Hannes vor und hebt sein leeres Bierglas in die Luft. »Ich brauche Nachschub.«

Da die Tanzfläche noch immer sehr voll ist, ist es an der Bar leer, daher kommt der junge, dunkelhaarige Barkeeper direkt zu ihm und nimmt seine Bestellung auf.

»Willst du auch was?«

»Nein, ich habe mir eben erst was geholt. Worum gehts denn?«, frage ich, auch wenn ich bereits eine Vermutung habe, was sein Anliegen ist. Doch Hannes zögert plötzlich. Ob er schon ahnt, dass ich ihm eine Absage erteile?

»Moritz hat dich ganz schön ins Visier genommen«,

meint er dann und bringt mich mit dem Thema aus dem Konzept.

»Du willst wegen Moritz mit mir sprechen?«

»Ja. Er kann wahnsinnig charmant sein, wenn er will, aber ... du kennst ihn doch von früher, oder?«

»Spielst du auf die ganzen Mädels an, die er zu unseren Proben angeschleppt hat?«

»Ja.«

»Laut Adam macht er das nicht mehr.«

»Nein, eigentlich nicht mehr.«

»Aber?«, hake ich nach.

Hannes seufzt. »Es geht mich zwar eigentlich nichts an, aber es macht mir ein wenig Sorge, okay? Ich möchte nicht, dass du verletzt wirst.«

»Und du denkst, das ist seine Absicht?«

»Das habe ich nicht gemeint. Ich will nur, dass du vorsichtig bist.«

Sprachlos starre ich ihn an. Das sagt er mir ausgerechnet jetzt, nachdem ich für mich beschlossen habe, dass ich Moritz eine Chance geben möchte. Weil vieles dafür spricht, dass sein Interesse echt ist und ich mich nicht immer in allem hundertprozentig absichern kann. Ich bin nur noch nicht dazu gekommen, mit ihm zu reden, weil ich mich davor drücke. Doch Hannes Aussage zieht mich extrem runter.

»Tut mir leid«, sagt Hannes, der meine gedrückte Stimmung zu bemerken scheint. »Wie gesagt, es geht mich nichts an, aber ich weiß, wie es dir damals nach der Trennung von deinem Freund ging.«

»Ich weiß nicht, was ich sagen soll.« Es ist einerseits nett, dass Hannes sich Sorgen macht, andererseits kommt es zu einem absolut unpassenden Zeitpunkt. Außerdem ärgert es mich, dass er meinen Ex-Freund anspricht, von dem ich mich getrennt habe, als ich noch Bandmitglied war. Obwohl die Trennung von mir aus ging, fühlte ich mich ein paar Wochen lang ziemlich schlecht. Immerhin waren wir fast drei Jahre ein Paar gewesen. Doch dass ich die Trennung erst einmal verdauen musste, bedeutet nicht, dass ich nun einen Aufpasser brauche.

»Ich will nicht, dass du mit ihm auf die Nase fällst«, fügt Hannes noch hinzu, was es nicht besser macht.

»Hm«, mache ich nur und fühle mich mit einem Mal hundeelend. Habe ich mich doch von Moritz blenden lassen? Und Rieke auch, die denkt, dass er ein ehrliches Interesse an mir hat? Irrt sich sogar Adam, der mir gesagt hat, dass Moritz ein guter Kerl ist? Oder ist es vielleicht Hannes, der falschliegt, und der seinen kleinen Bruder nicht mehr so gut kennt, wie er glaubt? Oder ist er einfach mies drauf, weil seine eigene Beziehung so unglücklich zu sein scheint?

»Vielleicht hätte ich nichts sagen sollen«, meint Hannes und sieht mich verlegen an.

»Das denke ich auch.«

Er wirkt zerknirscht. »Dann vergiss' es einfach. Es tut mir leid.«

Aber wie soll ich das vergessen? Hannes hat Sorge, dass sein kleiner Bruder mir das Herz bricht. Wie soll ich so tun, als hätte er das nie gesagt?

»Ich muss mal an die frische Luft«, sage ich und noch ehe er etwas erwidern kann, verlasse ich eilig den Raum. Kurz fürchte ich, dass er mir nachläuft, aber das tut er nicht. Ich habe auch keine Lust, weiter mit ihm über meine Liebesangelegenheiten zu sprechen.

Vor dem Hoteleingang laufe ich an den Fontänen des Springbrunnens vorbei, die mich ausnahmsweise nicht interessieren. Stattdessen versuche ich, die Tränen zurückzudrängen, denn ich will nicht verheult aussehen, wenn ich später wieder auf der Feier erscheine.

Ich mag Hannes wirklich sehr. Er ist ein toller Bandkollege, aber seine Worte haben mich tief verletzt. Nicht
nur, weil er Moritz zutraut, einer Freundin das Herz zu
brechen, sondern auch, weil er zu denken scheint, dass
ich eine Frau bin, mit der Moritz es nicht ernst meinen
kann. Und das füttert meine eigenen Zweifel, die ihm da
natürlich sofort zustimmen.

Ein junges Mädchen, das ich auf neun oder zehn Jahre
schätze, läuft mit einer riesigen blauen M&M-Puppe an
mir vorbei und strahlt mich an. Wie leicht früher alles
war. Da konnte solch ein Plüschgeschenk den ganzen Tag
retten. Ich krame mein Smartphone aus der kleinen
Handtasche, entscheide mich dann aber dagegen, Laura
zu schreiben. Ich muss erst mal klar im Kopf werden,
bevor ich ihr eine Nachricht schicke, also atme ich ein
paarmal tief durch. So ein Gefühlschaos kann ich gerade
nicht gebrauchen.

Ich straffe sprichwörtlich die Schultern und mache mich
auf den Weg zurück zur Feier, biege aber erst noch ab zu
den Toiletten. In Gedanken versunken, erwische ich fast
die Herrentoilette, merke es aber im letzten Moment. Ich
will mich gerade zur richtigen Tür drehen, als ich eine
vertraute Stimme höre. Obwohl ich weiß, dass Lauschen
kein Kavaliersdelikt ist, kann ich nicht anders, als wie
versteinert stehen zu bleiben und den aufgebrachten
Stimmen zuzuhören, die aus der Herrentoilette ertönen.

»Ich kann es nicht fassen, dass du Elli vor mir gewarnt
hast. Was bist du eigentlich für ein selbstsüchtiger
Arsch?« Das ist Moritz' Stimme.

»Ich habe sie nicht gewarnt, ich ...«, versucht Hannes
anscheinend sich zu verteidigen.

»Hältst du mich für blöd? Euer Gespräch eben unter
vier Augen! Und ihre Reaktion darauf? Ich habe sie gesucht, aber keine Ahnung, wo sie ist!«

Er hat nach mir gesucht? In meinem Magen meldet sich ein aufgeregtes Flattern.

»Ja gut, vielleicht war das falsch, aber ich mache mir Sorgen, okay? Ich kenne Elli und sie ist kein Typ für ein kurzes Abenteuer!«

»Wer sagt dir, dass es mir darum geht? Aber klar, Moritz, der Frauenheld, der jede flachlegt, die nicht bei drei auf den Bäumen ist.«

»Den Ruf hast du dir wohl selber zuzuschreiben!«

»Vielleicht solltest du lieber mal vor der eigenen Tür kehren! Oder willst du mir ernsthaft erzählen, du empfindest noch was für deine mürrische Freundin, die hier allen die Laune verdirbt?«

»Um mich geht es hier nicht!«

»Allerdings geht es das! Wenn du dich in mein Leben einmischst, kann ich das ebenso.«

»Gut, ich gebs auf. Mach einfach, was du willst, aber mache es halt nicht auf Kosten anderer.«

»Das hatte ich nicht vor!« Moritz klingt wirklich verärgert. Ich höre Schritte und verschwinde schnell in der Damentoilette. Mein Herz rast und meine Knie fühlen sich wackelig an. Ich mag es kaum glauben, dass die beiden wegen mir in Streit geraten sind! Auch wenn ich Moritz darin zustimme, dass Hannes mit der Warnung an mich zu weit gegangen ist.

Ich bleibe vor dem Spiegel stehen und betrachte mich. Meine Haut ist leicht gerötet und weil ich schwitze, fangen meine Haare an, sich zu kräuseln. Vielleicht lässt auch die Wirkung des Fixiersprays nach. Die wasserfeste Wimperntusche und der Lidschatten halten noch, nur der leichte Glanz auf Nase und Stirn verraten, dass der Abend nicht mehr ganz frisch ist. Ich fahre mir mit den Fingern durch die vorderen Haarsträhnen, die die Stylistin stilvoll um mein Gesicht arrangiert hat, damit die Hochsteckfrisur nicht so streng wirkt. Und da ich einmal hier bin, gehe ich noch auf die Toilette. Das ist ein wenig umständlich mit dem langen Kleid, das ich nach oben raffen muss, damit es nicht in der Toilettenschüssel hängt. Ich frage mich, wie Britta das schafft, die trotz ihres ausgefallenen Rocks ja auch ab und zu menschliche Bedürfnisse haben muss.

Das Händewaschen ziehe ich in die Länge und tupfe mir mit einem Kosmetiktuch den Glanz von der Stirn. Netterweise steht in diesem Hotel so etwas auf der Damentoilette bereit. Ich bin nur noch wenig motiviert, wieder auf die Feier zu gehen. Ich habe ein schlechtes Gewissen, weil ich Hannes und Moritz belauscht habe. Nun weiß ich nicht, wie ich mit dem umgehen soll, was ich aufgeschnappt habe.

»Ach, hier bist du«, schreckt mich Riekes Stimme aus meinen Gedanken. »Wir haben dich schon gesucht. Das Spiel geht los.«

»Welches Spiel?«

Sie sieht mich verdattert an. »Das, bei dem du mitmachen musst. Moritz und Hannes haben das organisiert. Haben die beiden dir denn nichts gesagt?«

»Nein, nicht direkt.« Moritz hatte zwar ein Spiel erwähnt, aber nicht, dass ich dabei mitmachen muss. Und nach einem Spiel ist mir auch kein bisschen zumute. »Es kann doch einfach jemand anderes mitmachen.«

»Nein, das geht nicht. Es ist so ein Hochzeitskalender, glaube ich. Sie brauchen möglichst Gäste aus Deutschland, die mitmachen, sonst funktioniert die Idee nicht so gut, weil Theo und Britta in Düsseldorf wohnen. Also kommst du? Ich habe Hannes versprochen, dass ich dich suche.«

Hat Hannes etwa Schiss, mir selber wieder unter die Augen zu treten, weil er Mist gebaut hat? Aber nur weil ich mich über ihn ärgere, will ich das Spiel nicht vermasseln, also gebe ich nach und folge Rieke in den Saal. Moritz und Hannes stehen nebeneinander auf der Bühne und Hannes hält ein Mikrofon in der Hand. Die Brüder halten Abstand zueinander und ihre Körpersprache wirkt alles andere als entspannt. Oder bilde ich mir das nur ein, weil ich weiß, dass sie sich eben heftig gestritten haben? Jedenfalls müssen sie jetzt erst mal heitere Mienen aufsetzen, damit niemand was merkt.

Hannes spricht ein »Test, Test« in das Mikro und erklärt, dass das Brautpaar bei dem folgenden Spiel einfach nur zugucken und es sich bequem machen kann, aber unter den Gästen dreizehn Mitspieler gebraucht werden. Statt zu fragen, wer mitmachen möchte, wählt er die Mitspieler aus und blickt erfreut drein, als er Rieke und mich entdeckt. Kurzerhand werden wir zu Mitspielerinnen erklärt. So gehören schließlich neben mir noch Alejandro, Rieke, Adam, Hannes' Eltern, Brittas Vater, Nadine, Brittas Bruder, ihre Cousine und Clara zu den Mitspielern sowie doch zwei Gäste aus Las Vegas. Warum Hannes und Moritz die Mitspieler so ausgewählt haben, wird klar, als sie das Spiel auf Englisch erklären. Es wird tatsächlich »Hochzeitskalender« genannt und nur einer der dreizehn Mitspieler kann am Ende etwas gewinnen. Die zwölf Verlierer dagegen müssen, je nach Monat, um den in der Runde gespielt wird, eine Überraschung in eben diesem Monat für das Brautpaar organisieren.

»Wir spielen zwölf Runden, passend zu den zwölf Kalendermonaten«, führt Hannes weiter aus. »In jeder Runde werde ich einen Gegenstand vorlesen und dann werden eigentlich alle hier im Raum zu Mitspielern. Denn ihr müsst den dreizehn Hauptmitspielern dabei helfen, diese Gegenstände zu organisieren.« Er lässt seinen Blick über die Gäste schweifen. »Wer als Letzter von den dreizehn Leutchen hier vorne den gewünschten Gegenstand zu mir bringt, hat verloren und bekommt eine Aufgabe von mir für das Brautpaar. Da wir jetzt Oktober haben, starten wir mit November, also muss der erste Verlierer diese Aufgabe schon nächsten Monat für das Brautpaar erfüllen.«

»Was muss man denn machen?«, ruft jemand.

»Was das für eine Aufgabe ist, erfährt der Verlierer erst nach der Runde. Also keine Sorge, ihr müsst euch keine Überraschung für das Brautpaar einfallen lassen, sondern wir sagen euch, was ihr in dem jeweiligen Monat machen müsst.«

»Das heißt, wer jetzt in dieser Runde verliert, muss die Aufgabe dann im nächsten Monat schon erledigen?«, fragt Rieke.

»Ganz genau, irgendwann im Monat November. Sind alle bereit?«

Zustimmendes Gemurmel erklingt.

»Wunderbar! Also, dann gehts los! Als ersten Gegenstand hätte ich gerne eine Brille von euch.«

Ich werde fast von Brittas Vater umgeschubst, der schräg hinter mir stand und auf einen Gast mit Brille zurennt. Adam, der neben mir ist, fängt mich zum Glück auf und ich nicke ihm dankbar zu, dann laufe ich zu dem Barkeeper, der Hannes' Ansprache auch gehört hat und mir bereits seine Sehhilfe entgegenhält. Gerade noch als Vorletzte komme ich bei Moritz und Hannes an und halte die Brille hoch. Clara dagegen hat verloren und bekommt als Erste eine Aufgabe. Sie muss für das Brautpaar im November einen Adventskalender basteln, was Theo und Britta erfreut zur Kenntnis nehmen. Ich ziehe mir währenddessen für die nächste Runde rasch die Schuhe aus. Zwar ist der Absatz nicht besonders hoch, aber ich kann dennoch nicht schnell darin laufen. Außerdem schnappe ich mir die Bluse von meinem Stuhl. Der Blick des Barkeepers, als ich mit wogenden Brüsten auf ihn zugerannt bin, war mir dann doch unangenehm.

Nachdem alle Gäste ihre Brillen zurückbekommen haben, startet die zweite Runde. Diesmal wollen Hannes und Moritz, dass wir ihnen ein Stück Toilettenpapier besorgen. Es ist erstaunlich, wie unter uns Mitspielern der Kampfgeist mit dieser simplen Aufgabe geweckt wird. Rieke und ich bleiben fast in der Tür zur Damentoilette stecken, weil wir gleichzeitig durch wollen, und Theos Mutter rennt triumphierend als Erste an uns vorbei mit einem Blatt Papier in der Hand. Meine Güte, die Frau ist wirklich fit! Doch auch Rieke und ich schnappen uns schnell was von einer der Papierrollen und bringen den gewünschten Gegenstand zu Theos Brüdern. Dieses Mal verliert Alejandro und muss das Brautpaar im Dezember auf den Düsseldorfer Weihnachtsmarkt einladen.

»Pah, ich glaube, der hat absichtlich verloren, damit er jetzt nur noch zugucken muss«, schnauft Rieke empört. Damit könnte sie recht haben, denn Alejandro wirkt äußerst erheitert darüber, dass er diese Runde Letzter geworden ist.

Zum Ausruhen bleibt uns anderen keine Zeit, denn nun sollen wir einen linken Herrenschuh organisieren, anschließend ein Feuerzeug und dann einen Führerschein. Leider dürfen es niemals die eigenen Sachen sein. In der Führerscheinrunde scheidet Rieke aus und mich trifft es in der Runde danach, als es darum geht, einen Lippenstift zu organisieren. Meine Aufgabe ist es daher, für das Brautpaar im April Ostereier zu färben. Da hätte es mich schlimmer treffen können.

Das Spiel geht weiter und in der letzten Runde ist das Gekreische laut, als die beiden übrigen Mitspieler, Adam und Nadine, einen BH besorgen müssen. Nadine kommt hoffnungsvoll auf mich zu, aber ich schüttele hilflos den Kopf. Der BH ist in das Kleid eingenäht und das kann ich schlecht ausziehen. Mit enttäuschter Miene rennt sie weiter, hat aber Pech, denn Adam ist der Erste, der mit einem BH in der Hand erscheint und das Spiel gewinnt. Zur Belohnung erhält er eine Flasche Champagner, die er kurz in die Luft hält, dann macht er sich wieder auf zu dem Tisch, an dem Deriya noch immer genauso mürrisch sitzt wie zuvor. Ich frage mich, ob sie sich an diesem Abend überhaupt mal von ihrem Platz wegbewegt hat.

Mein Wasser von vorhin steht noch an meinem Platz und da ich von der Lauferei durstig bin, trinke ich es in einem Zug leer. Dann suche ich den Raum nach Moritz ab und entdecke ihn zusammen mit Britta und Theo. Sie stehen etwas abseits von den anderen Gästen und ich kann sehen, wie Moritz den beiden einen großen Umschlag überreicht. Theo und Britta stecken erwartungsvoll die Köpfe zusammen und plötzlich jauchzt Britta auf und schlägt sich die Hand vor den Mund. Theo wirkt kurz wie erstarrt, bevor er sich über die Augen reibt und Moritz in seine Arme zieht. Kaum hat er seinen kleinen Bruder losgelassen, fällt Britta ihm um den Hals. Was auch immer Moritz den beiden geschenkt hat, er scheint alles richtig gemacht zu haben. Ich platze fast vor Neugierde, denn er wollte partout nicht verraten, was er den beiden schenkt. Ich beobachte sie noch einen Moment und warte auf den richtigen Zeitpunkt, um mir endlich Moritz zu schnappen.

»Da bist du ja«, spricht Hannes mich plötzlich an und ich drehe mich zu ihm um. »Danke, dass du mitgemacht hast eben. Obwohl du allen Grund hast, sauer auf mich zu sein.«

»Schon okay.« Mir fehlt gerade die Kraft, das Thema noch einmal zu diskutieren. Also halte ich wieder nach Moritz Ausschau, doch auch wenn ich ihn nur kurz aus den Augen gelassen habe, kann ich ihn nirgends mehr entdecken.

»Weißt du, wo Moritz ist?«, frage ich an Adam gewandt, der gerade mit einem neuen Bier von der Bar kommt, doch er zuckt ratlos die Schultern. Ich blicke mich suchend um.

»Hast du Moritz gesehen?«, frage ich Rieke, die im Takt zur Musik wippend an mir vorbeiläuft und zur Tanzfläche will.

»Der ist rausgegangen, glaub ich«, ruft sie mir zu.

»Raus?«

»Er wollte frische Luft schnappen.«

Da geht es ihm wohl wie mir eben. Also mache ich mich auf den Weg in die Hotellobby und von dort nach draußen, wo um diese Uhrzeit reger Betrieb herrscht. Mindestens die Hälfte der Touristen laufen in Halloween-Outfits herum, viele davon wieder sehr sexy. Trotz des Rückenausschnitts in meinem Kleid komme ich mir, im Vergleich dazu, fast wie eine Nonne vor.

Ich sehe mich aufmerksam um, aber wenn Moritz frische Luft schnappen wollte, dann nicht hier vor dem Hotel. Er kennt sich schließlich bestens in dieser Stadt aus und hat sich vermutlich einen besseren Standort ausgesucht, um seine Ruhe zu haben, aber so habe ich keine Chance, ihn zu finden.

Also nehme ich mein Smartphone zur Hand und schreibe ihm eine Nachricht, auch wenn ich nicht weiß, wie schnell er diese lesen wird.

Wo bist du?

Erwartungsvoll gucke ich auf den Chatverlauf. Wenn er gerade irgendwo Ruhe sucht, dann sollte er die Nachricht zumindest hören. Andererseits hat er vielleicht keine Lust auf Gesellschaft und reagiert nicht, was ich ihm nicht übel nehmen kann. Während ich einige Neuankömmlinge beobachte, denen der Taxifahrer gerade die Koffer aus dem Taxi hievt, sehe ich, dass er eine Antwort tippt.

Ich bin am Pool.

Mein Herz macht einen freudigen Hüpfer. Da hätte ich selber drauf kommen können, dass der Pool ein Ort ist, an dem er sich als ehemaliger Leistungsschwimmer wohlfühlt. Ich gehe zurück ins Hotel, um von dort in den Außenbereich der Anlage mit den beheizten Pools zu gelangen. Es dauert eine Weile, bis ich Moritz an dem kleineren Schwimmbecken entdecke. Er sitzt auf einer der Liegen und starrt auf das Wasser, das sich leicht im Wind bewegt.

»Hey«, sage ich.

»Hey.«

»Störe ich?«

Er schüttelt den Kopf und klopft neben sich, also setze ich mich zu ihm.

»Es tut mir leid«, platzt es dann aus mir heraus.

Da er neben mir sitzt, dreht er sich zu mir um und sieht mich verwirrt an. »Was?«

»Ich habe euren Streit eben belauscht.«

Er wirkt resigniert. Kein Leuchten in den Augen, kein Zwinkern, kein flotter Spruch.

»Aber da hast du nichts Neues gehört, oder?«, sagt er dann.

Ich runzele die Stirn.

»Nichts, was du nicht schon wüsstest. Dass ich eine Frau nach der anderen aufreiße.« Seine Stimme klingt matt und entweder verdient Moritz einen Oscar dafür, wie brillant er den verletzten Mann mimt, oder er ist wirklich so getroffen von dem Gespräch mit Hannes, wie er aussieht. Es tut mir richtig weh, ihn so zu sehen.

»Ich glaube nicht, dass Hannes das ...«

»... wirklich so gemeint hat?«, beendet Moritz meinen Satz. »Doch, das hat er. Er hat es genauso gemeint. Er echauffiert sich über mich und lebt selber in einer Fake-Beziehung.«

»Wie meinst du das?«

»Das soll Hannes dir besser selber erzählen.«

»Es war nicht richtig von ihm. Ich bin auch ein bisschen sauer auf ihn.« Ich greife nach seiner Hand. Moritz lässt es zu und lächelt mich kurz an, dann wird seine Mimik wieder ernst. Eine Weile sitzen wir schweigend nebeneinander.

»Hannes und Theo sind immer noch gerne in Las Vegas«, sagt er dann.

»Aber du nicht?«

Er zuckt mit den Schultern und sieht mich an. »Mir hat es mein Lebensziel versaut.«

Das Geständnis erschreckt mich. »Wie meinst du das?«

»Ich wollte Profi-Schwimmer werden. Ich war zwölf, als wir hergezogen sind. Bis zum Umzug hierher hat mein Tagesablauf daraus bestanden, dass ich schon vor der Schule zum Schwimmunterricht gegangen bin, dann Schule, dann wieder schwimmen.«

»Das klingt hart.«

»Das war es auch. Neben der Schule hatte ich für fast nichts anderes mehr Zeit. Und dann sind wir für knapp vier Jahre hierher gezogen. Klar kann man auch hier trainieren, aber das war kein Vergleich mit dem Training und der Ausbildung in Deutschland, die ich zu dem Zeitpunkt hatte. Und als wir wieder zurück in Deutschland waren, war es schwierig, wieder den Anschluss zu finden. Ich habe es versucht und es auch zu den Deutschen

Meisterschaften geschafft, aber ich war nicht mehr bei den ganz vorderen Plätzen mit dabei.«

Ich lehne meinen Kopf an seine Schulter, meine Hand fährt über seinen Rücken. »Das tut mir leid.«

Er atmet laut aus. »Vielleicht hätte ich es nie zu einer richtigen Schwimmerkarriere geschafft, wer weiß das schon. Aber ich denke, ohne den Umzug nach Las Vegas ... Das einzig Gute hier war eigentlich unser Kindermädchen.« Die Erinnerung an sie zaubert ein Lächeln auf sein Gesicht.

»Ihr hattet in dem Alter noch ein Kindermädchen?«

»So muss man es wohl nennen. Theo durfte hier zwar schon Auto fahren, aber Hannes und ich noch nicht. Und unsere Mutter hat immer viel gearbeitet.«

»Weil sie in einem der Hotels angestellt war, richtig?«

»Ja. Sie war vier Jahre General Manager in einem Hotel hier in Las Vegas und da blieb nicht viel Zeit für uns Jungs. Gabriela hat Hannes und mich also morgens zur Schule gefahren und sich darum gekümmert, dass wir uns nicht nur von Fast Food und Chips ernähren. Sie war klasse. Sie war es auch, die mich angetrieben hat, Klavier zu üben, aber bei mir hat es weniger gefruchtet als bei Hannes.« Er grinst mich an. »Mich hat es eben doch immer mehr ins Wasser gezogen. Mum meinte mal, dass sie mich vielleicht damals besser in Deutschland gelassen hätte, damit ich dort weiter gefördert werden kann.«

»Wäre das denn eine Option gewesen?«

Er zuckt mit den Schultern. »Vielleicht wäre ein Sportinternat gut gewesen. Aber frag mich nicht, wie ich das als Zwölfjähriger gefunden hätte. Und für mein Englisch war es auf jeden Fall gut, ein paar Jahre hier gelebt zu haben. Aber für die Schwimmerei ... Mit achtzehn habe ich das Training geschmissen, als es darum ging, was ich nach dem Abitur nun eigentlich machen will.«

»Und dann hast du dich für ein Sportstudium entschieden.«

»Genau«, sagt er, doch es schwingt keine Begeisterung in seiner Stimme mit.

»Fehlt es dir?«

»Du meinst das Schwimmen?«

Ich nicke.

»Der Wettkampf, das Besserwerden, das schon. Das Training um sechs Uhr morgens ...« Er schüttelt den Kopf und lächelt mich an. »Das fehlt mir nicht.« Er legt seinen Arm um mich. »Jedenfalls, während Hannes Psychologie studiert hat, wollte ich mein Leben nach dem Abitur erst mal ein wenig genießen.«

»Das war zu der Zeit, als ich in die Band kam, oder?«

»Hm. Die Zeit, als ich, so wie Hannes sagt, reihenweise die Mädels abgeschleppt habe.«

»Und, hast du?«

»Ist das eine Fangfrage?«

Ich grinse ihn an. »Ich fürchte ja.«

Er kratzt sich am Kopf. »Sind die Zeiten nicht vorbei, in denen es immer die Männer sind, welche die Frauen abschleppen?«

»Vermutlich schon. Ich weiß nicht.«

»Ich habe nie einer Frau was vorgemacht.«

»Nie?«

Seine Augen suchen meinen Blick. »Nein, nie.«

Vielleicht bin ich naiv, aber ich glaube ihm. Eine Weile sitzen wir schweigend nebeneinander und ich genieße die Nähe zu ihm.

»Es hat mich schon verunsichert, dass du früher immer andere Frauen zu den Proben mitgebracht hast«, gebe ich zu. »Auch bevor Hannes mit mir gesprochen hat. Aber ich hatte gehofft, die Zeiten sind vorbei.«

»Das sind sie«, versichert er, dreht sich zu mir und

lehnt seine Stirn an meine, während seine Hand vorsichtig über meinen rechten Arm fährt. Ich versuche, die ganzen Gefühle zu sortieren, die mich durchfluten, als er seine Lippen sanft auf meine drückt und mich küsst. Seine Hand schiebt sich in meinen Nacken und mein Körper steht regelrecht in Flammen. Dieses Mal ist es nicht das Glas Wein, das meine Beine wackelig werden lässt. Alles fühlt sich plötzlich unfassbar schön und aufregend zugleich an.

»Danke, dass du hier bist«, sagt er, als er sich von mir löst.

Ich will gerade etwas erwidern als ein »Ich habe euch gesucht« ertönt und Hannes auf uns zugelaufen kommt. Er wirkt ein wenig aus der Puste und ich ärgere mich über sein mieses Timing.

»Der große Bruder kommt zum Aufpassen vorbei«, sagt Moritz bissig.

Hannes schüttelt leicht den Kopf. »Es tut mir leid.«

Ich stehe von der Liege auf. »Ich lasse euch besser mal allein.«

Moritz greift nach meiner Hand. »Das ist nicht nötig.«

»Ich denke schon.« Ich lächle ihm zu und gehe nachdenklich durch die Gartenanlage. Ich kann nur hoffen, die beiden sprechen sich aus und man sieht mir nicht an, wie wackelig sich meine Knie gerade anfühlen, weil ich die ganze Zeit an den Kuss denken muss.

19. Donnerstag, 31.10. – A little turbulent

»Ich habe irgendwie das Gefühl, hier ist was im Gange und ich habe keine Ahnung was.« Mit dieser Erkenntnis kommt Alejandro mit zwei Gläsern Rotwein zu mir an den Tisch, stellt diese vor mir ab, und zieht sich einen Stuhl ran, sodass er näher bei mir sitzt.

»Sind die etwa beide für mich?« Auf keinen Fall sollte ich noch mehr Wein trinken. Vielleicht sollte ich stattdessen besser noch was essen.

Alejandro schüttelt den Kopf, nimmt sich ein Glas und hält mir das andere hin. »Nur eines ist für dich. Prost.«

Na gut, ein kleiner Schluck wird schon nicht schaden. »Und jetzt möchtest du durch mich aufgeklärt werden, was hier los ist und bestichst mich dafür mit Wein?«, spekuliere ich.

»Ich bin nicht sicher, ob ich das wirklich wissen will. Eigentlich will ich bloß fragen, wie es dir so geht nach dem Auftritt?«

Ich trinke einen Schluck, denn ich vermute, Alejandro möchte als Nächstes wissen, ob ich mich dazu entschieden habe, wieder in die Band zurückzukommen. Allerdings geht es inzwischen auf Mitternacht zu und ich bin nicht sicher, ob ich ein weiteres tiefgreifendes Gespräch an diesem Tag verkrafte.

»Es war einiges los heute Abend«, weiche ich seiner Frage aus.

Alejandro lacht, obwohl er gar keine Ahnung hat, was hier wirklich alles los war. »Das stimmt, aber darauf will ich nicht hinaus. Die Gäste waren alle begeistert von unserem Auftritt. Und einer von Theos Freunden hier aus Las Vegas ist selber Musiker. Der hat gesagt, wir sollen aus unseren Talenten unbedingt was machen, und ...«

»Genau das ist doch mein Problem. Ich will aus meinem Talent gar nichts machen. Die Musik ist ein Hobby für mich, aber nicht meine Berufung.«

Von dem Blick, den Alejandro mir zuwirft, könnte jeder Dackel noch was lernen.

»Ach Mensch, jetzt sieh mich nicht so an«, beschwere ich mich.

»Es ist halt echt schade.«

So bedröppelt habe ich ihn noch nie gesehen. »Ihr braucht mich doch nicht, um erfolgreich zu werden. Ich würde euch nur bremsen, vor allem im nächsten Jahr, wenn ich die Prüfungen und die Masterarbeit vor mir habe.«

»Wir könnten Rücksicht auf deine Prüfungszeiten nehmen.«

»Ach, Alejandro ...«

»Schon gut. Ich werde mich wohl mit deiner Entscheidung abfinden müssen, oder?«

»Ja«, sage ich und eine Weile sitzen wir schweigend nebeneinander.

»Möchtest du tanzen?«, fragt Alejandro, als sich die Tanzfläche trotz der späten Stunde plötzlich wieder füllt.

»Nein, ich bin ganz froh, mal ein bisschen zu sitzen.« So langsam machen meine Schuhe mich fertig. Am linken Zeh werde ich wohl eine Blase bekommen. Jetzt rächt es sich, dass die Füße nicht genug Platz haben.

Alejandro steht auf, prostet mir mit seinem Weinglas noch einmal zu, und macht sich auf den Weg Richtung Tanzfläche. Mit schlechtem Gewissen sehe ich ihm nach und gleichzeitig fällt mir auf, dass ich das Glas fast leer getrunken habe. Kein Wunder, dass sich mir ein wenig der Kopf dreht. Doch vermutlich liegt das nicht nur am Alkohol, sondern auch daran, dass ich einiges verarbeiten muss. Zum einen ist da die Sache mit Moritz, der sich am Montag im Outlet Center schon kurz von seiner verletzlichen Seite gezeigt hat und dem es seit Jahren zu schaffen macht, dass er seine Schwimmerkarriere aufgeben musste – für die Karriere seiner Mutter. Und nun ist er seit fast einer Woche an dem Ort, den er mit dem aufgegebenen Lebenstraum verbindet.

Ich hielt ihn immer für den lebensfrohen Womanizer, der das Leben nicht so ernst nimmt, gerne mal mit der Band abhängt und in den Tag hinein lebt. Stattdessen verbirgt sich hinter der Fassade ein nachdenklicher junger Mann. Und dann noch der Kuss ... Ich kann mich nicht erinnern, jemals so viel beim Küssen empfunden zu haben. Nicht dass ich wahnsinnig viel Lebenserfahrung habe, aber er ist auch nicht der erste Mann, den ich geküsst habe. Beim bloßen Gedanken daran werden meine Wangen schon wieder heiß.

»Müde?«, fragt Adam und lässt sich auf den Stuhl fallen, auf dem kurz zuvor noch Alejandro gesessen hat.

»Ein wenig«, gebe ich zu.

Er nickt und wir schauen den Gästen zu, die noch ein paar flotte Runden auf dem Parkett drehen. Ich dagegen würde mir am liebsten die Pumps von den Füßen streifen, aber ich weiß nicht, ob ich dann wieder in die Schuhe reinkomme und ich will nicht barfuß ins Hotelzimmer laufen. Als ich im Augenwinkel eine Bewegung wahrnehme, drehe ich mich zur Tür und sehe, wie Hannes und

Moritz den Raum betreten. Moritz schaut sich suchend um und hebt kurz die Hand zum Gruß, als er mich entdeckt. Ich erwidere die Geste und die Brüder kommen zu uns an den Tisch.

»Die Haarnadeln sind furchtbar«, klagt Deriya, als Hannes sich neben sie setzt. »Ich habe Kopfschmerzen.«

Hannes mustert ihre Frisur. »Soll ich die Nadeln rausmachen?«

Entsetzt sieht sie ihn an. »Jetzt, hier?«

»Warum nicht? Wenn es wehtut? Alleine kriegst du die vermutlich kaum raus.«

Mir dämmert, dass Hannes recht hat. Den Spaß mit den Haarnadeln habe ich heute Nacht also auch noch vor mir. Die Frage ist allerdings, ob Adam Lust hat, mir zu helfen, die alle aus meinen Haaren herauszufischen, falls mir das alleine nicht gelingen sollte.

Deriya kratzt sich an der Kopfhaut. »Also gut«, sagt sie dann und Hannes steht auf, kneift die Augen zusammen, und sucht Deriyas dunkle Haare nach den Accessoires ab.

»Au!«, schnauzt Deriya schon bei der zweiten Haarnadel und Hannes sieht mich hilfesuchend an.

»Soll ich es mal versuchen?«, biete ich an.

Deriya nickt sofort und so löse ich Hannes ab und fürchte kurz darauf, dass man diese Haarnadeln wirklich nicht alleine aus der Frisur gezupft bekommt. Zumindest nicht, ohne dabei jede Menge Haare zu opfern.

»Geht es so?«, frage ich, nachdem ich ein paar Nadeln entfernt habe.

»Ja«, sagt Deriya und klingt erleichtert.

»Das ist aber auch echt tricky«, murmele ich und drehe ihren Kopf etwas ins Licht, damit ich die Haarnadeln besser erkennen kann.

»Wenn du später auch Hilfe bei den Haarnadeln brauchst, dann sag Bescheid«, meint Moritz, der plötzlich hinter mir steht und mir einen Kuss in den Nacken haucht.

»Au!«, motzt Deriya.

»Entschuldigung«, murmele ich und versuche, die Hitze in meinem Körper zu ignorieren. Was steht Moritz da auch so dicht neben mir! Hat er nichts anderes zu tun? Ich versuche, mich wieder auf Deriya zu konzentrieren, doch es dauert noch mehr als zehn Minuten, bis ihre Haare ihr haarnadelfrei in langen Wellen über die Schultern fallen. Mir fällt auf, wie hübsch sie ist, wenn nicht das Erste, was man wahrnimmt, ihr unglückliches Gesicht wäre.

Ich setze mich wieder auf meinen Platz, und auch wenn ich mich noch immer ein wenig über Hannes ärgere, habe ich den Plan nicht aufgegeben, mich bei ihm zu bedanken. Da kommt es mir entgegen, dass seine Mutter alleine an der Bar steht. Ich bin ein wenig aufgeregt, als ich mich ihr nähere.

»Darf ich kurz stören?«

»Aber natürlich«, sagt sie und schenkt mir ein freundliches Lächeln. »Euer Auftritt war fantastisch. Das war wirklich ein besonderes Geschenk.«

»Ich habe bloß ein paar Noten gespielt.«

Sie lacht. »Hannes hat dich treffend beschrieben«, sagt sie, doch ehe ich nachfragen kann, was sie damit meint, redet sie schon weiter. »Was kann ich denn für dich tun?«

»Es geht um Gabriela.«

Sie runzelt die Stirn.

»Ihren Nachnamen weiß ich leider nicht. Aber ich möchte mich gerne bei Hannes bedanken für die Reise hier. Und von Moritz habe ich erfahren, dass die beiden hier damals ein Kindermädchen hatten, das sie sehr mochten. Ich will versuchen, sie zu kontaktieren und hatte gehofft, du hast vielleicht noch die Kontaktdaten.«

»Ah, ich verstehe. Die gute alte Gabriela. Das ist eine schöne Idee von dir.« Sie schüttelt den Kopf. »Darauf hätte ich auch kommen können, sie einzuladen. Aber mit Theo hatte sie am wenigsten zu tun von den Jungs. Er war schon fast achtzehn, als wir hergezogen sind.« Dennoch sieht sie einen Moment lang aus, als würde sie sich über ihre Unachtsamkeit ärgern. »Sie hat damals einen tollen Job gemacht.« Sie greift sich nachdenklich ans Kinn. »Ich fürchte, auf dem Telefon habe ich die Kontaktdaten nicht mehr, aber ich kann morgen früh auf meinem Laptop nachsehen. Reicht dir das?«

»O ja, das wäre großartig. Vielen Dank.«

»Ich habe zu danken. Der Auftritt eurer Band war nicht nur für Theo und Britta ein Highlight.«

Ich bemühe mich zu lächeln und hoffe, es sieht nicht allzu gequält aus.

Ihr Blick wird plötzlich ernst. »Ist das eigentlich etwas Ernstes mit dir und meinem Jüngsten?«

»Was?«

»Ich nahm an, du und Moritz seid ein Paar.«

»Oh! Nein, wir sind nur befreundet, glaube ich«, sage ich, doch irgendwie fühlt sich dieser Satz total falsch an.

»Wie schade, Elli.« Sie zwinkert mir zu und ihr Mann nähert sich uns.

»Liebes, die Thompsons wollen sich verabschieden. Kommst du?«

»Ja, natürlich. Du entschuldigst mich?«

»Sicher.«

»Elli, ich weiß von Hannes, dass du es hasst, wenn man dir Komplimente macht, aber ich kann nicht anders.« Ich zucke ein wenig zusammen, als Britta mir plötzlich von hinten den Arm um die Schulter legt.

»Ich höre eigentlich am liebsten Klavier oder auch Saxofon, aber dein Solo heute Abend ... da kamen mir die

Tränen. Na gut, ehrlich gesagt kamen die schon, nachdem Clara die erste Zeile gesungen hat. Gott, jetzt fängt das schon wieder an.« Britta tupft sich vorsichtig mit einem Taschentuch an den Augen herum. »Und das bei dem teuren Make-up.« Sie lacht. »Es war wirklich wunderbar. Das Geschenk von Moritz und das von euch. Einfach großartig.«

»Ich hatte damit gar nichts zu tun«, sage ich schnell. »Das hast du vor allem Hannes zu verdanken. Ich bin nur für den verletzten Thomas eingesprungen.«

Britta lächelt. »Das hat Hannes erzählt, dass ihr kaum proben konntet, aber es war wirklich toll.«

»Danke.«

»Er hat auch gesagt, dass du extra für die Hochzeit noch mal in die Band zurückgekommen bist.«

»Das stimmt. Aber die Reise hat sich gelohnt. Eure Feier ist wunderschön und Las Vegas ist echt ein Erlebnis.« Bis auf ein paar Streitigkeiten, aber davon muss Britta nichts wissen. Schon gar nicht an ihrem Hochzeitstag.

»Danke.« Sie strahlt mich an. »Aber solltest du doch noch mal mit den Jungs auftreten, dann komme ich auf jeden Fall vorbei. Ich war auch früher schon mal auf ein paar Gigs, aber ich habe den Eindruck, ihr habt euch unheimlich weiterentwickelt.«

Ich weiß nicht mehr, was ich sagen soll, also lächle ich einfach und bin ein wenig erleichtert, als Moritz auf uns zukommt. Nicht dass ich Alejandro unterstellen möchte, er hätte Britta auf mich angesetzt, aber den Eindruck könnte man durchaus gewinnen.

»Da treffe ich also doch noch die beiden hübschesten Frauen zusammen an diesem Abend«, sagt Moritz und ich wundere mich, dass er immer noch so nüchtern wirkt. Ich weiß genau, dass er zum Abendessen Wein bestellt hat, zwischendurch Bier, und eben stand er mit seinen Brüdern an der Bar. Und das, was sie da aus diesen kleinen Gläsern getrunken haben, war sicherlich kein Mineralwasser.

»Du Charmeur«, sagt Britta und klimpert mit den Augen. »Ich musste doch unsere Gitarristin noch verabschieden, bevor wir uns verpassen.« Sie deutet auf ihre Uhr, und es stimmt schon, dass der Saal inzwischen leerer geworden ist. Deriya ist bereits gegangen, kurz nachdem ich ihr die Haarnadeln aus der Frisur gezupft habe.

»Willst du denn schon gehen?«, fragt Moritz an mich gewandt.

»Ich bin ziemlich müde.«

»Es war auch ein langer Tag«, meint Britta und unterdrückt ein Gähnen. »Ich glaube, ich bin bloß zu aufgedreht, um so richtig müde zu werden.«

»Als Braut musst du wohl noch ein bisschen durchhalten«, überlegt Moritz.

Britta sieht sich um. »Obwohl wirklich schon einige gegangen sind.«

»Ich glaube, Adam ist auch schon weg«, sage ich.

Moritz nickt. »Wenn es ihm irgendwann zu viel wird, dann geht er einfach still und heimlich. Vermutlich pennt der schon tief und fest.«

»Das klingt für mich auch nach einem guten Plan«, räume ich ein.

»Wir haben doch noch gar nicht zusammen getanzt.«

»Uh, ich glaube, das sollten wir verschieben. Meine Füße bringen mich um.«

»Ha!«, macht Britta mit einem zufriedenen Ausdruck im Gesicht. »Dem habe ich vorgebeugt. Diese Schuhe habe ich wochenlang eingelaufen. Jetzt sehen sie zwar schon ein wenig abgenutzt aus, aber das sieht unter dem langen Kleid sowieso keiner.«

»Sehr clever«, sage ich. »Jedenfalls vielen Dank für die schöne Feier, Britta. Es war wirklich schön. Wo ist denn eigentlich dein Mann?«

»Der ist eben mit Miles und Juliana rausgegangen, um sie zu verabschieden, und ich fürchte, sie haben sich verquatscht.«

»Ach so ...« Unentschlossen blicke ich mich um.

»Du musst nicht auf ihn warten.«

»Na, dann grüße ihn ganz lieb von mir und ich wünsche euch noch eine tolle Hochzeitsreise. Morgen geht es schon weiter für euch, oder?«

»Ja. Das bereue ich jetzt allerdings ein wenig, wenn ich auf die Uhr gucke, aber unser Flug nach Hawaii geht zum Glück erst am späten Mittag.«

»Wow, Hawaii. Das stelle ich mir toll vor.«

»Ich auch. Ich bin schon sehr gespannt.«

»Dann habt eine tolle Zeit.«

»Du auch. Oder sollte ich lieber sagen: ihr auch?« Sie grinst uns an, dann geht sie auf einen der Tische zu, an dem die beiden Elternpaare sitzen.

»Ich bringe dich zum Zimmer«, bietet Moritz an.

»Das musst du nicht.«

»Ich bestehe aber darauf.«

»So betrunken bin ich nicht.«

»Aber ein bisschen schon, oder?«

Ich strecke ihm die Zunge raus, weil er recht hat. »Bis zum Zimmer schaffe ich es schon.«

»Mir egal, ich komme mit.«

Ich will nicht, dass er mitkommt. Weil ich ihn gerade unwiderstehlich finde mit seinen leicht zerzausten Haaren, die nicht mal das Gel an Ort und Stelle halten konnte. Aber kein Wunder, denn Moritz war viel auf der Tanzfläche und wie heißt es immer über Männer, die gut tanzen können ... O nein! Daran darf ich nicht denken, denn tanzen kann Moritz gut und allein der Kuss war schon der Hammer.

»Hast du alles?«

Ich hebe meine kleine Handtasche demonstrativ hoch. »Ja.«

Er runzelt die Stirn. »Hattest du nicht eine Bluse dabei?«

»Oh!«

Er lacht. »Ich hole sie.«

»Sie müsste noch auf dem Stuhl hängen, wo ich zum Essen gesessen habe.«

»Okay.« Mit schnellen Schritten verschwindet er. Vielleicht haben die Brüder doch bloß Mineralwasser aus den Schnapsgläsern getrunken. Wie bitte kann man sonst so fit sein?

Es dauert nicht lange, bis Moritz mit meiner weißen Bluse wieder auftaucht.

»Danke«, sage ich.

»Du bist süß, wenn du betrunken bist.«

»Ich bin nicht betrunken!«

»Deine Wangen röten sich dann und ...«

»Hallo? Das klingt, als hätte ich ständig einen sitzen«, beschwere ich mich, während wir in Richtung der Aufzüge laufen. Auch wenn es fast ein Uhr nachts ist, ist im Hotel noch immer einiges los, aber ich bin wirklich geschafft. Das frühe Aufstehen, das volle Programm heute, die Aufregung wegen des Auftritts, die Gespräche mit Hannes und Moritz. Es war ein ereignisreicher Tag. Wenigstens im Aufzug sind wir aber diesmal für uns.

»Diese Schuhe bringen mich um«, sage ich.

»So schlimm?«

»Nach so vielen Stunden schon. Ich glaube, morgen werde ich keinen einzigen Schritt laufen.«

»Wie gut, dass es den Zimmerservice gibt.«

»Stimmt, ich könnte den ganzen Tag im Bett verbringen.«

Moritz' Augen funkeln mich an. »Das klingt nach einem guten Plan.«

»Aber als Erstes ziehe ich die Schuhe aus«, sage ich, als sich die Aufzugtüren auf unserer Etage öffnen.

»Mach das doch direkt.«

»Nee, ich will nicht über den dreckigen Teppich hier laufen.«

»Es gibt doch Duschen auf dem Zimmer. Aber warte, ich habe eine andere Idee.«

Ehe ich es verhindern kann, hebt er mich hoch, so als würde er mich über die Schwelle tragen wollen.

»Huch«, sage ich und Moritz lacht. »Ich bin doch viel zu schwer.«

»Machst du Witze? Du wiegst doch nichts.« Okay, damit sammelt er gerade wirklich Pluspunkte, und wenn er meint, soll er mich eben ein Stück tragen. Meinen Füßen kommt das sehr gelegen. Vor seinem Hotelzimmer stellt Moritz mich so ab, dass ich mit dem Rücken zu seiner Tür stehe.

»Komm mit zu mir.«

»Das kann ich ni...«

Doch bevor er mich zu Ende reden lässt, spüre ich seine Lippen auf meinem Mund. Wenn sich mir vorher schon der Kopf gedreht hat, dann dreht es sich jetzt noch mehr. Mir wird warm und kribbelig und ich verspüre eine Lust wie nie zuvor.

»Keine Sorge«, flüstert er. »Ich will keinen Sex mit dir.«

Spinnt der? Wieso will der keinen Sex mit mir?

»Ich will nur, dass du bei mir bist. Für alles andere ist Zeit, wenn wir wieder nüchtern sind.«

»Okay, aber ... was soll Adam denken?«

»Der denkt gar nichts mehr, der pennt.« Er fährt mit

seiner rechten Hand über meine Haare. »Das heißt auch, er kann dir keine Haarnadeln mehr aus dem Haar machen.«

»Ich glaube nicht, dass das eine gute Idee ist, wenn du das übernimmst.«

»Ich verspreche, ich habe mich im Griff«, sagt er und küsst mich erneut. Sanft, aber doch ein bisschen fordernder als zuvor. Ich glaube ihm sogar, dass er sich im Griff hat, aber im Moment weiß ich nicht, wie gut ich mich unter Kontrolle habe. Schon nach dem ersten Kuss haben offenbar meine Hormone das Handeln übernommen. Ich bin geistig ein wenig abwesend und meine Beine fühlen sich wie Gummi an, als Moritz die Tür öffnet und mich ins Zimmer und zu dem Stuhl führt. Als ich sitze, streife ich mir die Schuhe von den Füßen. Dass die wehtun, hatte ich kurzzeitig vergessen, denn ich bin mit ganz anderen Dingen beschäftigt.

»Dann versuche ich mal mein Glück«, sagt Moritz, der hinter mir steht und nach den Haarnadeln sucht. »Zwei habe ich schon. Wie viele sind da drin versteckt?«

»Vermutlich hundert oder so.«

»Oh! Fuck.«

»War Spaß. Ich habe keine Ahnung. Sag mal, was hast du eigentlich den beiden geschenkt? Sie wirkten so gerührt, als du ihnen das Geschenk überreicht hast.«

Statt etwas zu sagen, legt Moritz schweigend zwei Haarnadeln auf dem Tisch ab.

»Ist es immer noch ein Geheimnis?«

»Nein. Ich versuche nur, dir keine Haare auszureißen. Sie haben einen Hundewelpen bekommen.«

»Einen Welpen?« Ich liebe Hunde! Und Katzen auch. Bloß habe ich keine Zeit und aktuell auch nicht das nötige Geld für ein Haustier. Vielleicht ändert sich das, wenn ich nach meinem Studium endlich Vollzeit arbeiten kann.

»Keine Sorge, ich habe keinen Hund ins Hotel geschmuggelt. Es war nur ein Gutschein. Der Wurf ist jetzt sechs Wochen alt und der Hund sowieso noch zu klein, um von seiner Mama getrennt zu werden. Aber nach den Flitterwochen können sie ihn besuchen.«

»Kein Wunder, dass sie sich so gefreut haben.«

»Vor ein paar Monaten ist ihr Belgischer Schäferhund gestorben und sie wollten unbedingt wieder diese Rasse haben, aber vor der Hochzeit hatten sie keinen Kopf, sich damit zu befassen. Also habe ich das übernommen.«

Ich bin gerührt. »Das war eine echt schöne Idee von dir.«

Er sagt nichts, sondern lässt ein paar weitere Haarnadeln auf den Tisch fallen. Mit den hundert Nadeln lag ich anscheinend gar nicht mal so falsch.

Er seufzt erleichtert auf, nachdem er ein paar weitere Nadeln aus meinen Haaren gezogen hat. »Ich glaube, ich bin fertig.«

»Danke«, sage ich, stehe auf und betrachte das Kingsize-Bett. Mir wird ein wenig mulmig. »Ich sollte lieber rüber gehen. Ich habe nichts zum Schlafen hier.«

»Du kannst ein T-Shirt von mir haben.«

»Aber Zahnbürste und ...«

»Vergiss die Zahnbürste. Zahnpasta und Finger tun es auch.« Er fährt durch meine langen Haare. »Du bist wunderschön. Aber gerade schaust du drein wie vor eurem Auftritt.«

»Wie habe ich denn da geschaut?«

»Als wärest du auf der Flucht.«

Damit liegt er falsch. Ich bin nur unsicher, ob ich zulassen soll, was ich mir insgeheim wünsche.

Seine Hand wandert meinen Rücken entlang, dann zieht er mich enger an sich und wir küssen uns. Sein Versprechen, dass wir keinen Sex haben werden, weil wir nicht nüchtern sind, finde ich einerseits süß, aber andererseits in diesem Moment völlig bescheuert. Deswegen fange ich an, sein Hemd aus der Hose zu zupfen.

»Willst du das wirklich?«, flüstert Moritz an meinem Ohr.

»Ja.« So unsicher ich in den letzten Tagen auch in vielen Dingen war – jetzt in diesem Moment bin ich mir absolut sicher in dem, was ich tue.

20. Freitag, 1.11. – Next morning

Als ich die Augen aufschlage, liegt Moritz mit dem Gesicht zu mir und sieht mich verträumt an. Oder träume ich?

»Guten Morgen«, sagt er leise.

»Morgen. Bist du schon lange wach?«

»Nicht allzu lang. Komm her.« Ich drehe mich um und kuschele mich in seinen Arm.

»Wie spät ist es?«, will ich wissen.

»Eben war es kurz vor zwölf.«

»O Mann, die anderen vermissen uns sicherlich schon.«

»Und wenn schon.« Er küsst meinen Nacken und ich schließe die Augen. Auch wenn es schon so spät ist, bin ich doch noch ein bisschen müde von der Nacht.

»Hast du Hunger?«, möchte Moritz wissen. »Ich könnte uns was aufs Zimmer bringen lassen.«

Das klingt verlockend. »Gute Idee«, stimme ich zu und er steht auf und hält mir eine Karte hin, auf der steht, was der Zimmerservice anbietet. Ich treffe eine Auswahl und Moritz, nur in Boxershorts bekleidet, gibt telefonisch unsere Bestellung durch.

»Ich brauche was zum Anziehen«, sage ich und verdecke meine Brüste mit der Decke. Abgesehen von meinem Slip habe ich nur das Abendkleid und die Bluse hier.

»Wieso? Mir gefällt das so.« Dennoch geht Moritz in den begehbaren Kleiderschrank und wirft mir ein dunkelgraues T-Shirt zu, das ich mir überziehe, dann greife ich nach meinem Smartphone.

»Vielleicht sollte ich Adam Bescheid geben. Damit er sich keine Sorgen macht.«

»Ich habe schon mit ihm geschrieben.«

»Wann?«

»Als ich aufgewacht bin, hatte ich eine Nachricht von ihm.«

»Ah, okay. Das ist … gut.«

»Du wirst rot. Ist dir das etwa peinlich?« Bevor ich antworten kann, greift er stirnrunzelnd nach seinem Smartphone. Plötzlich wirkt er ein wenig genervt, dann legt er das Telefon zurück auf den Nachttisch, der an seiner Bettseite steht. Er will sich gerade zu mir beugen, als es an der Tür klopft.

»Der Zimmerservice ist echt fix hier.« Er zieht sich ebenfalls ein T-Shirt über und geht zur Tür. Mir ist es nur recht, dass das Frühstück so schnell kommt, denn ich bin wirklich hungrig.

»Was machst du denn hier?«, höre ich Moritz' irritierte Stimme, und die Hoffnung auf ein schnelles Frühstück wird zunichtegemacht.

»Hey, kann ich reinkommen?«

Obwohl ich inzwischen Moritz' T-Shirt trage, ziehe ich mir die Decke bis zum Kinn hoch, als ich Hannes' Stimme erkenne.

»Äh, sorry, warte mal kurz.« Ich höre, wie die Zimmertür zufällt und Moritz kommt zurück und bleibt etwas ratlos vor dem Bett stehen. »Hannes steht mit seinem Koffer vor der Tür.«

»Mit seinem Koffer?«

Er hebt ratlos die Schultern. »Ich schätze, er hat sich

mit Deriya ausgesprochen. Soll ich ihn zu Adam ins Zimmer schicken?«

»Du willst ihn quasi rauswerfen?«

»Ist es dir denn recht, wenn er reinkommt?«

Eigentlich nicht, aber dass zwischen Moritz und mir mehr ist als nur eine Freundschaft, dürfte sich nun sowieso schnell herumsprechen.

»Lass mich mal eben ins Bad«, rufe ich, während von draußen auf dem Flur ein fragendes »Hallo« durch die Tür schallt.

»Moment noch!«, ruft Moritz und ich gehe schnell auf die Toilette, kämme mir die Haare und flitze zurück ins Bett.

»Meinetwegen kann er jetzt rein.«

Moritz öffnet die Tür. »Entschuldige, ich bin nicht alleine hier.«

Hannes kommt in das Zimmer. »Oh!«, sagt er, als er mich sieht.

»Hi.«

»Ich will nicht stören.«

»Ist schon okay«, behaupte ich.

»Wir haben uns Frühstück bestellt«, ergänzt Moritz.

Etwas befangen blickt Hannes zwischen Moritz und mir hin und her. Seinen Koffer hat er vor der TV-Kommode abgestellt. »Soll ich vielleicht lieber zu Adam rübergehen? Er wollte zwar schwimmen gehen, aber ich ...«

»Ist schon okay«, versichere ich noch einmal. »Möchtest du auch was essen, wenn der Zimmerservice gleich kommt?«

»Ich habe schon gefrühstückt.«

Ich deute auf seinen Koffer. »Bist du aus eurem Zimmer ausgezogen?«

Hannes sieht mich betroffen an. »Ich habe heute Morgen mit Deriya gesprochen.«

»Das war auch höchste Zeit«, brummt Moritz.

»Ich weiß.« Hannes wirkt niedergeschlagen und setzt sich auf die kleine Couch, nachdem er mein Kleid etwas zur Seite gelegt hat. Dann lächelt er mich plötzlich an. »Willkommen in der Familie, Elli. Tut mir echt leid, dass ich mich gestern wie ein Arschloch aufgeführt habe.«

Ich kann nichts dagegen tun, dass ich wieder rot werde, und bin froh über die Ablenkung, als es wieder an der Tür klopft. Kurz darauf erscheint Moritz mit einem großen Tablett, das mit Brötchen, Käse, Wurst, Marmelade und Rührei sowie einer Kaffeekanne bestückt ist. Zum Glück ist Moritz so lieb und reicht mir alles, damit ich nicht, nur mit dem Slip und dem Shirt bekleidet, vor Hannes herumspringen muss.

»Hannes, was ist eigentlich los gewesen zwischen dir und Deriya?«, frage ich, während ich Butter auf eine Brötchenhälfte schmiere.

»Hat Moritz dir denn nichts erzählt?«

»Nein.«

Hannes atmet laut aus. »Es ist auch nicht so wichtig. Das mit gestern und was ich gesagt habe ... Das war nicht fair von mir. Ich hätte nicht mit dir über Moritz reden dürfen.«

»Schwamm drüber«, sagt Moritz.

Schweigend sitzt Hannes uns einen Moment gegenüber. Da ich ihn nicht drängen möchte, beiße ich in das Salamibrötchen, während Moritz erst mal Kaffee trinkt.

»Deriya und ich kennen uns noch von früher, von der Uni«, erzählt Hannes plötzlich, als ich das erste Brötchen fast aufgegessen habe. »Wir waren beide im ersten Studienjahr und haben uns da immer mal wieder in der Campus-Bücherei getroffen. Irgendwann habe ich sie angesprochen und wir hatten ein Date. Und das Date war ganz nett, aber mehr nicht.« Er zuckt mit den Schultern.

»Der Funke ist bei uns beiden nicht so richtig übergesprungen, wie man so sagt. Wir haben uns danach noch ab und zu in der Bücherei getroffen und manchmal ein paar Wörter gewechselt, aber das wars. Deriya hat nach dem Bachelor mit dem Studium aufgehört und ich wollte noch den Master machen, also brach der Kontakt völlig ab. Und dann haben wir uns im Frühjahr auf einer Party wiedergetroffen. Mich hatte eigentlich nur ein Kumpel mitgeschleppt und ich kannte nicht mal die Gastgeber. Da war es nett, als ich dort Deriya zufällig wiedergesehen habe. Sie kannte auch nicht viele Leute dort, also sind wir ins Gespräch gekommen.« Er seufzt. »Und irgendwie kam eines zum anderen. Sie ist nach der Feier mit zu mir nach Hause gefahren und wir sind im Bett gelandet. Das war für uns beide nur ein Ausrutscher. Zumindest dachte ich das anfangs. Aber für Deriya war es offenbar mehr.«

»O je«, sage ich und frage mich, ob Hannes sich deshalb in das Liebesleben seines Bruders eingemischt hat, weil er Sorge hatte, mir könnte es wie Deriya ergehen.

»Es war ein schwieriger Morgen danach.« Er reibt sich die Schläfen, als hätte er Kopfschmerzen.

»Und seitdem wart ihr dann ein Paar?«

»Sie hatte mich gebeten, uns zumindest eine Chance zu geben, weil der Abend doch wirklich schön war. Wir haben uns also weiterhin verabredet. Mal zum Kino, mal zum Essen, und ich habe immer auf den Moment gewartet, in dem sie auch erkennt, dass das mit uns nicht das Richtige ist.«

Moritz schnauft laut, sagt aber nichts.

»Ich hatte mir fest vorgenommen, das Ganze zu beenden. Und genau an dem Tag hat sie mir dann erzählt, dass sie schwanger ist.«

»Oh!«

Hannes wischt sich über die Augen. »Es war nicht

geplant, aber für Deriya war sofort klar, dass ein Abbruch nicht infrage kommt.«

Ich ahne, dass die Geschichte kein gutes Ende genommen hat. Deriya ist gertenschlank. Zudem hätte sie an dem Junggesellinnenabend sicherlich nicht so viel Alkohol getrunken, wenn sie schwanger wäre.

»Sie hat das Baby verloren, oder?«

Hannes nickt. »Das war echt schlimm. Sie war in der neunten Woche und wir hatten überhaupt nicht mehr damit gerechnet, dass was schiefgeht. Und ich habe mich schuldig gefühlt. Wir hatten die Tage davor viel Streit. Ich habe ihr gesagt, dass ich immer für das Kind da sein werde und natürlich auch für sie, aber sie sprach plötzlich davon, zu mir in die Wohnung zu ziehen. Da wurde mir klar, dass das nicht auf Dauer gut gehen kann mit uns. Ich habe sie nicht geliebt.«

»Heißt das, du warst nach der Fehlgeburt nur noch mit ihr zusammen, weil du dich schuldig gefühlt hast?« Die Vorstellung finde ich schrecklich. Eine Trennung ist immer schmerzhaft, vor allem, wenn sie nur von einem ausgeht. Aber Liebeskummer ist meiner Meinung nach besser zu ertragen als das Wissen, dass jemand aus Mitleid bei einem bleibt.

Moritz sagt nichts, aber Hannes' Gesicht spricht Bände.

»Es war falsch von mir«, gibt er zu und blickt zu seinem Bruder. »Und ja, vermutlich auch einfach feige. Ich war nicht ehrlich zu ihr und habe uns beiden was vorgemacht. Es war aber auch nicht immer alles schlecht.« Er steht auf und nimmt sich eine Flasche Wasser aus der Minibar. »Ich habe mir eingeredet, dass die Reise hier nach Las Vegas uns vielleicht ganz guttun könnte. Zumal sie mir in den letzten Wochen vorgeworfen hat, dass ich meine Zeit entweder auf der Arbeit oder mit der Band verbringe.«

»Deriya hat hier die ganze Zeit nicht glücklich gewirkt«,

sage ich und fühle mich schlecht, weil ich manchmal nicht gut über sie gedacht habe. Dabei hat sie einen schweren Schicksalsschlag hinter sich. Zudem hat sie mit Sicherheit bemerkt, dass Hannes sie nicht liebt, auch wenn sie das vielleicht verdrängt hat. Aber plötzlich wundert es mich nicht, dass sie immer solch mieser Stimmung war.

Hannes nickt. »Wir hatten einen heftigen Streit kurz vor der Abreise. Sie hat mir vorgeworfen, dass ich immer weniger Zeit für sie hätte. Und das stimmte ja auch. Durch den Song und die ganzen Bandproben habe ich sie echt vernachlässigt. Ich schätze, sie hat was geahnt, denn sie wollte erst gar nicht mitkommen. Und statt es einfach darauf beruhen zu lassen, habe ich sie überredet.«

»Total bescheuert!«, murmelt Moritz.

»Hinterher ist man immer klüger.«

»Aber darf ich fragen, wieso du ausgerechnet jetzt einen Schlussstrich gezogen hast, statt zu Hause?«

»Nicht ich habe den Schlussstrich gezogen, sondern sie, nachdem ich endlich offen mit ihr geredet habe.«

»Ist sie dann jetzt alleine auf eurem Zimmer?«

»Ich habe Rieke gebeten, ob sie vielleicht mal mit Deriya reden kann, und sie wollte sie abholen und was mit ihr unternehmen. Aber ich weiß noch nicht, ob das geklappt hat.«

Ich hoffe, dass Deriya gerade nicht alleine mit der Situation ist. »Das ist gut. Ich kann mich auch um sie kümmern, wenn sie jemanden braucht.« Auch wenn ich mir nicht sicher bin, ob sie wirklich Lust hätte, mit mir über das Vorgefallene zu sprechen.

»Danke. Ich werde es ihr sagen.«

»Ich kann ihr auch selber schreiben«, schlage ich vor. »Ich habe ihre Nummer. Aber es ist gut, dass ihr die Sache endlich geklärt habt. Oder vielmehr Deriya.«

»Sie hat überlegt, den nächstmöglichen Flug nach

Hause zu nehmen, aber ich habe ihr gesagt, dass ich zu Moritz ins Zimmer ziehe, sodass sie mich nicht die ganze Zeit um sich herum hat. Übermorgen fliegen wir sowieso zurück. Sie will es sich noch überlegen, ob sie bis dahin bleibt.«

»Adam nimmt dich sicher gerne bei sich auf«, überlegt Moritz und stupst mich an. »Es sei denn, du möchtest dir lieber weiterhin mit ihm das Zimmer teilen?«

»Ich glaube eher nicht«, sage ich und schubse zurück. »Es sei denn, du möchtest ...«

Hannes winkt ab. »Ehrlich gesagt, ist Adam der deutlich angenehmere Zimmergenosse.«

»He!«, empört sich Moritz.

»Na komm, ist doch so. Der legt sich hin und pennt. Du bist nachts immer so aufgedreht.«

»Elli stört es nicht.«

Hannes schmunzelt. »Das denk ich mir.« Er steht auf. »Ich versuche mal mein Glück bei ihm. Vielleicht ist Adam schon zurück auf dem Zimmer.«

»Warte, du kannst doch einfach meine Zimmerkarte nehmen. Die ist da in der Handtasche.« Ich deute auf die Tasche, die neben der kleinen Couch auf dem Boden steht. Hannes hebt sie auf und reicht sie mir.

Ich fische die Karte heraus. »Hier.«

Moritz springt aus dem Bett. »Ich könnte mitgehen und deine Sachen holen.«

Ich sehe auf mein Abendkleid. »Das wäre super.«

Moritz zieht sich eine Jeans über die Boxershorts, dann verlassen die Brüder das Zimmer, während ich versuche, den Großteil der Krümel von dem Bettlaken zu fegen. So richtig kann ich noch gar nicht glauben, was in den letzten Stunden passiert ist. Ich fühle mich wie in einem Traum, aus dem ich jederzeit aufwachen könnte. Doch als Moritz kurze Zeit später mit meiner Reisetasche ins Zimmer kommt, wird mir klar, dass das hier gerade wirklich real ist. Außerdem habe ich mir schon fünfmal in den Arm gezwickt.

»Adam hat deine Sachen aus dem Bad zusammen gepackt. Er war schon zurück vom Pool. Ich wusste schließlich nicht, welche deine Zahnbürste ist und so.«

»Hat er was gesagt?«

»Gute Wahl.«

»Häh?«

»Das waren seine Worte.«

»Sonst nichts?«

»Sonst nichts.«

»Hm.« Ich nehme mir vor, später mit Adam zu sprechen. Ich habe ihm gegenüber ein schlechtes Gewissen, obwohl er mir gesagt hat, dass Moritz ein guter Kerl sei. Hätte er das gemacht, wenn von seiner Seite aus mehr wäre, als dass er mich nur sexuell anziehend findet?

»Alles okay?«, erkundigt sich Moritz, als er sich zu mir aufs Bett setzt.

»Ich fühle mich komisch wegen Adam.«

Er reibt sich nachdenklich über das Kinn. »Stimmt, da war ja was.«

»Nein, da war nichts!«

Moritz hebt entschuldigend die Hände. »So meinte ich das nicht.«

»Ich werde später mit ihm reden.«

»Mach das.« So richtig begeistert sieht er allerdings nicht aus und ich muss lachen.

»Bist du etwa eifersüchtig?«, necke ich ihn.

Ruckartig kommt er mir näher, bis sich unsere Nasen fast berühren. »Hätte ich denn Grund dazu?«, will er wissen. Doch er lässt mich gar nicht zu Wort kommen, sondern küsst mich, und meine Reaktion auf ihn scheint Antwort genug.

21. Freitag, 1.11. – Surprise

Nachdem Moritz und ich uns am späten Mittag endlich voneinander trennen können, verabrede ich mich mit Adam im Starbucks, wo ich darauf bestehe, ihn zu einem Getränk einzuladen. Als wir mit den dampfenden Bechern am Tisch sitzen, sieht er mich interessiert an.

»Ist das jetzt blöd für dich?«, will ich wissen.

»Was?«

»Dass du jetzt Hannes als Mitbewohner hast? Ich habe nämlich gehört, dass Deriya nun doch erst mit uns zurückfliegt.«

»Hannes ist okay, wir haben uns schön öfter ein Zimmer geteilt.«

»Das erwähnte er mal.« Ich trinke einen Schluck Kaffee, um Zeit zu gewinnen. »Und zwischen uns ist alles in Ordnung?«

Er runzelt die Stirn.

»Du bist nicht sauer oder so?«, hake ich nach.

»Warum?«

»Wegen Moritz und mir.«

Er wirkt erstaunt.

»Na ja, wegen dem, was du mal sagtest.«

»Ah, weil ich dich sexuell anziehend finde.«

Ich nicke.

»Das war keine Anmache.«

»War es nicht?«

Er zuckt mit den Schultern. »Ich habe nur meine Meinung geäußert. Eigentlich gibt es da jemanden.«

»Du hast eine Freundin?«

»Nein.«

»Aber du bist in jemanden verliebt?« Das würde mich sehr für ihn freuen. Auch wenn Moritz mein Herz erobert hat, habe ich Adam in den letzten Tagen als Mitbewohner sehr zu schätzen gelernt.

»Es ist kompliziert.«

»Warum?«

Er trinkt etwas von dem Kaffee. »Weil es kompliziert ist.«

Offenbar ist er noch nicht dazu bereit, mir mehr darüber zu verraten. »Wenn du mal einen Rat brauchst ... Also nicht, dass ich in Liebesdingen eine Expertin bin, aber ich bin eine gute Zuhörerin.«

»Okay«, sagt er, macht aber nach wie vor keinerlei Anstalten, irgendetwas zu erzählen. Ich bin zwar neugierig, um wen es geht und was da so kompliziert ist, aber ich will ihn nicht weiter drängen. Also berichte ich ihm von meinem Plan mit dem Kindermädchen. Annette hat die Kontaktdaten zum Glück gefunden und mir weitergeleitet. Nun möchte ich mit Gabriela Kontakt aufnehmen. Da Adam viel besser Englisch spricht als ich, ist es mir lieber, wenn er bei dem Telefonat mit dabei ist.

Ich bin ein wenig aufgeregt, nachdem ich die Nummer von Gabriela gewählt habe und ein Freizeichen ertönt. Mein Handy steht auf Lautsprecher und liegt zwischen Adam und mir auf dem Tisch.

»Olivares«, meldet sich eine tiefe Frauenstimme.

»Oh, hello. Is there Gabriela Olivares?« Ich sehe genau, dass Adam bei meinen Worten ein Lächeln unterdrücken muss. Es kann halt nicht jeder perfekt Englisch sprechen.

»Yes«, sagt die tiefe Stimme, die plötzlich misstrauisch klingt. Ich werfe Adam einen hilfesuchenden Blick zu.

Zu meiner Erleichterung übernimmt er das weitere Gespräch und erklärt dem damaligen Kindermädchen, warum wir anrufen. Anfangs wirkt sie noch immer skeptisch, doch dann erzählt er ihr, dass ich Moritz' Freundin bin und ihm mit dem Wiedersehen eine Freude machen möchte. Anscheinend hat er damit den richtigen Nerv getroffen, denn plötzlich brabbelt sie so munter drauflos, dass ich Schwierigkeiten habe, dem weiteren Telefonat zu folgen.

»Sie könnte morgen um zwölf Uhr ins Hotel kommen«, sagt Adam.

»That would be great!«, mische ich mich wieder ein.

»I can't wait to see the guys.« Gabriela klingt richtig begeistert und wir verabschieden uns gut gelaunt voneinander. Jetzt muss ich mir nur noch einfallen lassen, wie ich Hannes und Moritz am nächsten Vormittag in die Bacchara Bar locken kann. Theo ist schon auf der Weiterreise nach Hawaii, aber er hatte ja sowieso nie so viel Kontakt mit ihr.

»Danke für deine Unterstützung«, sage ich und proste Adam mit meinem Kaffeebecher zu. »Ich schätze, das hätte ich ohne deine Hilfe nicht hinbekommen.«

Er lehnt sich in dem Stuhl zurück und sieht mich an. »Was ist mit der Band?«

»Was soll damit sein?«

»Alejandro sagt, du willst nicht weitermachen.«

»Hm, das stimmt.«

»Schade«, sagt er und wirkt ehrlich enttäuscht. Und diese knappe Reaktion löst viel mehr in mir aus, als es die Gespräche mit Alejandro und Hannes getan haben. Ich liebe die Musik ebenso wie die anderen. Ich finde es großartig, gemeinsam einen neuen Song zu entwickeln, wobei wir früher ab und an die Uhrzeit vergessen haben, sodass ich erst weit nach Mitternacht nach Hause gekommen bin. Sogar dann, wenn am nächsten Tag frühmorgens die erste Vorlesung auf mich wartete. Die Proben hier in Las Vegas haben mir gezeigt, dass ich das alles vermisst habe.

»Diese Auftritte machen mich fertig«, sage ich, auch wenn Adam das längst weiß.

»Daran kann man arbeiten.«

»Habe ich versucht.«

»Alejandro und Hannes haben recht, wenn sie sagen, dass wir mit dir mehr Chancen bei Talentscouts haben.«

»Willst du mich deswegen wieder in der Band haben?«

»Nein. Ich will dich in der Band haben, weil du ein sehr gutes Gespür für die Musik hast. Das hat Thomas nicht.«

»Und er ist bestimmt auch sexuell nicht so anziehend wie ich.«

Adam verschluckt sich an seinem Kaffee und als er sich wieder im Griff hat, fängt er herzhaft an zu lachen. Und ich habe plötzlich das Gefühl, dass das der Beginn einer richtig guten Freundschaft ist.

22. Freitag, 1.11. – Picasso

Ich bin ein bisschen aufgeregt, weil wir an diesem Abend ins Picasso gehen. Außerdem sind wir auch noch spät dran, weil Moritz und ich die Zeit vergessen haben. Als ich endlich in dem Kleid, das ich bei der Einkaufstour mit Rieke zusammen gekauft habe, aus dem Badezimmer komme, wirft er mir derart feurige Blicke zu, dass ich ihn mit ausgestrecktem Arm von mir weise.

»Wir haben keine Zeit mehr.«

»Wir haben alle Zeit der Welt«, behauptet er.

»Wir müssen in fünf Minuten im Restaurant sein!«

»Die anderen können doch schon mal ohne uns anfangen.«

»Nein!«, sage ich anscheinend eine Spur zu laut, denn Moritz schlägt die Hacken zusammen und salutiert.

»Du bist blöd.« Ich schnappe mir meine Handtasche und ziehe ihn aus dem Zimmer. Ab da muss Moritz uns leiten, denn ich habe keine Ahnung, wo sich das Picasso befindet. Im Aufzug wirkt er kurzzeitig abgelenkt, als sein Handy brummt. Er verzieht genervt das Gesicht, doch als ich ihn frage, ob alles okay ist, nickt er und drückt mir einen Kuss auf die Wange.

In Online-Reiseführern wird das Picasso als edles Restaurant mit erstklassiger Atmosphäre gefeiert und der

Beschreibung muss ich absolut zustimmen, als wir das Etablissement betreten. Es wirkt ein wenig altmodisch eingerichtet mit den riesigen, gerafften hellen Vorhängen an den großen Fenstern, aber zugleich sehr gehoben und gemütlich. Ich liebe es auf Anhieb.

»Das sieht toll aus«, sage ich leise und Moritz, der unsere Gruppe entdeckt hat, führt mich zum Tisch. Außer Deriya sind alle von den üblichen Verdächtigen dabei. Für Yuiko und Clara ist es allerdings heute schon der letzte Abend hier in der Stadt, denn morgen geht es für sie weiter nach New York.

»Da sind sie ja, die Turteltäubchen«, sagt Yuiko mit anzüglichem Grinsen, als sie uns erblickt.

»Ich freu mich für euch«, flüstert Clara mir zu, als ich mich neben sie setze, während mir Rieke mit breitem Grinsen mit ihrem Weinglas zuprostet.

Ich hatte vorab mit Moritz versucht zu klären, dass ich an diesem Abend selber zahle und ihn außerdem einlade, was er im Keim ersticken wollte. Er meinte, ich könne mich anderweitig revanchieren, aber da hat er sich geschnitten. Diesmal gebe ich nicht nach, auch wenn mir das Essen hier eigentlich viel zu teuer ist. Umso sparsamer werde ich dann sein müssen, wenn wir wieder zu Hause sind.

»Wir haben übrigens eine neue Buchung für einen Gig«, erzählt Hannes, nachdem wir unser Essen bestellt haben.

»Cool.« Alejandro strahlt ihn an. »Über die Website?«

»Nein, über Nadine.«

»Über Nadine?«

»Ja. Ihre Mutter feiert im Januar ihren sechzigsten Geburtstag und sie hat noch keinen Musiker engagiert. Nadine hat ihr nun uns empfohlen.«

»Klasse.« Clara wirkt ebenfalls erfreut. »Da hat sich unser Auftritt hier noch zusätzlich gelohnt.«

»Und bis Januar ist Thomas bestimmt wieder fit«, rutscht es mir heraus, was mir sofort leidtut, als die anderen mich bedröppelt ansehen.

»Komm doch einfach zu den Proben«, schlägt Adam vor.

»Oh! Das ist eine tolle Idee!«, sagt Clara sofort. »Du kannst trotzdem mit uns an neuen Songs arbeiten.« Sie stupst mich an. »Und vielleicht überlegst du es dir sogar noch mal mit den Auftritten. Du könntest doch unser variables Bandmitglied sein.«

»Mega Idee!«, ruft Hannes und Alejandro nickt begeistert.

»Ich weiß nicht ...«, zögere ich, obwohl mir die Aussicht darauf, wieder bei den Proben dabei zu sein, durchaus gefällt. »Ist das nicht doof für Thomas?«

»Ist mir egal«, meint Alejandro. »Er hat doch eh keinen Bock, einen Finger zu rühren, wenn es ums Komponieren neuer Songs geht.«

»Das stimmt leider«, bestätigt Clara. »Vielleicht wäre er sogar froh, wenn du das übernimmst.«

»Bestimmt«, vermutet Alejandro. »Er nimmt gerne die Kohle von den Auftritten mit. Da ist er flexibel und immer gerne mit dabei. Falls du ihn stören solltest, muss er sich halt eine andere Band suchen. Das ist zumindest meine Meinung.«

»Äh, aber ihr braucht ihn doch für eure Auftritte«, werfe ich ein.

Alejandro runzelt die Stirn. »Aktuell schon ...«

»Hoffst du etwa, dass ihr mich wieder zu Auftritten überreden könnt?«, hake ich nach.

»Ja«, gibt er ehrlich zu.

»Alejandro hat recht. Du bist bei den Wild Weekends immer willkommen«, ergreift Hannes das Wort.

»Mehr als Thomas«, nuschelt Alejandro.

Hannes lacht. »Und dazu gibt es nichts weiter zu sagen.« Er greift nach seinem Weinglas und hebt es an. »Auf einen schönen Abend!«

Ich frage mich derweil, ob Hannes Deriya ausgeladen hat. »Wollte Deriya nicht mitkommen?«

»Nein, ich habe es ihr angeboten, aber sie wollte lieber alleine los.«

»Das ist ja auch irgendwie doof für sie.«

Rieke schüttelt den Kopf. »Ich war nachmittags mit ihr am Pool und hatte den Eindruck, es geht ihr ganz gut.«

Vielleicht geht es ihr sogar besser als Hannes, der plötzlich etwas mitgenommen aussieht. Wahrscheinlich plagt ihn sein schlechtes Gewissen. Immerhin hätte er das ganze Drama verhindern können, wenn er Deriya schon früher die Wahrheit erzählt hätte.

»Alejandro, du hast von der Hochzeit Fotos auf Instagram gepostet und mich markiert«, wechselt Moritz das Thema.

»Nur in unserem Band-Account«, sagt Alejandro. »Du warst auf einem coolen Bild mit drauf. Ich dachte, du freust dich über die Erwähnung.«

Moritz verzieht das Gesicht. »Ich hatte mein Profil erst mal auf privat gestellt.«

»Sorry, das wusste ich nicht. Soll ich es löschen?«

»Nee, jetzt ist auch egal«, murmelt Moritz und als ich ihn gerade fragen will, was nun egal ist, wird unser Essen an den Tisch gebracht.

Vier Stunden später liege ich im Bett, während Moritz noch unter der Dusche steht. Kurz habe ich darüber nachgedacht, ihn dort zu besuchen, aber ich bin K. O. vom Tag. Viel Bewegung, viele Emotionen. Vermutlich schlafe ich gleich wie ein Baby, falls Moritz mich schlafen lässt ... Eben war er ein bisschen sauer, weil ich tatsächlich das Essen für ihn bezahlt habe, aber damit muss er jetzt leben.

Tatsächlich haben mir Clara, Alejandro und Hannes nach dem Essen im Casino noch das Versprechen abringen können, dass ich zumindest bei den Bandproben zukünftig wieder dabei sein werde. Ganz unverbindlich und ohne Auftrittszwang. Das klingt für mich nach einem guten Kompromiss. Dann kann ich mir immer noch überlegen, ob ich mir die Auftritte nach dem Studium vielleicht doch wieder zutraue, oder auch zwischendurch mal, wenn ich gerade nicht so viel lernen muss. Aktuell käme mir tatsächlich auch die Kohle für die Auftritte entgegen, aber nur deswegen kann ich mich nicht dazu überwinden.

Ich greife nach meinem Smartphone. In der ganzen Aufregung hatte ich total vergessen, Laura zu schreiben und auf den neuesten Stand zu bringen. Kaum habe ich einen Freund, vernachlässige ich die beste Freundin. Sofort macht sich ein schlechtes Gewissen breit, auch wenn ich weiß, dass Laura mir das nicht übel nimmt. Sie weiß schließlich nur zu gut, wie es ist, wenn man frisch verliebt ist.

Mir fällt eine passende Songzeile dazu ein und ich wechsele auf dem Handy zu den Sprachaufnahmen und singe schnell was ein, als Moritz, nur mit einem Handtuch um die Hüften, neben dem Bett erscheint.

»Was machst du da?«

»Ich will eine neue Melodie nicht vergessen, deswegen musste ich eben was einsingen.«

»Cool. Singen kannst du also auch.«

»Nee, aber für so was reicht es.«

»Ich fand, es klang gut. Hannes wird sich freuen, dass du wieder mitmischst.« Er legt das Handtuch über den

Stuhl und kommt zu mir ins Bett. »Willst du noch was musizieren oder hat die Künstlerin nun Pause?«

»Hat sie. Ich bin durch für heute.«

»Das glaube ich nicht«, widerspricht Moritz und verschwindet mit einem verschmitzten Lächeln unter der Decke.

23. Samstag, 2.11. – The Ash Grove Trail

Ich bin wahnsinnig nervös, als ich vor der Baccarat Bar warte. Adam hat es übernommen, den Lockvogel zu spielen und Hannes und Moritz hierher zu bringen. Gabriela Olivares ist bereits vor zwanzig Minuten hier angekommen, zusammen mit ihrem Sohn, der die Jungs auch noch von früher kennt. Sie wirkte genau so, wie ich mir ein Kindermädchen immer vorgestellt habe, und zugleich war sie ebenso aufgeregt wie ich. Nun sitzt sie mit ihrem Sohn in der Bar und muss sich gedulden, dass die Waldmann-Brüder endlich hier auftauchen. Ich sehe auf meine Uhr. Hoffentlich hat alles geklappt! Wenn Adams und mein Plan aufgeht, dann müssten er, Hannes und Moritz jeden Moment hier erscheinen. Drei Minuten später ist das auch endlich der Fall.

»Hallo«, sagt Hannes zur Begrüßung. »Adam sagte, du musst was mit uns besprechen. Geht es um die Band? Sind die anderen schon da?«

»Genau«, lüge ich. »Sie warten schon drinnen auf uns.«

Moritz deutet mit fragendem Blick auf sich, denn mit der Band hat er eigentlich nichts zu tun.

»Dich wollte ich einfach gerne dabei haben«, behaupte ich und greife nach seiner Hand, dann betreten wir gemeinsam die Baccarat Bar. Ehe Moritz und Hannes begreifen, was los ist, stürmt eine kleine, dunkelhaarige Frau auf sie zu, die was auf spanisch ruft. Dann drückt sie erst Moritz und danach Hannes an sich.

Völlig verdattert sieht Moritz mich an.

»Was ... O Mann!« Hannes strahlt bis über beide Ohren. »Habt ihr das organisiert?« Er sieht von Adam zu mir.

Adam schüttelt den Kopf und zeigt auf mich. Moritz wirkt noch immer wie erstarrt, aber Hannes drückt mich ganz fest, dann geht er auf Gabrielas Sohn zu.

»Danke«, sagt Moritz und als er sich zu mir beugt, um mich in den Arm zu nehmen, entgeht mir nicht die Träne auf seiner Wange.

»Spring Mountain Ranch State Park«, lese ich vor, während Moritz den weißen SUV steuert, den er für heute gemietet hat. Zwei Stunden lang haben die Brüder mit Gabriela über alte Zeiten gesprochen und Adam und ich haben sie in der Zeit in Ruhe gelassen. Stattdessen haben wir beide uns von Yuiko und Clara verabschiedet, die nun auf dem Weg nach New York sind.

Nach dem Treffen mit ihrem Kindermädchen und deren Sohn haben sich Hannes und Moritz gefühlte hundert Mal bei mir bedankt, obwohl es doch eigentlich mein Danke-schön an sie war.

»Die Landschaft ist wirklich beeindruckend«, sage ich und mache ein paar Fotos. »Und so ganz anders, als ich es mir vorgestellt habe.«

»Soll ich anhalten, damit du in Ruhe ein paar Bilder machen kannst?«, fragt Moritz, als er bemerkt, dass ich durch das Fenster fotografiere.

»Nein, das geht auch so ganz gut.«

»Wir sind sowieso gleich da«, meint er und sieht mich an. »So was hat noch nie jemand für mich getan.«

»Was meinst du?«

»Das mit Gabriela.«

»Dir hat noch nie jemand eine Freude gemacht?«

»Doch, aber nicht so.« Er räuspert sich. »Du hast dir wirklich Gedanken gemacht.«

»Und du und Hannes habt euch hier so viel Mühe gegeben.«

»Das war doch selbstverständlich.« Moritz lenkt den Wagen auf den Parkplatz. »Sieht ja doch recht ruhig hier aus heute«, stellt er zufrieden fest.

»Vermutlich müssen sich einige noch von Halloween erholen.«

Er lacht. »Das kann gut sein.«

Während ich aussteige, scheint Moritz noch was auf seinem Smartphone zu regeln und ich versuche, mich davon nicht verunsichern zu lassen. Vor der Hochzeitsfeier ist mir allerdings nicht aufgefallen, dass er das Telefon ständig in der Hand hatte.

»Alejandro hat noch ein paar neue Fotos von euch gepostet.« Moritz schlägt die Tür zu und kommt in meine Richtung.

»Was?«

»Von eurem Auftritt bei der Hochzeit.«

Ich sehe ihn entgeistert an. Ich poste höchstens Landschaftsaufnahmen oder Gebäude auf meinem Account, aber niemals Bilder von mir. Das einzige Mal, dass man etwas von mir auf einem der Fotos sah, war, als ich im Sommer an der Ostsee ein leckeres Eis in der Hand hatte und dieses mit dem Meer im Hintergrund fotografiert habe. Da blieb es also nicht aus, dass meine Hand im Bild war.

»Erkennt man mich?«

Moritz hält mir das Bild hin. »Ihr seid sehr klein, weil die ganze Band drauf ist, aber er hat dich markiert. Wenn du damit nicht einverstanden bist, solltest du ihm das sagen.«

»Darf ich mal?«, frage ich und Moritz drückt mir sein Smartphone nach kurzem Zögern in die Hand. Alejandro hat tatsächlich mehrere Fotos von unserem Auftritt in dem Band-Account gepostet und auch seinen privaten User markiert. Unter seinem privaten Account sind zudem einige Bilder von Las Vegas zu finden, unter anderem auch mit einigen aus unserer Reisegruppe.

Wenigstens sind aber keine weiteren Bilder von mir vorhanden. Trotzdem ärgert es mich, dass er mich vorher nicht gefragt hat. Mein Instagram-Konto ist auf privat gestellt und ich habe die letzten Tage kaum reingesehen, um Datenvolumen zu sparen.

»Da werde ich wirklich mit ihm reden. Nicht dass er das häufiger macht«, sage ich und gebe Moritz sein Handy zurück.

»Ich habe ihm ja auch schon gesagt, dass er mich nicht markieren soll.«

»Aber früher war dein Profil doch öffentlich, oder?«

»Ja, aber jetzt nicht mehr.«

»Zu viele weibliche Verehrer?«

Moritz seufzt theatralisch. »Tausende. Das war einfach zu anstrengend.« Er drückt mir einen Kuss auf die Lippen. »Na komm, lass uns eine Runde laufen, bevor wir uns heute Abend noch mal den Bauch vollschlagen. Bist du dir eigentlich sicher, dass du diese Nacht nicht mehr zu der Lichtershow willst?«

»Ich glaube, das wird mir heute zu spät. Wir fliegen doch morgen schon zurück.«

»Wie du magst«, sagte er und wir laufen los.

Ich bin erstaunt über die Umgebung, denn es wirkt, als

wären wir in einer Filmkulisse unterwegs. Das Gras der Pferdekoppel, die von einem weißen Holzzaun begrenzt wird, sieht saftig grün aus. Zwei Pferde grasen dort und wirken äußert entspannt, zumindest lassen sie sich von unserer Anwesenheit nicht stören. Schräg hinter der Koppel ist ein gepflegtes, zweistöckiges Gebäude zu sehen, doch besonders eindrucksvoll sind die Berge im Hintergrund sowie der hellblaue, wolkenfreie Himmel. Wenn ich nicht wüsste, dass wir in Las Vegas sind, würde ich denken, man hätte uns nach Montana entführt. Dass wir uns in einer Wüste befinden, kann man an diesem Ort glatt vergessen.

Moritz greift nach meiner Hand und es fühlt sich schön an, auch wenn es heute wieder so warm ist, dass wir beide im T-Shirt unterwegs sind. Wenn wir erst wieder zu Hause sind, wird das mit dem Wetter eine ziemliche Umstellung für uns.

»Das hier war mein Lieblingsort, als wir damals hier gewohnt haben. Aber da ich noch kein Auto fahren konnte, war ich immer auf einen Fahrer angewiesen. Gabriela ist manchmal mit mir hergekommen, ab und zu auch Theo.«

»Sie scheint wirklich eine tolle Frau zu sein«, sage ich und bereue es, dass ich sie nicht besser kennenlernen konnte, aber ich wollte die vertraute Runde nicht stören.

»Das ist sie«, sagt Moritz. »Du glaubst wirklich nicht, was du mir ... uns für eine Freude gemacht hast.« Er drückt meine Hand ein bisschen fester. »Ich bin gar nicht auf die Idee gekommen, sie zu kontaktieren, was mir im Nachhinein total leidtut. Und ich glaube, Theo wird sich ärgern, dass er sie nicht zur Hochzeit eingeladen hat. Obwohl, mit Theo hatte Gabriela nicht so viel zu tun.«

»Das sagte deine Mum auch. Hat Theo eigentlich nie darüber nachgedacht, hier in den USA bleiben?«

»Er ist zum Studieren hiergeblieben. Aber Theo hat es immer in das Familienunternehmen getrieben, deswegen kam er danach wieder zurück nach Deutschland. Und apropos Studium – ich werde meines schmeißen, wenn wir zu Hause sind.«

Überrascht sehe ich ihn an, nicht sicher, ob er einen Scherz macht. »Du willst dein Studium schmeißen?«

»Ja. Findest du das sehr verrückt?«

»Wenn dein Herz nicht an dem Studium hängt, dann nicht. Aber es kommt vielleicht auch darauf an, was du für einen anderen Plan hast.«

»Ich arbeite aktuell ehrenamtlich als Schwimmtrainer.«

Ich erinnere mich daran, denn das hatte er mal beiläufig erwähnt.

»Wir hatten neulich ein Kind im Unterricht, das hatte immer seltsame blaue Flecken.«

Mein Magen zieht sich zusammen.

»Ich habe das an eine erfahrenere Kollegin gemeldet. Die Kleine war auch immer sehr schüchtern und ruhig und einmal hat sie geweint, als ihre Eltern sie abgeholt haben.«

»O Gott.«

»Die Kollegin hat einen guten Draht zum Jugendamt und hat dort jemanden informiert. Dann hat sich herausgestellt, dass das Mädchen von ihren Eltern misshandelt wird.«

Ich spüre, wie mir die Tränen in die Augen schießen. Moritz nimmt mich in den Arm. »Das war richtig scheiße«, sagt er. »Und seitdem denke ich daran, dass ich solchen Kindern helfen möchte.«

»Möchtest du Therapeut werden?«

Er nickt. »Für Kinder und Jugendliche. Ich schwanke noch zwischen Heilpädagogik und Psychologie. Und bis ich mit dem Studium starten kann, mache ich Praktika in

Einrichtungen für Kinder. Die suchen händeringend Leute.«

»Das ist fantastisch!«

Verblüfft sieht er mich an. »Ehrlich?«

»Ja! Ich meine, du willst Kindern helfen, die schlimme Sachen erlebt haben. Das ist großartig. Und ich bewundere das sehr. Ich weiß nicht, ob ich das könnte.«

»Du findest es also nicht bescheuert, dass ich mein Sportstudium dafür schmeißen will?«

»Nein, überhaupt nicht. Ganz im Gegenteil. Ich finde, das ist eine sehr mutige Entscheidung und du hast es dir sicherlich gut überlegt. Ich hatte zuletzt den Eindruck, dass du nicht so gerne über dein Studium sprichst. Nun weiß ich, woran das lag.«

»Ich sehe da einfach keine Perspektiven für mich. Aber ich fürchte, dass meine Eltern nicht genauso freudig reagieren wie du.«

»Aber selbst, wenn nicht, würde das an deiner Entscheidung etwas ändern?«

Er schüttelt den Kopf.

»Na also.«

»Danke«, sagt er.

»Wofür jetzt schon wieder?«

»Dass du mich unterstützt.«

Ich blinzele ihn an, weil die Sonne mich blendet. »Ich bin ja auch frisch verliebt. Frag mich in fünf Jahren noch mal, falls du dann das nächste Studium abbrechen willst.«

»In fünf Jahren ...«, murmelt er nachdenklich und ich fühle mich ein bisschen unsicher, weil ich nicht weiß, ob er gerade in Gedanken ist wegen seines Studiums oder ob er lieber gar nicht darüber nachdenken will, dass wir so lange zusammen sein könnten.

Ich räuspere mich. »Hier muss ich ein paar Bilder machen«, sage ich, um mich abzulenken. Ich will den schönen Moment nicht zerstören, indem ich ihn mit irgendwelchen blöden Fragen löchere, nur weil ich mich immer noch frage, wie ernst es ihm mit mir ist. Immerhin hat er mir bisher keinen Grund gegeben, an seinen Gefühlen zu zweifeln. Er hat mir gerade sogar anvertraut, dass er sein Studium schmeißen wird, worüber noch nicht mal seine Eltern Bescheid wissen.

Ich fotografiere die beeindruckende Landschaft und habe den perfekten Aussichtspunkt gefunden, um die Berge im Hintergrund abzulichten sowie zugleich die grüne Koppel mit den Pferden einzufangen.

»Kein Wunder, dass das hier dein Lieblingsort war. Hey, warte! Stell dich mal vor den Zaun.«

Moritz blickt mich skeptisch an.

»Ich poste auch nichts auf Instagram, versprochen.«

Er lächelt mir zu und posiert für ein paar Fotos. »Jetzt bist du dran«, stellt er klar, als ich fertig bin, und nimmt mir mein Smartphone aus der Hand. Ich fürchte allerdings, dass ich nicht so gekonnt posiere wie er, aber wenigstens beschwert er sich nicht über meine mangelnden Modelqualitäten. Stattdessen kommt er mir ganz nah, als er mir das Handy zurückgibt, dann zieht er mich an sich und küsst mich wieder. Obwohl wir genug Zeit im Bett verbracht haben, kribbelt es und sein Kuss erregt mich sofort. Moritz zieht mich noch enger an sich, seine rechte Hand fährt über meinen Rücken in Richtung Po.

»Stopp«, sage ich und drücke ihn energisch etwas weg. »Sind die Amis nicht total prüde? Kann man hier keinen Ärger kriegen oder sogar verhaftet werden, wenn ... na ja ... wenn man in der Öffentlichkeit ...«

»Wenn was?« Moritz' Hand ruht auf meinem Rücken. »Ich denke nicht, dass Küssen illegal ist.«

Ich schiebe ihn dennoch ein Stück von mir weg. »Fummeln auf offener Straße aber bestimmt schon. Sind die USA nicht das Land der kuriosen Sexgesetze?«

»Da weißt du mehr als ich. Jetzt wird es interessant. Lass mal eines hören.«

»In einem Staat soll zum Beispiel Sex nur im Dunkeln erlaubt sein.«

»Das könnte sogar stimmen und muss eine Frau erfunden haben.«

»Und irgendwo müssen Frauen beim Sex immer unten liegen.«

Moritz kneift mir in den Po. »Würde dich das stören?«

Ich ignoriere seine Frage. »Und in manchen Staaten ist Sex im Auto verboten.«

Seine Augen funkeln schelmisch. »Echt? In Nevada auch? Soll ich das mal googeln?«

Ich werde rot. »Ich denke, das wird nicht nötig sein.«

»Wie schade.« Er zwinkert mir zu. »Das Auto wäre groß genug. Du kannst einen echt auf Ideen bringen ...«

Ich hätte nicht mit dem Thema anfangen sollen.

»Ich wette, du hattest noch nie Sex im Auto«, sagt er dann.

»Wie kommst du denn darauf?«

»Menschenkenntnis.« Er sieht mich selbstzufrieden an.

»Wer weiß, vielleicht irrst du dich ja.«

»Im Leben nicht.«

»Warum bist du dir so sicher?«

»Weil ich dich nicht mal hier auf einer einsam gelegenen Ranch küssen darf.«

»Darfst du doch!«

Moritz zieht mich näher an sich.

»Okay, schon gut! Vielleicht hast du recht.« Ich winde mich aus seinen Armen. »Aber nur vielleicht. Wollten wir nicht spazieren gehen?«

Er lacht noch immer, als wir ein paar Schritte gegangen sind.

»Du bist süß. Und ich denke, ich habe ein neues Ziel auf unserer Bucket List.«

Ich stupse ihn mit dem Ellenbogen an. »Ist es gesetzlich in Nevada erlaubt, dem Freund blaue Flecken zuzufügen?«

»Wenn er frech ist, dann schon!«

»Das klingt fair«, sage ich und greife nach seiner Hand, während wir den Weg entlang schlendern.

»Ich finde es wirklich gut, dass du dich der Band wieder anschließt.«

»Auch wenn ich bei den Auftritten nicht dabei bin?«

»Ja, auch dann. Ich glaube, die Band hat dir gutgetan. Du wirktest immer sehr fröhlich bei den Proben.«

»Die haben mir auch sehr viel Spaß gemacht.«

»Falls ich dann mal Therapeut bin, kann ich dich von deiner Bühnenangst heilen.«

»Uh.«

»Uh, was?«

»Das bedeutet dann also, dass ich zukünftig einen Psychologen an meiner Seite habe, der mich ständig analysiert.«

»Könnte passieren. Hannes ist mir damit während seines Studiums ganz schön auf den Sack gegangen.«

»Nicht nur dir.«

Moritz lacht, wird aber schnell wieder ernst. »Wusstest du, dass Lady Gaga auch schon mit üblem Lampenfieber zu kämpfen hatte?«

»Ehrlich? Sie ist doch ein absoluter Profi.«

»Ja, aber sie war so aufgeregt, als sie schauspielern musste, dass sie sich im Auto übergeben hat.«

Ich bin skeptisch. Lady Gaga wirkt auf mich wirklich nicht wie jemand, der Bühnenangst hat.

»Das hast du dir gerade ausgedacht«, vermute ich.

»Pfadfinderehrenwort«, versichert Moritz. »Das stand

mal in der Zeitung und ist wohl gar nicht so selten mit der Aufregung, auch nicht bei Profis.«

»Du warst bei den Pfadfindern?«

»Ehrlich gesagt nicht, aber es klang gut. Ich will dir nur sagen, dass es vermutlich vielen Künstlern so geht, aber alle finden irgendwelche Tricks, um damit zurechtzukommen.«

»Vielleicht kann mir der Herr Therapeut dann bald wirklich ein paar Tipps geben.«

»Jederzeit«, sagt er und ich bin plötzlich ein wenig melancholisch, weil unsere Reise morgen endet. Monatelang hat sich mein Leben immer gleich angefühlt: morgens aufstehen, Uni, manchmal Nebenjob, lernen, und die meiste Abwechslung gab es am Wochenende. Das Highlight in meinem Jahr war bisher der kurze Sommerurlaub mit Laura an der Ostsee. Und nun hat sich in kurzer Zeit so viel geändert. Ich habe einen Freund und werde wieder am Bandleben teilnehmen, zumindest an den Proben.

»Die Zeit hier vergeht viel zu schnell«, stelle ich wehmütig fest.

Moritz lächelt mir aufmunternd zu. »Der nächste Urlaub kommt bestimmt.«

»Ja, vermutlich irgendwann nach meinem Masterabschluss.«

Entsetzt sieht er mich an. »Meinst du das ernst? Das ist doch erst irgendwann im nächsten Sommer, oder?«

»Ganz genau.«

»Dann lass uns vorher noch irgendwo Winterurlaub machen, bevor der ganze Prüfungsstress für dich beginnt.«

»Haha, genau«, witzele ich. »Irgendwo in einem Chalet in Österreich oder so.«

Moritz strahlt mich an. »Das wäre klasse. Kannst du Skifahren? Wenn nicht, dann ...«

Ich muss lachen. »Moritz, das war ein Scherz! Von einem Chalet in Österreich oder sonst irgendwo in den Bergen kann ich allenfalls träumen. Ein paar Tage an der Ostsee könnten gehen.«

»Ostsee im Winter?«

»Na gut, vielleicht lieber zu Ostern«, gebe ich nach, doch auch diese Aussicht scheint ihn nicht gerade zu begeistern. »Du siehst aus, als hättest du was Verdorbenes gegessen«, necke ich ihn. »Es ist schön an der Ostsee.«

»Hm«, meint er und lässt meine Hand los, die er kurz zuvor genommen hat, dann dreht er sich noch einmal zu der Koppel und der Ranch um und atmet tief ein. Vielleicht macht ihm die Tatsache zu schaffen, dass er seinen Lieblingsplatz in Las Vegas verlassen muss und es liegt gar nicht an der Ostsee, dass er eben so ein ernstes Gesicht gezogen hat.

»Soll ich hier noch ein Foto von dir machen?«, schlage ich daher vor, damit er ein weiteres Erinnerungsbild hat.

»Hier?«

»Ja, noch mal mit der Ranch im Hintergrund. Von hier aus ist das Motiv fast noch schöner als eben.« Bevor er antworten kann, entferne ich mich ein paar Schritte und er wirft sich in Pose. »Du solltest modeln«, schlage ich vor. »Falls deine Eltern dich enterben, weil du dein Studium schmeißt, kannst du so etwas Geld nebenbei verdienen.«

Er grinst und kommt zu mir, dann gehen wir weiter in Richtung des Leihwagens.

»Apropos Geld dazu verdienen«, meint er, als wir uns dem Parkplatz nähern. »Können wir mal eben über das Thema Geld sprechen?«

»Ich dachte, darüber spricht man nicht, sondern man hat es. Oder eben auch nicht«

Moritz verdreht die Augen. »Gut, dann könnte ich dich im Winter in ein österreichisches Berg-Chalet einladen.«

»Auf gar keinen Fall!« Ich bin ganz sicher nicht mit Moritz zusammen, damit er für meine Rechnungen aufkommt.

»Dann dürfte ich also ohne dich in einem Berg-Chalet Urlaub machen? Ich bin nämlich tatsächlich jedes Jahr im Skiurlaub.«

Ich kneife die Lippen zusammen. Ich weiß genau, was er vorhat. Er will mich ärgern, damit ich nachgebe. Mag ja sein, dass er stur ist, aber ich bin es auch.

»Ist gar kein Problem«, behaupte ich.

»Gut«, sagt er, während es in mir innerlich brodelt.

»Ich könnte etwas mehr arbeiten gehen neben der Uni. Vielleicht reicht das dann für einen gemeinsamen Winterurlaub in einem normalen Hotel.« Denn irgendwie finde ich es auch schön, dass Moritz bereits an unseren nächsten Urlaub denkt.

Entgeistert sieht er mich an. »Das würdest du tatsächlich durchziehen, oder? Hauptsache, ich bezahle nicht für dich.«

»Exakt.«

»Das ist verrückt.«

»Nein, ist es nicht. Du bist mein Freund und nicht mein Sugar Daddy«, sage ich und öffne die Beifahrertür, als wir unseren Mietwagen erreichen.

»Aber vielleicht wäre ich das ja gerne«, meint er und wirft mir einen anzüglichen Blick zu.

»Never ever.«

24. Samstag, 2.11. – The last evening

»Ich bin ein bisschen traurig, aber ich freue mich auch auf Zuhause«, sagt Rieke, als sie am Abend neben mir im Restaurant sitzt. »Ich glaube, eine Woche in dieser großen funkelnden Stadt reicht dann auch.«

Ich wünschte, ich könnte ihr zustimmen, aber mich packt das Heimweh noch nicht. Gerade habe ich das Gefühl, ich könnte noch wochenlang mit Moritz hier in dieser Stadt verbringen, weit weg von der Uni und dem Nebenjob. Bei den Gedanken an die Heimkehr spüre ich zudem eine gewisse Unsicherheit. Mich quält ein wenig die Sorge, ob zwischen Moritz und mir alles so bleibt, wie es jetzt ist, wenn wir wieder in Deutschland sind. Mir ist nicht entgangen, dass Moritz heute beim Spaziergang kurz gezögert hat, bevor er mir sein Handy gegeben hat, damit ich mir ansehen kann, was Alejandro auf Instagram gepostet hat. Andererseits, wer gibt schon gerne sein Smartphone mit sämtlichen privaten Daten aus der Hand? Vielleicht interpretiere ich da einfach zu viel hinein. Dabei fällt mir ein, dass ich das Thema noch mit unserem Bassisten besprechen will, der etwas zu eifrig Beiträge auf Instagram postet.

»Alejandro«, sage ich und beuge mich ein Stück vor, weil Rieke zwischen uns sitzt. »Ich wäre dir echt verbunden, wenn du keine Fotos mehr mit mir postest in dem Band-Account.«

Alejandro sieht mich betroffen an. »Ich hatte keine Ahnung, dass dich das stört.«

Rieke verdreht die Augen. »Das hat er mit mir anfangs auch gemacht. Bis ich es ihm verboten habe! Außer ich bin nur von hinten zu sehen, dann ist es okay.«

»Sei doch froh, dass ich dich gerne zeige«, meint er empört.

»Schon, aber ich mag auch meine Privatsphäre und es hat einen Grund, dass mein Instagram-Account auf privat gestellt ist«, entgegnet Rieke.

»Meiner auch«, sage ich schnell.

»Kann ich denn die Bandfotos drin lassen, wenn ich die Markierung rausnehme?«, will Alejandro wissen. »Du bist auf fast allen Fotos vom Auftritt mit drauf und der Gig hier in Las Vegas ist echt eine gute Werbung für uns.«

»Meinetwegen.« An sich ist das Foto mit der Band nichts Schlimmes, aber ich würde gerne selber ent-scheiden, was für Fotos von mir veröffentlicht werden, oder auch nicht. Und außerdem bin ich nicht mal offizielles Bandmitglied, sondern nur die Ersatzspielerin. Genau das hat Alejandro in dem Text zu den Fotos auch kurz erklärt, mich mit einem Dankeschön erwähnt und gute Besserung an Thomas geschickt. Der arme Kerl – er wird sich sicherlich schwarz darüber ärgern, was er hier in Las Vegas alles verpasst hat.

Da wir alle am nächsten Morgen recht früh aufstehen müssen, wird es an diesem Abend keine späte Runde. Zum Abschied versuchen wir zwar alle unser Glück ein letztes Mal an den einarmigen Banditen, aber da jeder von uns verliert, diesmal sogar Moritz, ist sogar Rieke bereit, lieber aufs Zimmer zu gehen, statt noch weiter im Hotelcasino herumzulungern. Rieke und Alejandro halten auf dem Weg zum Aufzug Händchen und genauso machen es auch Moritz und ich, obwohl ich mich bei dem Gedanken ertappe, wie Hannes sich wohl gerade damit fühlt. Sein ältester Bruder hat vor wenigen Tagen geheiratet, Moritz ist als Single hergereist und nun mit mir zusammen, und Hannes muss sich das Zimmer mit Adam teilen, weil seine Beziehung in die Brüche gegangen ist. Auch wenn das sicherlich für ihn und Deriya besser so ist.

Ich hatte ihr nach der Trennung eine Nachricht geschrieben, dass sie sich melden soll, wenn sie reden möchte oder Ablenkung braucht, doch mehr als ein »Danke« hat sie mir nicht geschickt. Immerhin haben sich aber Clara und Yuiko schon aus New York gemeldet und tolle Bilder von der Stadt gesendet. Zudem postet Yuiko fleißig auf Instagram und hält uns dort auf dem Laufenden. Ich freue mich, wenn ich bald wieder an den Proben teilnehme und so auch Yuiko häufiger mal wieder sehen werde. Und vielleicht vertraut Adam mir noch an, welche Frau es da in seinem Leben gibt, über die er aber nicht sprechen will.

»Müde?«, fragt Moritz mich, als wir auf unserem Zimmer sind.

»Ein wenig traurig, dass wir abreisen.«

»Wenn du dein Studium fertig hast, könnten wir mal eine Rundreise durch die USA machen.«

»Das klingt toll. Ich kann es kaum glauben, dass die Woche schon rum ist.«

»Ich kann es kaum glauben, dass ich nicht mehr alleine hier schlafen muss«, sagt Moritz und kommt auf mich zu. Ich nehme ihn in den Arm und küsse ihn, doch als seine Hände an meinen Po greifen, bremse ich ihn.

»Wir müssen erst mal Koffer packen.«

»Oh no!« Er wirft mir einen gequälten Blick zu.

»In acht Stunden klingelt der Wecker.«

»Na und? Wir machen durch und schlafen im Flieger.«

»Definitiv nicht. Ich kann im Flugzeug nicht so gut schlafen.«

»Ich schon.«

»Ist mir bekannt.«

Er versucht es mit einem charmanten Lächeln.

»Vergiss es«, sage ich und hole meine Reisetasche aus dem begehbaren Kleiderschrank. „Erst die Arbeit, dann das ...«

»Sprich es nicht aus, das erinnert mich zu sehr an meine Oma.« Er wuschelt mir durch die Haare und ich sehe ihm zu, wie er erst seine Tasche aus dem Schrank holt und dann mit dem Reißverschluss kämpft, der offenbar klemmt. Es sieht lustig aus, wie der Kerl mit den breiten Schultern den Reißverschluss nicht öffnen kann, weshalb ich nicht anders kann, als ihn auszulachen. Zum Dank schmeißt er mir ein Kissen entgegen, doch weil ich mich rechtzeitig ducke, landet es am Fenster, was mich noch mehr zum Lachen bringt. Während ich mit den Tränen kämpfe, bin ich nicht schnell genug, als Moritz mich plötzlich packt und aufs Bett wirft und kitzelt.

»Das ist gemein«, quietsche ich, denn ich habe keine Chance, mich aus seinem Griff zu winden.

»Ich habe nicht angefangen«, raunt er, wird aber sanfter und tut Dinge, die auch mich vom Koffer packen ablenken. Schade, dass wir unseren Aufenthalt hier nicht einfach verlängern können ...

25. Sonntag, 3.11. – Back at home

Ich bin völlig erschlagen von den beiden Rückflügen mit Zwischenstopp, auch wenn es mir tatsächlich gelungen ist, ein wenig zu dösen, während Moritz fast die ganze Zeit tief und fest geschlafen hat. So schleppe ich mich gähnend den anderen hinterher zur normalen Gepäckausgabe, nachdem wir zunächst das Sondergepäck abgeholt haben.

»Tut mir leid, dass du nicht schlafen konntest«, meint er, als er mich mustert.

Na toll! Ich sehe anscheinend auch so aus, wie ich mich fühle. »Immerhin habe ich ein bisschen gedöst.«

»Und Laura holt dich gleich ab?«

»Genau. Und sie hat angeboten, dass sie dich auch mitnehmen kann.« Das hat sie natürlich nicht völlig uneigennützig getan, denn sie brennt darauf, den neuen Mann an meiner Seite kennenzulernen.

»Das ist nett, aber wir haben einen Fahrer. Der hätte aber notfalls auch Platz für dich gehabt, denn wir haben ein Großraumtaxi bestellt. Das nimmt auch Hannes, unsere Eltern und Deriya mit.« Er runzelt die Stirn. »Wenn sie denn noch in einem Auto mit uns sitzen

möchte. Vielleicht sollte ich doch besser bei euch mitfahren.«

»Laura würde sich freuen.«

Er gibt mir einen leichten Schubser. »Und du nicht?«

»Doch, natürlich«, sage ich schnell, während Moritz
sein Handy aus der Tasche kramt und seinen Kalender
aufruft. »Treffen wir uns heute Abend oder möchtest du
lieber deine Ruhe haben?«, fragt er dann mit breitem
Grinsen.

»Ich werde meine letzten Kraftreserven für dich auf-
sparen.«

»Möchtest du zu mir kommen? Ich kann dich auch
abholen, wenn du zu müde zum Fahren bist. Oder ich
komme einfach zu dir« Er tippt auf seinem Handy.
»Mann, so viele Nachrichten, das Handy war doch bloß
ein paar Stunden aus.« Er scrollt durch die Nachrichten
und ich werfe einen Blick auf das leuchtende Handy-
display.

»Mann, das darf echt nicht wahr sein«, murmelt er
dann, während ich zeitgleich meine Reisetasche auf dem
Gepäckband entdecke.

»Ich hole sie«, bietet er sofort an und drückt mir sein
Smartphone in die Hand, dann zwängt er sich an den
Leuten vorbei, die dicht gedrängt direkt an dem Band
stehen. Ich dagegen sehe auf das Display, das schon
wieder aufleuchtet.

*Na, was meinst du? Können wir uns heute
Abend treffen, Süßer? Ich kann es kaum erwarten.
Habe eine Überraschung für dich.*

Ich überfliege die Nachricht ein weiteres Mal, erst dann
wird mir klar, was ich da gerade gelesen habe. Mir wird
augenblicklich flau im Magen.

»Voila.« Moritz stellt meine Reisetasche neben mir ab. »Und da kommt auch schon meine … Bin gleich wieder da.« Erneut verschwindet er zwischen den anderen Wartenden. Ich dagegen starre noch immer völlig perplex auf das Display, obwohl das Smartphone inzwischen in den Stand-by-Modus gegangen ist und nur noch einen schwarzen Bildschirm zeigt.

»So, meine Tasche war die Letzte, oder? Ich glaube, die anderen haben schon alles. Hannes und meine Eltern sind jedenfalls schon auf dem Weg zum Ausgang. Kommst du?« Er nimmt das Telefon entgegen, das ich ihm in die Hand drücke.

»Moritz, wer schreibt dir da eigentlich die ganze Zeit?«

Er bückt sich nach seinem Koffer und zieht den Griff heraus. »Alle möglichen Leute. Ich gucke gleich in Ruhe, wenn wir im Auto sitzen. Sofern denn die anderen überhaupt auf mich warten, so eilig, wie sie es gerade haben.«

Ich laufe mit meiner Reisetasche, die zum Glück Rollen hat und sich ziehen lässt, neben ihm her. Ich überlege, wie ich ansprechen soll, dass ich eine Nachricht gelesen habe, die nicht für mich bestimmt war. Er soll nicht denken, ich hätte sein Telefon durchsucht, aber immerhin hat er es mir freiwillig in die Hand gedrückt, ohne es vorab zu sperren. Aber das vermutlich nur, weil er zum Kofferband geeilt ist. Natürlich hätte ich nicht auf das Display schauen müssen, aber nun ist es passiert und ich kann nicht rückgängig machen, dass ich etwas gelesen habe, das mir gerade in der Seele wehtut, weil es meine schlimmsten Befürchtungen wieder erweckt hat. Da hilft es auch nicht, dass ich mir einzureden versuche, dass das bestimmt nur ein Missverständnis ist. Vielleicht hat bloß jemand die Handynummer verwechselt. Das wäre zwar ein seltsamer Zufall, aber so was kommt ganz sicher vor. Doch in dem Gewusel am Ausgang ist es unmöglich, das

Thema anzusprechen. Moritz sucht nach seiner Familie, die einfach ohne ihn losgezogen ist, und kurz vor dem Zoll staut es sich ein wenig. Ein anderes Paar mit zwei kleinen Kindern quetscht sich zudem einfach zwischen uns beide, und er sucht meinen Blick und schüttelt darüber den Kopf. Dann wirft er mir einen Luftkuss zu, den ich mit einem gezwungenen Lächeln erwidere.

Die Nachricht von dieser anderen Frau lässt mich nicht los. Sie passt dazu, dass Moritz schon die letzten Tage manchmal komisch wirkte, nachdem er an seinem Handy war. Angefangen hat das Ganze nach der Hochzeit. Was also ist da los?

Ich räuspere mich angestrengt, als ich merke, dass mir die Tränen kommen. Nicht hier, nicht jetzt! Das ist wirklich der falsche Zeitpunkt. Moritz wird gleich in ein Großraumtaxi einsteigen und nach Hause gefahren und auf mich wartet Laura. So schwer es mir auch fällt, ich muss es nun aushalten, dass ich das Thema erst später mit ihm klären kann. Wer immer da auch dem »Süßen« geschrieben hat, Moritz hat sich für später mit mir verabredet. Oder wird er mir noch aus irgendeinem fadenscheinigen Grund absagen? O Gott, das wäre schrecklich. Aber immerhin wüsste ich dann ja, warum. Der Kloß in meinem Hals wird größer, doch Moritz scheint in der allgemeinen Hektik nicht zu merken, wie es mir gerade geht. Andererseits wartet auch schon die nächste Ablenkung auf uns, denn als wir Hannes und seine Eltern endlich wiederfinden, weiß keiner so genau, ob Deriya sich nun doch ein eigenes Taxi genommen hat, oder ob sie die Familie nur im allgemeinen Trubel aus den Augen verloren hat.

»Was für ein Chaos«, sagt Moritz, zieht mich an sich und gibt mir einen Kuss. »Es kann ein bisschen später werden heute. Ist das okay?«

Aha!

»Sicher«, behaupte ich und mache gute Miene zum bösen Spiel, weil ich ihn jetzt vor seiner Familie nicht zur Rede stellen will.

Es wird also später. Warum wohl? Etwa weil er sich noch eine Überraschung präsentieren lassen muss?

»Dahinten steht auch schon Laura«, sage ich, denn ich will schnell raus aus dieser Situation. »Ich muss dann mal los, die Leute hinter ihr hupen schon. Tschüss!«

Ich winke in die Runde und Hannes winkt mir zum Abschied zurück, bevor ich mit meiner E-Gitarre und der Reisetasche auf Lauras Auto zusteuere. Sie wird völlig zu Recht angehupt, weil sie dort nicht parken darf. Das scheint sie aber weniger zu stressen als mich, denn sie strahlt mich fröhlich an, als ich auf sie zueile. Ich hieve mein Gepäck in den Kofferraum ihres Peugeots, dann lasse ich mich mit einem Seufzer auf den Beifahrersitz fallen und umarme sie zur Begrüßung.

Doch statt sofort loszufahren, hat Laura die Ruhe weg. »Und?«, fragt sie und sieht mich erwartungsvoll an. »Wie war es?«

»Es war toll!«, sage ich und breche in Tränen aus.

Etwa eine Stunde später sitzt Laura neben mir auf meiner Couch und hat einen Becher Tee, eine Box mit Taschentüchern und Schokolade vor mir abgestellt.

Da sie oft bei mir zu Hause ist, kennt sie sich hier bestens aus.

»Also, jetzt erzähl das noch mal ganz in Ruhe«, bittet sie, setzt sich neben mich und zieht die Nase kraus. »Ich glaube, auf der Fahrt eben habe ich das gar nicht richtig kapiert. Du denkst, Moritz hat noch eine andere Freundin und die hat ihrem Süßen geschrieben und eine Überraschung für ihn?«

»Ja. Und deswegen kommt er heute Abend erst später zu mir.« Ich ziehe die Nase hoch und Laura zupft ein Tuch aus der Box und hält es mir hin.

»Und wenn das alles nur ein Missverständnis ist?«

»Was soll denn an ‚Süßer‘ und ‚kann es kaum erwarten‘ falsch zu verstehen sein?«

»Ich weiß nicht.« Laura fährt mit der Zunge zwischen ihren Lippen hin und her, was sie immer tut, wenn sie nachdenkt.

»Eben!«

»Ach, Elli. Du musst wenigstens mit ihm darüber reden. Also ruf ihn an.« Auffordernd zeigt sie auf mein Smartphone, das auf dem Sofatisch liegt.

»Nein.«

»Aber du musst das doch mit ihm klären.«

»Nicht solange ich heule. Er soll nicht denken, dass ich wegen ihm auch nur eine Träne vergieße.« Ich schniefe ins Taschentuch.

»Das ist falscher Stolz jetzt, aber gut, vielleicht warten wir ein bisschen ab, bis du dich beruhigt hast. Und wenn sich dann herausstellt, dass er wirklich was mit einer anderen Frau am Laufen hat, dann fahren wir zu ihm und treten ihm in den Arsch.«

»Ich will ihm nicht in den Arsch treten.«

»Du hast recht, wir treten ihm lieber in die Eier.«

»So meinte ich das nicht. Ich halte nichts von körperlicher Gewalt.«

»Im Krieg und in der Liebe ist alles erlaubt«, entgegnet Laura überzeugt.

»Hannes hat mich vor ihm gewarnt.«

Laura rollt mit den Augen. »Du sollst nicht übers Hörensagen nachdenken, sondern mit deinem Freund direkt sprechen.« Das Wort »Freund« betont sie. Aber ich will wirklich nicht, dass ich während des Gesprächs mit Moritz laut ins Telefon schluchzen muss. Also bitte ich Laura, von ihrer Woche zu erzählen, denn jede Erinnerung an Las Vegas treibt mir sofort wieder Tränen in die Augen, statt dass ich mich beruhige. Was ich jetzt erst mal brauche, ist Ablenkung.

Während Laura sichtlich bemüht ist, interessante Details aus ihrer letzten Woche zusammen zu kratzen, stopfe ich mich mit der Schokolade voll und versuche, mich auf ihre Worte zu konzentrieren, auch wenn es mir schwerfällt.

»Besser?«, fragte sie schließlich.

»Hm ... wohl so gut, wie es maximal werden kann.« Bei dem Gedanken daran, jetzt gleich mit Moritz sprechen zu müssen, klopft mein Herz schneller. Zögernd greife ich nach meinem Handy. Ich weiß ja, dass Laura recht hat, aber natürlich gehe ich von dem Schlimmsten aus und das bedeutet, dass Moritz tatsächlich mehrere Eisen im Feuer hat. Ich wähle seinen Namen aus und drücke auf das Anrufen-Symbol, doch nachdem es dreimal geklingelt hat, springt seine Mailbox an. Erleichtert und frustriert zugleich lege ich auf.

»Nur die Mailbox«, informiere ich Laura und lasse mich gegen meine Sofalehne fallen.

»Dann versuche es halt gleich noch mal. Er ist ja auch eben erst nach Hause gekommen. Vielleicht steht er unter der Dusche.«

»Mit einer anderen Frau«, brumme ich und Laura haut mir ein Sofakissen auf den Kopf.

»Hör auf damit! Ich weiß, dass du dir in deinem Kopfkino jetzt das Allerschlimmste ausmalst, aber das hilft doch niemandem. Wenn du ihn später nicht erreichst, dann ...« Sie bricht den Satz ab, als mein Handy klingelt. Es ist Moritz und Laura sieht mich triumphierend an, als ich den Anruf annehme.

»Hey«, sagt er, freundlich wie immer. »Vermisst du mich schon?«

»Äh ...«

»Bleibt es dabei, dass ich gleich noch zu dir kommen kann? Ich meine, du bist bestimmt müde, aber wenn ...«

»Klar«, antworte ich und bin ein wenig verwirrt, dass er mich wirklich noch sehen will. Andererseits würde es mir genauso gehen, wenn ich nicht fürchten würde, dass er mir fremdgeht. Oder ... O Gott! Vielleicht bin ich die Frau, mit der er eine andere betrügt.

»Echt? Super!« Er klingt erfreut. »Soll ich auf dem Weg was zum Essen mitbringen oder ...?«

»Äh, nein. Lass uns das lieber später machen.« Denn aktuell habe ich keinerlei Appetit. Ob sich das ändert, wird davon abhängen, wie unser Gespräch verläuft.

»Gut, okay. Bis später. Ich bin so in etwa eineinhalb Stunden da, okay?«

»Klar, super. Bis gleich.« Ich lege das Telefon weg und Laura sieht mich erwartungsvoll an.

»Und?«

Ich erzähle ihr von unserem Gespräch und Laura reibt sich zufrieden die Hände. »Also wenn du mich fragst, dann ist das ein gutes Zeichen. Wenn er eine andere Frau hätte, würde er sich doch heute erst mal mit ihr treffen.«

Ich werfe ihr einen bösen Blick zu.

»Also rein theoretisch. So würde ich es machen, damit sich die andere nicht vernachlässigt fühlt.«

»Aber vielleicht ist das der Grund, warum er erst später kann.«

»Gib ihm doch gleich erst mal eine Chance, das zu erklären.«

Das werde ich natürlich. Ich wünschte nur, ich hätte das

Gespräch schon hinter mir. »Würdest du noch eine Weile hierbleiben?«, frage ich, denn der Gedanke daran, über eine Stunde allein auf Moritz' Ankunft zu warten, fühlt sich nicht gut an.

»Wann kommt er denn?«

»So in eineinhalb Stunden.«

»Dann kannst du Gift darauf nehmen, dass ich dich nicht so lange alleine lasse. Dann machst du dir bloß viel zu viele düstere Gedanken.« Sie greift nach der Fernbedienung und schaltet den Fernseher ein. »Da du vermutlich gerade nicht über Las Vegas reden willst und meine Woche nicht mehr zu bieten hat als das, was ich dir eben schon erzählt habe, lenken wir uns jetzt ein bisschen ab.«

»Womit?«

»Kennst du den Film ‚Allein unter Frauen'?«

»Nein.«

»Das ist quasi ein Klassiker und ich verspreche dir, du wirst ihn lieben!«

26. Sonntag, 3.11. – A question of trust

Laura hatte ein gutes Timing, denn nur zehn Minuten, nachdem sie sich auf den Weg gemacht hat, klingelt Moritz bei mir zu Hause. Mit dem Film lag sie richtig. Der hat mir gefallen, weil er lustig war, und den müssen wir uns unbedingt irgendwann gemeinsam zu Ende anschauen. Vielleicht heute schon, wenn es nicht so gut mit Moritz laufen sollte. Laura hat angeboten, dass sie in dem Fall sofort einsatzbereit ist und wieder zu mir kommt.

Ich bin wahnsinnig aufgeregt und unsicher, als ich Moritz die Tür öffne. Er dagegen sieht frisch aus wie eh und je, so als hätte ihm die lange Flugreise überhaupt nichts ausgemacht. Aber er hat ja auch die meiste Zeit geschlafen. Dank Concealer und Augentropfen gegen gereizte Augen sehe auch ich wieder ganz passabel aus und nicht, als hätte ich wie ein Schlosshund geheult.

Ehe ich ihn begrüßen kann, zieht er mich an sich und drückt mir einen Kuss auf den Mund.

»Hey«, sage ich, als er mich loslässt.

Seine Augenbrauen ziehen sich zusammen, als er mich genauer ansieht. »Alles in Ordnung?«

»Äh ja ... nein ... also eigentlich.« Ich atme tief ein. »Wir müssen reden.«

»Klar. Worum gehts?«

»Es geht um die Nachricht, die du bekommen hast.«

Er sieht mich verständnislos an. »Welche Nachricht?«

»Die vom Flughafen.«

»Der Flughafen hat mir eine Nachricht geschickt?«

Will er ablenken oder mich für blöd verkaufen?

»Nein.« Ich seufze laut. »Komm erst mal mit.« Sichtlich verwirrt streift er seine Sneakers von den Füßen und folgt mir ins Wohnzimmer. Ich deute auf die Couch und bin dankbar, dass er sich hinsetzt, ohne Fragen zu stellen. Ich dagegen kann gerade nicht sitzen, denn dafür bin ich viel zu aufgeregt.

»Ich sollte doch dein Handy halten, während du die Koffer geholt hast. Und ich schwöre, ich würde niemals einfach so deine Nachrichten lesen, aber die Nachricht ploppte auf und war direkt lesbar auf dem Display und es war eine Frau, die dich angeschrieben hat und ...«

»Fuck!«

Ich bin geschockt von seiner Reaktion. Er weiß also genau, wovon ich rede.

»Es tut mir so leid«, sagt er. »Ich wollte dich da echt nicht mit reinziehen.«

Mir wird schlecht und meine Augen beginnen zu brennen. »Also ist es wahr?« Ich kann seinen Gesichtsausdruck nur schwer deuten. Er sieht enttäuscht aus – fühlt er sich ertappt?

»Du flirtest die ganze Zeit mit mir und bist längst vergeben.« Ich wollte stark sein bei diesem Gespräch, aber ich spüre eine Träne, die mir die Wange hinunterläuft. Moritz springt auf und kommt zu mir, doch ich weiche einen Schritt zurück und er bleibt stehen.

»Ich kann das erklären.«

Uh, das ist der Beginn einer Trennung, wenn jemand das sagt, aber darauf war ich sowieso schon vorbereitet.

»Ich kann das wirklich erklären. Da läuft absolut

nichts.« Er berührt mich sanft an der Wange und wischt die Träne weg. »Ich wollte dich damit bloß nicht belasten, denn es ist ätzend genug, dass ich damit zu tun habe.«

»Was soll das heißen?« Womit hat er zu tun? Und warum will er mich damit nicht belasten?

»Bist du bereit für einen Ausflug?«, will er wissen.

»Häh?«

»Ich weiß, das klingt jetzt unpassend, aber ich schwöre dir, es gibt nur dich«, sagt er. »Vertraust du mir?«

Das macht mich für einen Moment sprachlos. Er stellt mir ausgerechnet jetzt diese Frage! In einer Situation, in der ich denke, dass er mich betrügt.

»Bevor du antwortest: Was sagt dir dein Bauchgefühl? Wenn du nicht an das denkst, was Hannes dir vielleicht erzählt hat oder irgendjemand anderer. Wenn du einfach auf dein Bauchgefühl hörst, vertraust du mir dann?«

»Ja«, sage ich, ohne dass ich weiß, woher diese Zuversicht kommt. Aber es stimmt. Es ist mein Kopf, der misstrauisch ist und das Schlimmste annimmt.

»Dann lass uns das nicht hier besprechen, okay?«

»Ich bin nicht angezogen für einen Ausflug«, rede ich mich raus, auch wenn das nicht der Grund ist. Ich bin vor allen Dingen müde und verwirrt und möchte diese Sache jetzt klären.

»Ich schwöre dir, dass ich dich nicht betrüge.«

Ich nehme die Aussage wahr, aber sie kommt nicht richtig bei mir an. Ich bin völlig überfordert, auch wenn es mich ein bisschen beruhigt, dass Moritz mir geschworen hat, dass es keine andere Frau gibt. Aber was hat es dann mit dieser Nachricht auf sich?

»Du trägst Jeans und Pulli, ist beides okay. Aber wenn du dich unwohl fühlst, dann zieh dir was anderes an.«

»Also was Schickes?«

»Nein, du musst dich nicht schick machen.«

»Also Jeans geht?«

»Definitiv.«

»Sind wir lange unterwegs?«

»Die Fahrt dauert nur so fünfzehn Minuten.«

»Können wir nicht einfach hier darüber sprechen?«

»Klar, das können wir auch«, gibt er nach, sieht aber wahnsinnig enttäuscht aus bei den Worten.

»Du machst mich fertig, weißt du das?«, will ich wissen, doch er wirft mir nur ein unsicheres Lächeln zu – etwas, das eigentlich gar nicht zu ihm passt. Und ich, immer noch verwirrt und unsicher, aber zugleich neugierig, was er jetzt vor hat und warum ihm das so viel bedeutet, gehe zu meinem Kleiderschrank, um mich umzuziehen.

Ich kenne das Hotel, auf das Moritz zufährt, aber ich war noch nie hier, sondern immer nur in dem Gartencenter, das nebenan liegt und wo man fantastischen Kuchen essen kann.

»Gut Höhne?«, frage ich.

Er nickt.

»Warum sind wir hier?«

»Erkläre ich dir gleich«, verspricht er und parkt den Wagen ein. Ich schnappe mir währenddessen meine Übergangsjacke vom Rücksitz und vermisse für einen Moment das deutlich wärmere Klima in Las Vegas, als ich eine Minute später aus dem Auto steige. Ich wünschte mir, wir könnten uns jetzt einfach dorthin zurückbeamen und den Tag heute hätte es nicht gegeben. Moritz hält mir seine Hand hin und zögerlich ergreife ich sie.

»Hier habe ich mal gearbeitet«, sagt er, als wir den gepflasterten Weg entlang gehen, der zum Eingang des

Hotels führt. »Viele denken, es sei eine alte Burg, aber ursprünglich war es mal ein Bauernhof, der umgebaut wurde.«

»Es sieht wirklich eher wie eine Burg aus mit den Türmen.«

»Im Frühjahr und Sommer ist es noch viel schöner, wenn alles grün ist und blüht. Dann kann man hier auch draußen sitzen.«

»Es ist schön genug«, versichere ich ihm. »Ich war immer neugierig, wie es im Hotelinneren aussieht.«

»Es wird dir bestimmt gefallen«, verspricht er.

»Was hast du hier gemacht?«

Er grinst. »Ich war Zimmermädchen.«

»Du?«

»Traust du mir das etwa nicht zu?« Er klingt belustigt.

Mir fällt sein aufgeräumtes Zimmer in Las Vegas ein. »Doch, eigentlich schon.«

»Viele dachten immer, meine Brüder und ich hätten es nie nötig gehabt, unser eigenes Geld zu verdienen. Aber unsere Eltern fanden es wichtig, dass wir den Wert von Geld schätzen lernen. Theo hat schon als Teenager Zeitungen ausgetragen und Nachhilfe gegeben. Hannes hat gekellnert und ich habe zuerst Nachhilfe gegeben und dann war ich hier. Ich habe erst ein Praktikum gemacht und danach aber weiterhin im Büro ausgeholfen. Da konnte ich ganz gut verdienen. Außerdem wollte ich ausprobieren, ob das Hotelgewerbe was für mich ist. Hätte ja sein können, dass es in der Familie liegt, mütterlicherseits. Und ich bin tatsächlich auch mal beim Putzen eingesprungen, als es zu viele Krankenfälle auf einmal gab. Ich bin mir nicht zu fein für so was, aber Menschen haben viele Vorurteile, wenn man aus einer wohlhabenden Familie kommt.«

Ich fühle mich ertappt und schweige lieber.

»Der reiche, verwöhnte Bengel, dem alles in den Arsch gesteckt wird, der Aufreißer, vor dem keine Frau sicher ist …« Er atmet laut aus. »Warum hast du nicht direkt was gesagt am Flughafen?«

»Da herrschte so viel Aufregung. Erst haben wir deine Familie aus den Augen verloren, dann die Unklarheit wegen Deriya, und Laura stand im Parkverbot und hatte wütende Autofahrer hinter sich. Hätte ich dir in dem Chaos auch noch eine Szene machen sollen?«

»Wieso nicht? Du warst doch wütend.«

»Traurig trifft es eher.« Ich sehe mich um. »So schön es hier auch ist, warum sind wir hier?«

»Hier gibt es ein wirklich gutes Büfett zum Abendessen.«

»Du denkst jetzt ans Essen?«

»Ich denke ziemlich häufig ans Essen, aber das ist nicht der Grund. Komm mit, wir reden drinnen. Du siehst aus, als wäre dir kalt.«

Mir ist tatsächlich etwas frisch. Ich hätte besser die Winterjacke statt die Übergangsjacke mitgenommen. Vermutlich reagiere ich nach Las Vegas etwas empfindlicher auf das kalte Wetter als sonst.

Moritz sieht mich schmunzelnd an. »Wir müssen mal was für deine Durchblutung tun, dir ist viel zu oft kühl.«

»Daran denkst du ausgerechnet jetzt?«

»Ich rede von Sport.« Moritz zieht eine Augenbraue hoch. »Woran denkst du?« Er nickt in Richtung des Eingangs und wir gehen weiter.

In der Hotellobby, die einen schicken Holzboden hat und mit zahlreichen dunkelgrauen Sitzgruppen und Kissen sehr gemütlich eingerichtet ist, halten sich nur wenige Gäste auf. Auch von innen sieht es mit den gemauerten Wänden für mich noch immer aus wie eine Burg, aber vermutlich ist das nicht ganz unbeabsichtigt, dass man diesen Eindruck bekommt. An der Rezeption steht eine junge, dunkelhaarige Frau, die ich auf Mitte dreißig schätze. Als ihr Blick auf Moritz fällt, hebt sie die Hand zum Gruß und kommt mit einem strahlenden Lächeln auf uns zu. Mit einer Umarmung begrüßt sie ihn, mir hält sie die Hand hin.

»Hallo, ich bin Sanja.«

»Hey. Ich bin Elli.«

Sie mustert mich kurz, dann sieht sie zu Moritz. »Schön, dass ich endlich mal deine Freundin kennenlerne. Ihr kommt doch bestimmt zum Abendessen, oder?« Sie schaut auf die Uhr. »Das Büfett ist bereits seit zwanzig Minuten eröffnet, aber es ist nicht so voll heute. Die meisten Gäste reisen erst morgen wieder an.«

»Das ist gut, wir sind spontan hier.«

Sanja lacht. »Na, für dich hätten wir schon irgendwo einen Platz gefunden. Schön, dass du dich mal wieder blicken lässt und euch einen tollen Abend.«

»Danke. Zum Restaurant geht es da lang«, sagt Moritz an mich gewandt. Auch als wir dort ankommen, wird er wie ein alter Bekannter, der er hier offenbar ist, begrüßt.

»Passt die Ecke da hinten?«, möchte er von mir wissen und steuert auf eine kuschelige Sitznische mit drei Plätzen zu. Um zum Büfett zu kommen, muss man nur noch durch einen Torbogen gehen, durch den bereits der Duft des Essens zu uns herüberweht. Einige Gäste sitzen mit gefüllten Tellern an ihren Plätzen und unterhalten sich, vom Büfett hört man das leise Klappern von Geschirr.

»Gerne, das sieht gemütlich aus«, antworte ich, lege meine Jacke ab und setze mich. Kaum dass wir Platz genommen haben, kommt auch schon ein Kellner.

»Guten Abend«, sagt er zu mir und legt die Getränkekarten auf den Tisch. »Hallo, Moritz.«

»Hey.«

»Das Übliche für dich?«

Moritz nickt. »Danke, Phillipe.«

»Die Dame?«, fragt Phillipe an mich gerichtet.

»Äh, ich muss erst noch schauen.«

»Natürlich, ich komme gleich noch mal wieder.«

Ich klappe die Karte auf und sehe Moritz an, denn plötzlich dämmert mir was. »Sind wir hier, weil du mir zeigen willst, dass ich die erste Frau bin, die du herbringst?«

Er lacht. »Dass Sanja das gleich so betont, konnte ich nicht ahnen. Aber ja, das war einer der Gründe. Ehrlich gesagt, es war ganz schön hart, dass du mir zutraust, dass ich dich betrüge.«

»Tut mir leid. Aber was hättest du an meiner Stelle gedacht?«

»Ich weiß es nicht. Aber ich hätte nicht als Erstes gedacht, dass du mir fremdgehst.«

Ich fühle mich augenblicklich schlecht, auch wenn ich immer noch nicht weiß, was nun eigentlich los ist. Derweil zieht Moritz sein Telefon aus der Jeanstasche, entsperrt es und legt es auf den Tisch, dann schiebt er es zu mir. Es ist ein Chatverlauf, den ich auf dem Display sehe. Ich wende meine Augen ab.

»Ich will das nicht lesen.« Es kommt mir falsch vor, irgendwelche persönlichen Nachrichten auf seinem Handy zu prüfen.

»Das ist Maja«, erzählt er. »Mit ihr lief nie was. Aber das wollte sie nicht wahrhaben. Wir haben uns bei der Betreuung der Kinder und Jugendlichen kennengelernt, denn sie war für ein Praktikum dort. Wir haben uns ganz gut verstanden und sie hat mich auf ihre Geburtstagsfeier eingeladen. Dabei habe ich mir nichts gedacht, es war bloß eine Party. Aber sie hat versucht, mich zu verführen. Ich habe mich nicht darauf eingelassen und danach fing es an mit ständigen Anrufen und Nachrichten.«

Phillipe kommt erneut an unseren Tisch und ich gebe nun auch meine Getränkebestellung auf.

»Du kannst hier jederzeit an das Büfett«, erklärt Moritz. »Bis halb zehn haben wir Zeit. Sollen wir uns erst was zu essen holen?«

»Ich würde gerne erst die Geschichte hören«, sage ich, da ich hoffe, dass danach auch mein Appetit sich endlich meldet. Ich merke zwar, dass mein Magen leer ist und nach Nahrung verlangt, aber gerade bin ich noch zu besorgt, um ein gutes Essen zu schätzen zu wissen.

»Also gut«, fährt er mit seiner Geschichte fort. »Ich habe lange versucht, ihr klarzumachen, dass ich nichts von ihr will, aber sie hat nicht locker gelassen. Also habe ich sie geblockt, in allen sozialen Netzwerken und auf meinem Handy. Deswegen habe ich auch mein Instagram-Profil auf privat umgestellt.«

»Und sie konnte dir trotzdem noch schreiben?«

»Über Instagram nicht mehr, zumal ich einfach keine neuen Kontaktanfragen mehr angenommen habe. Egal wie unverdächtig sie mir auch vorkamen. Und ich hatte dann auch eine Weile Ruhe vor ihr. Aber dann hat Alejandro die Fotos aus Las Vegas gepostet im Band-Account und da war ich auch zu sehen. Es war ja klar, dass sie der Band folgt. Ich hatte davon mal erzählt. Wenn wir zusammen gearbeitet haben, hatte ich viel Zeit. Außerdem freut sich Hannes immer über Werbung.«

»Aber wieso kann sie dir noch Chat-Nachrichten schicken, wenn du ihre Nummer geblockt hast?«

»Tja, ihre alte Nummer ist geblockt und da funktioniert das. Offenbar hat sie aber eine neue Nummer und von der schreibt sie mir nun seit der Hochzeit wieder.«

»Aber du kannst sie doch einfach wieder blocken«, schlage ich vor.

»Das war auch mein erster Gedanke. Aber Hannes hat

mir geraten, ich solle mich am besten mal von einem Anwalt beraten lassen. Nach dem, was er von der Frau bisher gehört hat, findet er sie psychologisch auffällig.«

»Was genau heißt das?«

»Er meint, ich solle vorsichtig damit sein, sie nicht zu sehr zu verärgern. Damit sie nicht auf irgendeine blöde Idee kommt.«

Ich merke ihm an, wie unbehaglich er sich plötzlich fühlt.

»Was genau meinst du?«

»Es gibt Frauen, die haben Männer schon angezeigt mit irgendwelchen Vorwürfen.« Er hebt sofort entschuldigend die Hände. »Ich weiß, dass die meisten Frauen die Wahrheit sagen und wirklich Opfer geworden sind. Aber es gibt auch Fälle, in denen das anders ist. Ich habe sie seit Wochen nicht gesehen, aber wenn Maja jetzt plötzlich sagt, ich hätte ihr was angetan, dann spielt es erst mal keine Rolle, wer die Wahrheit sagt. Dann stehe ich unter Verdacht und es wird ermittelt.«

»Oh!« Der Gedanke, dass jemand Moritz so etwas vorwerfen könnte, erschüttert mich. Natürlich sieht man niemandem an, wozu er oder sie fähig ist, aber ich kann nun verstehen, als wie heikel er die Sache empfindet.

»Was hat der Anwalt dir geraten?«

»Dass ich Buch führen soll über jeden unerwünschten Kontakt. Ich habe ihr schließlich schon vor Wochen gesagt, dass sie mich in Ruhe lassen soll, weil ich kein Interesse an ihr habe. Stattdessen hat sie mir aber geschrieben, als wären wir ein Liebespaar. Zumindest so lange, bis ich sie dann geblockt habe. Und er meinte, dass ich auch Anzeige erstatten kann.«

»Die Nachricht klang wirklich so, als wäret ihr ziemlich vertraut miteinander.«

Er nickt. »Wie gesagt, so schreibt sie immer. Als wäre es

das Natürlichste von der Welt, dass wir uns treffen. Ich bin dir nicht böse, wenn du Hannes anrufst und ihn fragst, ob es stimmt, was ich dir sage.« Er greift nach seinem Telefon, entsperrt es erneut und schiebt es mir wieder hin. »Aber ich fände es gut, wenn du erst mal die Nachrichten liest.«

Also werfe ich diesmal einen genaueren Blick auf das Display. Der Nachrichtenverlauf reicht bis zum ersten November zurück. Der Tag, an dem Alejandro Bilder von unserem Auftritt und der Hochzeit gepostet hat.

Hey Süßer, heiß wie eh und je.
Las Vegas muss mega cool sein, wir sollten
dort auch mal zusammen Urlaub machen.

Auf die Nachricht hat er nicht reagiert, doch schon zwei Stunden später geht es weiter.

Hast bestimmt viel um die Ohren, oder?
Ich denke an dich. Vermiss dich.
Wann können wir uns endlich wiedersehen?

Moritz sieht, dass ich weiter scrolle. »Hannes kennt auch den früheren Chatverlauf mit ihr unter der alten Nummer. Ich habe ihm alles gezeigt, als das wieder anfing. Ich hätte nicht gedacht, dass sie neue Fotos von mir so triggern.« Er verzieht das Gesicht. »Es kotzt mich echt an, dass das jetzt wieder verstärkt losgeht. In der letzten akuten Phase hat sie mir manchmal nach der Arbeit aufgelauert. Allerdings war ich da meist nicht allein, sondern oft in einer Gruppe unterwegs. Sie hat mir dann nur zugewunken, aber nichts weiter gemacht.«

»Das klingt echt nach Stalking.«

»Das sagte Hannes auch. Und dass es passieren könnte,

dass sie wütend auf dich wird, wenn sie von dir erfährt. Deswegen will ich dich da raushalten.«

So weit hatte ich noch gar nicht gedacht, aber natürlich könnte sie eifersüchtig werden, weil ich ihr den Mann weggenommen habe. Zumindest wäre das vermutlich ihre Sicht der Dinge.

»Soll ich weiterlesen?«

Er nickt und ich stutze, als plötzlich ein Foto von zwei üppigen Brüsten in einem viel zu knapp sitzenden BH zu sehen sind. »Huch.«

»Tja, das war auch nix Neues. Gab es im alten Chat auch schon.«

»Du hast die ganze Zeit nicht reagiert.«

»Nein. Ich wollte erst mit dem Anwalt sprechen. Und das habe ich heute getan, sobald ich zu Hause war.«

Majas Nachrichten gehen in demselben Stil weiter. Sie schreibt, dass sie ihn vermisst, es folgt ein Foto davon, wie ihre Hand in ein schwarzes Spitzenhöschen fährt, was mich echt auf die Palme bringt.

Anscheinend hat Alejandro einige Details gepostet zu unserem Aufenthalt, denn vor der Nachricht, die ich am Flughafen gelesen habe, hat sie ihm auch noch einen guten Heimflug gewünscht.

»Alejandro hat auf Instagram Bilder vom Flughafen und der Flugnummer gepostet«, erklärt Moritz. »Ich könnte ihn bitten, mal nachzuschauen, welche Follower die Storys und Bilder angesehen oder gelikt haben, aber seien wir ehrlich: Sie kann sich jederzeit einen neuen Account dort erstellen.«

»O Mann. Das tut mir echt leid«, sage ich, dann betrachte ich die einzige Nachricht, die Moritz ihr geschrieben hat.

Hör endlich auf damit, sonst zeige ich dich an.

»Jetzt fühle ich mich schlecht.« Ich fühle mich sogar richtig mies, weil ich geglaubt habe, dass Moritz es nicht ernst mit mir meint. Ich blinzele eifrig, als ich merke, dass mir schon wieder die Tränen kommen. Moritz, der mir bisher gegenüber saß, rückt neben mich.

»Ich hätte mir besser doch was mit Alkohol bestellt«, murmele ich. »Tut mir leid, dass ich so eine Heulsuse bin und dir nicht vertraut habe.«

»Ich kann es schon verstehen«, sagt er und legt seinen Arm um mich. »Vor allem mit der Vorgeschichte, die du von mir kennst und wegen dem, was Hannes dir über mich gesagt hat. Und deswegen sind wir hier. Ich kenne dich doch nicht erst seit Las Vegas. Ich kenne dich von den Bandproben, aber anfangs warst du vergeben.«

Moment, was redet er da? Hatte Hannes etwa recht damit, dass Moritz damals schon ein Auge auf mich geworfen hat?

»Du bist keine flüchtige Affäre für mich, sondern ich meine es ernst«, fährt er fort. »Ich fand dich immer toll, auch schon damals. Aber ich hätte nie gedacht, dass du dich irgendwann mal für mich interessieren würdest. Ich habe mir auf dem Hinflug nach Las Vegas erst nur einen Spaß daraus gemacht, ein bisschen mit dir zu flirten, aber dann wurde mir bewusst, wie albern das ist. Weil ich viel mehr für dich empfinde. So habe ich noch für keine Frau empfunden. Und ich will alles richtig machen, aber ich will auch, dass du mir vertraust. Und ich finde es schlimm, dass du denkst, ich wäre ein Kerl, der dir wehtut.«

»Hör besser auf«, murmele ich leise, denn meine Kehle fühlt sich an wie zugeschnürt. »Zumindest wenn du nicht willst, dass ich gleich Rotz und Wasser heule. Ich schätze, ich habe meine Lektion gelernt. Es tut mir furchtbar leid, dass ich die Situation so falsch eingeschätzt habe. Ich war nur anfangs total unsicher, weil ich dachte, ich bin bloß einer von vielen Flirts für dich. Dann waren wir plötzlich zusammen und es fühlte sich alles so toll mit dir an, aber dann kam diese Nachricht ...«

Er schiebt das Handy mit der freien Hand zur Seite und zieht mich an sich. »Ihre neue Nummer habe ich nach meiner Nachricht geblockt. Und eigentlich würde ich echt gerne ein Knutschfoto von uns beiden auf Instagram posten, aber wie gesagt will ich vermeiden, dass sich ihre Wut gegen dich richtet.«

Ich stupse ihn an. »Keiner sagt heutzutage mehr knutschen.«

»Ich schon.« Er steht auf und reicht mir die Hand. »Bereit fürs Essen? Es gibt Vorspeisen wie Salate und Suppen sowie Fleisch- und Gemüsegerichte, Sushi, Brot, Käseauswahl, Dessert ...«

»Wie gut, dass ich langsam Appetit bekomme.«

»Erst langsam?«, fragt Moritz, zieht mich an sich und küsst mich.

»Das wurde ja auch Zeit, mein Junge«, höre ich Phillipe im Vorbeigehen sagen.

Four months later

»Toi, toi, toi!« Moritz zeigt uns die gedrückten Daumen, dann dreht er sich zu mir und gibt mir einen Kuss. »Du schaffst das! Das wird toll.«

»Bestimmt«, murmele ich, deutlich weniger überzeugt als er, und er drückt mich noch einmal an sich.

»Ich verschwinde zu Theo und Britta, bevor mir jemand den Platz wegschnappt. Bis später.« Er winkt in die Runde.

»Klar, bis später«, sagt Hannes und sieht uns von der Band erwartungsvoll an. »Bereit?«

»Yes!« Alejandro reckt die Faust in die Luft.

»Aber so was von«, meint Clara zuversichtlich.

Adam dagegen nickt und ich ringe mir ein zustimmendes »Hm« ab.

»Dann zeigen wir denen jetzt, was gute Musik ist«, beschließt Hannes selbstbewusst, während die Band von der Bühne kommt, die vor uns gespielt hat. Danach sollen wir für den Rest des Abends übernehmen, doch gerade würde ich mich lieber hinter den dunklen, schweren Vorhängen verstecken, die uns noch von der Bühne trennen. Da Hannes aus sicherer Quelle weiß, dass heute ein Talentscout im Publikum sitzt, flattern meine Nerven noch mehr als sonst. Obwohl mir Clara und die anderen mehrfach versichert haben, ich solle mir deswegen bloß keinen Stress machen. Sie sind glücklich damit, dass wir heute die Chance nutzen können, obwohl Thomas sich dazu entschieden hat, die Band zu verlassen. Nicht etwa, weil ich testweise in die Band zurückgekehrt bin, sondern weil er im Skiurlaub eine Frau kennengelernt hat, die in Süddeutschland wohnt. Sie arbeitet in dem Hotel, in dem er Urlaub gemacht hat, und laut ihm war es Liebe auf den ersten Blick. Da Thomas die Möglichkeit hat, zu achtzig Prozent aus dem Homeoffice zu arbeiten, ist er fast nur noch in Bayern. Und so rückte ich prompt wieder in die Rolle der Hauptgitarristin.

Obwohl mich Auftritte noch immer stressen, macht mir die Arbeit an unserem aktuellen Album so viel Spaß, dass ich mir derzeit nicht vorstellen kann, Wild Weekend noch mal zu verlassen. Ich werde zwar niemals so entspannt auf die Bühne gehen können wie die anderen, aber ich bin dabei, mich recht gut damit zu arrangieren. Bloß gerade in diesem Moment nicht. Mein Mund ist so trocken, dass meine Zunge regelrecht am Gaumen festpappt.

Adam greift nach meiner Hand und sieht mich fragend an. »Alles okay?«

Ich bin dankbar für diese Geste und nicke, auch wenn nicht alles okay ist, aber ich schaffe das!

Leider habe ich noch immer nicht herausgefunden, wer diese geheimnisvolle Frau ist, die Adam mal erwähnt hat. Aber ich habe mir fest vorgenommen, irgendwann Licht ins Dunkel zu bringen. Vielleicht gelingt mir das ja heute Abend. Immerhin habe ich bereits seine Schwester auf dem Reiterhof kennengelernt. Nach anfänglichem Respekt vor diesen Tieren (so ein Pony hat eine deutlich angenehmere Höhe), habe ich mich irgendwann doch mal getraut, auf einem großen Pferd zu reiten. Zumal Moritz, ansonsten Sportler durch und durch, fürs Reiten kein besonderes Talent hat. Aber er hat Spaß daran und er macht sich sogar schon Gedanken über Themen wie Reittherapie, was er als eine Option sieht, wenn er erst mal ausgebildeter Therapeut ist. Was auch immer er machen will – meinen Segen hat er.

»Los gehts«, raunt Hannes uns zu, schwingt den Vorhang zur Seite und wir betreten die Bühne. Das Scheinwerferlicht blendet mich im ersten Moment und ich blinzele. Wieder einmal bin ich froh darüber, dass Clara ganz vorne auf der Bühne stehen wird und nicht etwa ich. Denn nun werden wir knapp eine Stunde lang unsere eigenen Stücke spielen. Das wird anstrengend, aber die Location ist wirklich toll und mit sehr guter Akustik sowie bisher bestens gelaunten Gästen, die an ihren Tischen sitzen und erwartungsvoll zu uns aufsehen. Zumindest sofern ich es erkennen kann. Bessere Voraussetzungen können wir jedenfalls kaum erwarten.

Ich sehe zu Adam, der gerade am Schlagzeug Platz nimmt und noch ein paar Einstellungen ändert. Als er bemerkt, dass ich ihn beobachte, zeigt er mir das Victoryzeichen und ich lächle ihm zu, bevor ich mich wieder dem Raum mit den Gästen zuwende. Es beruhigt mich, als ich Moritz mit Theo, Britta und Laura entdecke. Dass sie da sind, um uns zu unterstützen, gibt mir ein Gefühl von Sicherheit. Und ich weiß, dass niemand aus der Band mir böse ist, wenn mir die Nerven durchgehen sollten. Aber ich habe mir fest vorgenommen, dass wir nicht nur für das Publikum, sondern auch für den Talentscout einen fantastischen Auftritt abliefern.

Hannes' Songs haben es absolut verdient, bekannter zu werden, und ich bin stolz darauf, dass ich an einigen Liedern sehr aktiv mitgearbeitet habe. Das gilt für uns alle aus der Band, doch Hannes ist ganz klar derjenige, der am meisten Zeit in das Album investiert hat.

Eine junge Frau tritt auf die Bühne, stellt sich neben Clara und schnappt sich das Mikrofon, dann erzählt sie ein bisschen was zu unserer Band. Währenddessen entdecke ich Moritz' Eltern, die sich suchend umsehen und schließlich ihre beiden Söhne bemerken, die an einem der Tische sitzen und ihnen zuwinken. Ich schiele zu Hannes rüber, dem der Mund offensteht. Offenbar ist es auch für ihn eine Überraschung, dass seine Eltern heute dabei sind. Moritz zumindest hat mir nichts davon erzählt.

Hannes wirkt gerührt und ich hoffe, das bringt ihn jetzt nicht zu sehr aus der Fassung, so kurz vor dem Auftritt. Ich dagegen bin ein wenig amüsiert darüber, dass Annette und Heiko eher gekleidet sind, als würden sie eine Oper besuchen. Wer auch immer sie auf den Auftritt aufmerksam gemacht hat, hat ihnen wohl verschwiegen, dass es sich bei der Location um eine Musikkneipe handelt.

Die Frau, die uns angekündigt hat, überlässt Clara das Mikrofon und verschwindet von der Bühne. Jetzt wird es ernst und ich spüre meinen Herzschlag überdeutlich. Nun geht es darum, allen zu zeigen, was wir drauf haben. Doch als Adam die Sticks aufeinanderschlägt und wir starten, ist mein Blick auf den blonden Mann im Publikum gerichtet, der wiederum nur Augen für mich hat – und das fühlt sich verdammt gut an!

Danksagung

Ein ganz besonderer Dank geht an Nadja und Kolja dafür, dass wir auf eurer Hochzeit in Las Vegas dabei sein durften. Dieses einmalige Erlebnis war der Grundstein für diese Liebesgeschichte und ich erinnere mich noch immer gerne an die aufregende Woche und eure besondere Hochzeit.

An dieser Stelle mag ich auch einen Gruß loswerden an die anderen Mitreisenden von damals: An meinen Mann Marc, meine Mama, meine Schwester Niky mit meinem Schwager André sowie an Heike und Uwe – das war eine tolle Zeit mit euch in einer beeindruckenden Stadt.

Herzlich bedanken möchte ich mich bei meinen Testleserinnen Britt Älling, Doris Semlegger, Julika und Anja. Eure Anmerkungen waren sehr hilfreich für die finale Überarbeitung des Manuskripts und haben mir Mut gemacht, diese Geschichte wirklich zu veröffentlichen. Vielen Dank, dass ihr euch die Zeit genommen habt, das Manuskript so aufmerksam zu lesen und mir Feedback zu geben. Herzlichen Dank auch an dich, Stefanie Früh, dafür, dass du die ersten Seiten testgelesen hast. Es hat mir sehr weitergeholfen, so früh eine Einschätzung zu erhalten, ob diese Story etwas taugen könnte.

Liebe Florin von www.100covers4you.com, dir danke ich für das wunderschöne Cover, das den Buchtitel erst zum Leben erweckt. Ich bin begeistert.

An meinen Mann Marc geht diesmal ein besonderer Dank für den Song zum Buch. Ich wollte es nicht nur bei einem Songtext belassen, sondern diesen auch zum Leben erwecken. Danke, dass du das mit der passenden Musik übernommen hast. Es war schön, endlich mal wieder ein gemeinsames Musikprojekt zu machen.

Außerdem möchte ich mich bei allen Leserinnen und Lesern dafür bedanken, dass ihr meinem Liebesroman-Debüt eine Chance gegeben habt. Ich hoffe, ihr hattet Spaß mit Ellis und Moritz' Geschichte.

Auf Instagram unter janine_meester sowie über meine Webseite https://www.meester.digital informiere ich zu aktuellen Projekten und den nächsten Veröffentlichungen.

Cosy Crime
Band 1 der Lucy-Maiwald-Reihe

Schon früh musste Lucy lernen, dass ihre Begabung als Medium nicht nur ihre guten Seiten hat. Daher will sie ihr Talent vor anderen verbergen, doch das erweist sich als schwierig, als eine Nachbarin ermordet wird. Ausgerechnet der Geist Vadim, der Lucy seit einigen Jahren begleitet, hat den Täter gesehen. Da Vadim der Polizei nicht helfen kann, fühlt Lucy sich verpflichtet, dem ermittelnden Kommissar die nötigen Hinweise zu geben. Allerdings durchschaut dieser schnell, dass seine Zeugin etwas zu verbergen hat, und damit ist er nicht der Einzige. Plötzlich ist Lucy selbst in Gefahr, gerät aber zum Glück an den attraktiven Personenschützer Ben, der eigentlich wenig Wert auf Lucys Gesellschaft legt, aber dennoch bereit ist, sie vor den Leuten zu beschützen, welche die unerwünschte Zeugin aus dem Weg räumen wollen.

Fantasyroman

Der magisch begabte Kian fristet sein Dasein als Gefangener im Königreich Silvanos. Aufgrund seiner Begabung gilt er als Bedrohung für das Land, daher schickt der König regelmäßig Sucher aus, die Magier aufspüren und gefangen nehmen. Als die gefürchteten Sucher in das Dorf Waldbach eindringen, schwebt die junge Küchenmagd Alea in Gefahr, als Magierin enttarnt zu werden. Mithilfe eines Soldaten gelingt ihr jedoch die Flucht und sie schließt sich einem Widerstand an, der den König entmachten will. Doch der Armee des Königs sind die magisch Begabten und ihre Verbündeten hoffnungslos unterlegen. Sie brauchen mehr Magier, die sich dem König entgegenstellen – Magier wie Kian, dem eines Tages die Flucht gelingt und der nach Rache sinnt.